Oliver Carzon

Terreur à Aix-les-Bains

Collection « Énigmes historiques »
Le mystère des Origines, Une mort de trop – Tome 1
Le mystère des Origines, Une mort de trop – Tome 2
Le mystère des Origines, Le navire du néant – Tome 3
Le mystère des Origines, Le navire du néant – Tome 4
Le mystère des Origines, Le secret de l'univers – Tome 5
Le mystère des Origines, Le secret de l'univers – Tome 6
Le mystère des Origines, Le dernier combat – Tome 7
Le mystère des Origines, Le dernier combat – Tome 8

Collection : « Mystères et phénomènes inexpliqués »
20 heures pour sauver la Terre !
Crash à Seyssel
L'impossible survivant
Alerte à Seyssel !

À paraître :
Le monstre de Bellegarde

Collection : « Police/Suspense/Thriller »
Morts au Salève
Folie, douce folie... meurtrière !
Les démons du Vuache
Choc en retour, naissance d'une vengeance – Tome 1
Choc en retour, unis à tout jamais – Tome 2
La disparue du Mont des Princes
Bellegarde-sur-Meurtres
Le mort de la Semine
La route de Tcherkassy
La voix de l'assassin
Triple meurtres à Clermont-en-Genevois
Arnaque à Genève
Terreur à Aix-les-Bains

À paraître :
Rififi à Annecy
La loge des corrupteurs
L'inconnu de Rumilly
Le vagabond des 7 fontaines

Collection : « Aventure/Action »
La dernière plage, Machinations – Tome 1
La dernière plage, Le dernier Condottiere – Tome 2

Merci à Dominique da Prato, chef d'entreprise indépendant, épicurien émérite, homme clairvoyant et de bien, ainsi qu'à Lucie, son épouse. Leur hilarité et leur aide dans la réalisation de ce roman ont été particulièrement précieuses.

Merci également au restaurant « *Lamartine* » dont les saveurs n'ont d'égales que l'accueil et le professionnalisme. Mention « très bien » à Rémi Campanella, le talentueux chef du restaurant « *59* », dont le courage et l'abnégation lors de l'incendie de son établissement ont permis à beaucoup de monde de rester en vie.

Un coup de chapeau à Didier Pijolet, dont le sang-froid n'a d'égal que son courage au moment de l'explosion de son salon de coiffure.

Merci à Thierry Enrico, directeur du Carrefour Market de Grésy-sur-Aix, ainsi qu'à Patricia Mollard, sa collaboratrice.

Un amical et chaleureux clin d'œil à Patrick Liaudet.

Une caresse à Cactus !

Un grand merci à Krassimira pour ses précieuses traductions.

Un très grand merci à Élisabeth.

Une escroquerie, c'est une bonne affaire qui a rencontré une mauvaise loi !
(Alfred Capus)

La mafia est une mystérieuse entité internationale qui contrôle pour bonne part le crime organisé dans notre pays. C'est une organisation que nul de ses membres ne doit évoquer sous peine de mort. De fait, certains témoins convoqués ici et qui pourraient vraiment, à notre avis, nous informer sur la mafia, l'ont présentée comme une sorte de conte de fées à l'usage des enfants siciliens. Mais la mafia n'est pas une légende. Elle n'est que trop réelle et a déjà traumatisé l'Amérique par sa violence criminelle !
(Sénateur Estes Kefauver, mars 1951)

La première victime d'une guerre, c'est la Vérité !
(Rudyard Kipling)

Photo et couverture par :
L'Atelier Rouge 100
7 Place Centrale
74270 - FRANGY

Toute l'actualité d'Oliver Carzon
sur www.olivercarzon.com
Blog : www.carzon.eu

UNE JOURNÉE COMME UNE AUTRE ! ...

Savoie,
le Bourget-du-Lac,
route du Tunnel du Chat,
restaurant « *Lamartine* »,
mercredi 6 juin,
13 h 24

La salle est pleine, comme d'habitude. Avec un professionnalisme certain, le personnel s'ingénie à dispenser les meilleurs mets tandis que le sommelier apporte les boissons idéales qui permettront aux clients de savourer au centuple ces plats simples mais concoctés avec une maestria et une passion inégalables.

Face au lac d'Aix-les-Bains qui scintille de mille couleurs différentes en fonction de l'ensoleillement, Dominique da Prato, éminent homme d'affaires et épicurien émérite habitant Tresserve, apprécie en parfait connaisseur un sandre poêlé et sa fondue d'épinards et champignons de Paris.

— Alors mon cher ami, comment trouvez-vous votre noix de coquille Saint-Jacques à la plancha ?

Le convive s'essuie la bouche et, en se frottant intensément le pouce contre l'index de chaque main, traduit son intense satisfaction papillaire.

— Tout simplement délicieuse ! Tout simplement délicieuse ! répond Thierry Enrico, le responsable du Carrefour Market de Grésy-sur-Aix.

— Et vous Patricia ? Votre chevreuil à la sauce de vinaigre de myrtille ? N'est-ce pas une vraie délectation ?

À l'instant où Patricia Mollard, une ravissante brune d'une quarantaine d'années, collaboratrice de Monsieur Enrico, va pour répondre, une violente algarade venant de l'entrée fait tourner les têtes, suivie immédiatement par le vol plané d'un serveur.

Les trois personnes ainsi que tous les autres clients n'ont pas le temps de se poser de questions : une fusillade éclate, tétanisant de peur le personnel. Des cris de panique s'ensuivent, rythmés par le staccato effrayant des mitraillettes.

Trois hommes armés et portant à l'identique un terrifiant masque en latex de clown hideux viennent de faire irruption et mitraillent toute la salle en ne visant que les vitres et le plafond qui s'écroule par morceaux entiers sur les clients dont certains se sont déjà précipités au sol en hurlant de terreur.

Réagissant avec rapidité, maîtrisant sa peur et son angoisse, Dominique da Prato a tiré au sol Patricia alors que son patron a retourné la table et que sandre, noix de Saint-Jacques et chevreuil voltigent allégrement.

Un troisième agresseur surgit alors et s'approche de la table voisine de l'homme d'affaires à laquelle se trouvent six hommes, cinq Européens et un Asiatique. L'agresseur, bien campé sur ses jambes, lève son fusil automatique et lâche une longue rafale sur le groupe. Malgré la rapidité d'action, l'un d'eux a cependant le temps de dégainer et de faire feu sur l'agresseur.

Un cri strident indique qu'il a été touché mais son tir a fait mouche quelques dixièmes de secondes avant celui du porte-flingue, littéralement propulsé en arrière, qui passe à travers la baie vitrée pulvérisée en quelques secondes. Les cinq autres Européens n'ont pas eu le temps de réagir. Ils sont déjà au sol, baignant dans leur sang.

Quant à l'Asiatique, il rampe vers la table voisine derrière laquelle se sont retranchés l'homme d'affaires et ses deux invités.

Indifférent à sa lancinante blessure, l'agresseur marche résolument sur sa cible qu'il abat d'une courte rafale dans le dos.

L'Asiatique tressaute sous les impacts avant de s'effondrer, en sang, dans les bras de Dominique da Prato, livide et incrédule.

À la même seconde, il voit l'agresseur mystérieux armer à nouveau son fusil-mitrailleur pour terminer sa macabre mission.

— *Go away !* entend-il comme dans un rêve, tandis que les débris du magnifique décor du restaurant finissent de tomber au sol dans un fracas de fin du monde.

Hésitant, l'agresseur blessé regarde ses complices puis l'homme d'affaires. Il part en reculant quand l'ordre est violemment répété sans cesser pour autant de fixer da Prato, toujours agenouillé au sol, le cadavre de l'Asiatique dans les bras, puis ses deux autres invités, tétanisés de peur.

47 minutes plus tard

Regroupés dans un coin, blottis les uns contre les autres, les membres du personnel, atterrés, regardent le va-et-vient incessant des gendarmes. Plus loin, secouristes et pompiers prodiguent les premiers soins à quelques blessés.

Heureusement, les victimes ne souffrent que de quelques contusions, coupures ou bleus. À l'écart, des psychologues tentent de réconforter quelques femmes en larmes. L'une d'elle est visiblement en pleine crise d'hystérie.

Au milieu de ce qui reste de la grande salle, des hommes de la police scientifique prennent quantité de photos tout en répertoriant et en numérotant les innombrables indices qui créent comme une marée sans fin.

Au milieu de cette tornade, la patronne va d'un client à un autre, proposant café, liqueurs, tisanes sans cesser de s'excuser. On la sent presque coupable de ce qui s'est passé.

Dans un coin, assis à un bout de table, les yeux dans le vide, Dominique da Prato essaie de retrouver ses esprits. Distraitement, il tapote avec le revers d'une petite cuillère sur un dessert abandonné à son triste sort alors que, de l'autre main, il joue avec son portable. Derrière lui, Patricia Mollard est en grande conversation avec « Doudou », son mari, tandis que Thierry Enrico se laisse bander par un secouriste. En tombant au sol, il s'est fait une grande entaille au front. C'est plus spectaculaire qu'autre chose mais ça nécessite quelques soins immédiats.

Quand un inconnu se dresse devant l'homme d'affaires, ce dernier lève machinalement un visage défait sur le nouveau venu qui prend une chaise et s'assoit en face de lui.

— J'ai fait au plus vite ! Comment ça va ?

Dominique da Prato regarde l'homme sans le voir, puis sourit faiblement en laissant échapper un profond soupir de soulagement.

— Ça va ! Ça va ! Content de te voir… Vraiment !

— Je suis venu dès que tu m'as appelé. Coup de bol, on n'était pas loin d'ici.

L'homme jette un rapide regard circulaire sur le restaurant avant de se reporter sur son ami.

— Tu n'as rien ? Tu es sûr que ça va ?

— Oui, oui ! Rassure-toi. C'est juste que… que…

L'homme tapote chaleureusement l'avant-bras de Dominique.

— Ce n'est pas tous les jours qu'on est braqué en plein déjeuner. Mais tu vas vite oublier ce drame.

— Le drame peut-être, mais la tronche de ce flingueur, jamais. Francis, j'ai bien cru qu'il allait me descendre, tu sais… j'en ai encore froid dans le dos.

— Mais il ne l'a pas fait et c'est l'essentiel. À partir de maintenant, je ne te lâche plus d'une semelle.

Dominique da Prato sourit, rassuré par la présence de son ami Francis Magenta, le patron de « Mondial Protection ».

— Si je m'attendais à te revoir dans de telles circonstances... Au fait, tu es seul ? Tu n'es pas venu avec ton débile d'adjoint ?

— Stan est là. Il fait son *job*.

Da Prato incline le buste pour voir Stan Jourdan en train d'examiner aussi discrètement que soigneusement la scène de crime. Il le voit soudain s'immobiliser en fronçant les sourcils devant l'un des cinq européens abattus. Stan se baisse et ramasse rapidement une carte de visite.

— Dis-lui quand même qu'il n'y a plus rien à détruire, ici.

Francis sourit. Question destruction, il en connait un rayon puisque les deux hommes se sont connus lors de sa mémorable et rocambolesque poursuite dans la galerie commerciale de l'hypermarché Carrefour de Bellegarde-sur-Valserine ([1]) dont da Prato était l'heureux propriétaire.

— Tu peux me raconter ce qu'il s'est passé ? Ça va aller ?

— Oui, oui.

Dominique da Prato prend une profonde inspiration, cherchant visiblement comment raconter ce terrible évènement.

En quelques phrases claires et concises, il décrit ce qu'il a vu et ressenti. Francis l'interrompt à plusieurs reprises pour avoir des précisions. Les réponses le satisfont pleinement.

À la fin de son récit, l'homme d'affaires semble soulagé, comme libéré d'un terrible poids, tandis que Francis s'est redressé et réfléchit en tapotant la table, constellée de miettes de pain et de bouts de verres, du majeur.

— Et cet Asiatique, tu ne l'as jamais vu auparavant ?

---

[1] Voir « *Le mort de la Semine* ».

— Non ! Comme je viens de te le dire. C'est la première fois que je le voyais. Il était en train de discuter avec animation avec ses trois invités quand le trio de tueurs a fait irruption.

— De quoi parlait-il ?

— Oh je n'en sais rien. Je n'ai pas vraiment écouté, tu sais... quand tu déjeunes avec des amis, ce n'est pas pour espionner ses voisins de table.

Francis sourit et tapote longuement l'avant-bras de son ami pour l'encourager.

— Ce n'est pas grave, rassure-toi.

Magenta se retourne pour voir Stan au téléphone, puis revient sur l'homme d'affaires.

— Il est clair que la cible de ton clown effrayant était ces six hommes et en particulier l'Asiatique. Quand il t'est tombé dans les bras, t'a-t-il dit quelque chose de spécial ? T'a-t-il donné quelque chose ? Si j'en crois ton récit, le tueur a hésité avant de s'enfuir. Cela signifie qu'il te suspecte d'avoir récupéré, vu, ou entendu quelque chose. Quelque chose d'anodin pour toi, mais qui doit être essentiel pour lui et ses complices. Il faudrait identifier ce type, ça nous aiderait à en savoir plus à ce sujet.

— Facile, ma Poule ! s'exclame doucement Stan en s'asseyant soudain à côté de lui.

Francis tourne un visage interrogateur sur son adjoint.

— Tu sais qui c'est ?

— Ouais !

L'air goguenard de Jourdan l'exaspère.

— Et alors ? J'attends !

— Ton bridé, c'est Lee Chung-Wooh.

— Non ! Pas possible ! laisse tomber Francis, visiblement fort surpris.

— C'est qui ? Un Chinois ? demande da Prato qui fronce les sourcils.

— Oui, répond Magenta sans le regarder, l'esprit brusquement en ébullition.

— En fait, il est de Hong-Kong, précise Stan, pas peu fier.

— Et ça fait quelques semaines déjà qu'on lui court après.

— Quoi ! s'exclame da Prato. Mais pourquoi ? Enfin, c'est dingue...

Stan leur fait signe de la main d'attendre. Il se lève et file vers le macchabée qui a traversé la baie vitrée. Il a visiblement une petite idée qu'il tient à vérifier.

Un petit vent entre et sort par intermittence, mais la chaleur en ce mois de juin est plus réconfortante qu'autre chose.

Jourdan vérifie rapidement les alentours avant de se pencher sur le cadavre. Il l'obverse quelques secondes et se redresse avec un grand air triomphant.

En revenant vers Francis et da Prato, il lève discrètement son pouce.

Souriant d'une oreille à l'autre, il s'assoit tandis que Francis a du mal à cacher son impatience.

— Je ne savais pas que les pruneaux faisaient partie des mets de qualité, cette année, glousse Stan. Personnellement, j'opterai pour une succulente confiture de belles figues avec une tranche de foie gras de derrière les fagots sur un beau toast croustillant à souhait. Là-dessus, un Monbazillac ou... mieux ! Un Sauternes, bien frais, tu sais, quand tu vois avec délectation les fines gouttelettes de froid glisser le long de la bouteille ! Hummmm ! Une vraie tuerie et...

— J'y crois pas ! ... La ferme !

— Bon !

— Parce que les six mecs étendus là, qu'est-ce que tu crois qu'ils font ? Qu'ils examinent le sol pour voir s'il y a encore de la poussière ? ... Ça, c'est une vraie tuerie, ignorant !

— C'était histoire de détendre l'atmosphère...

— Tu vas voir ce que je vais te détendre, moi !

— Ne sombrons pas dans la vulgarité, je...

— La ferme !

— Bon.

— Ce n'est vraiment pas le moment de plaisanter. Alors, ce nom ?

— L'acrobate est bien Fabio d'Acunto ! Une gueule pareille ça ne s'oublie pas, et pour avoir gagné autant de fric, ce n'est pas en vendant des cookies.

— Quoi ! s'exclame à nouveau Francis, surexcité pour le coup.

— Comment as-tu eu l'idée de...

— Le costard. Je l'ai tout de suite repéré en entrant. Un costard aussi coûteux que celui-là ne pouvait être porté que par un rital de très mauvais goût. Et en ce moment, y a que d'Acunto qui corresponde à ça. Très fort question flingue, mais archi nul question habillement... Ajouté à ça qu'on ne le voit jamais sans le bridé ces derniers temps... CQFD, Messire ! ...

Stan rit sous cape en observant son patron, stupéfait, qui ouvre et ferme la bouche comme un poisson hors de l'eau.

— Ne me remercie pas, c'est tout naturel, ajoute-t-il en fanfaronnant. Oui, je sais, parfois j'ai des fulgurances qui étonnent...

— Mais c'est qui ce type ? demande da Prato.

— Un flingueur patenté de la mafia milanaise. Quand je pense qu'on vient de passer deux semaines dans la capitale lombarde pour lui mettre le grappin dessus, et que c'est ici qu'on le retrouve. Tu parles d'un voyage à la con ! Heureusement que les pizzas sont d'enfer là-bas !

— Fais-moi plaisir, Stan ! Cesse pour une fois de réfléchir avec ton ventre ! lui conseille Francis.

— L'un des clowns est blessé, poursuit Jourdan. J'ai repéré des traces de sang. On devrait le retrouver très vite. J'ai averti Jean-Georges. Il s'en occupe.

Francis a croisé les mains sur la nappe salie et hoche la tête tout en la fixant.

— Les autres victimes ?

— J'ai reconnu Gianni Malandri, un autre porte-flingue Milanais. Quant au troisième, là, celui avec la tête en trente-six épisodes, nada. Je ne l'ai jamais vu, mais il est typé. Ce doit être un Slave.

— OK ! Ça pourrait correspondre au gars qu'on a aperçu à Prague ?

Stan hausse les épaules.

— Ça pourrait, mais je n'en jurerais pas.

Francis approuve de la tête tout en fixant toujours la nappe, avant de se retourner vivement pour observer les allées et venues dans la salle.

— Par contre...

— Quoi ? Tu as autre chose ?

— Ben... ça se pourrait bien...

— Accouche, bordel de merde.

— L'autre type, là, celui réduit façon chair à saucisse, sa tronche de mec fini au pipi ne m'est pas inconnue. Je l'ai déjà vu, mais où ?

— Fais un effort.

— Eh, doucement, faut que j'active mes neurones, et comme le décalage horaire entre Milan et ici me perturbe, il me faut du...

Francis s'approche de Stan.

— Écoute-moi bien, abruti congénital, si tu ne me donnes pas ce nom d'ici dix secondes, c'est mon pied taille quarante-trois que je vais activer et, crois-moi, tu vas t'en souvenir.

— Eh oh, pas la peine d'être menaçant ! Tu ne vas pas détruire une si belle amitié sur un simple différent temporel, je...

— Trois secondes !

— Igor Gromyko !

— Ben tu vois, quand tu fais un effort, ça va tout de suite mieux.

— C'est si gentiment demandé aussi. Ah, c'est un Russe.

— Sans blague, j'aurai juré que c'était un Périgourdin. Tu le connais d'où ce type ?

— Là, faut me laisser un peu de temps. Mais j'ai récupéré cette carte de visite il y a quelques minutes près de son corps, ça devrait m'aider.

Francis dévisage son adjoint afin de discerner le vrai du faux.

— OK ! Je veux ça d'ici ce soir.

— Ce sera fait mon Prince.

— La flatterie ne te mènera à rien. Au fait pourquoi tu as retenu ce nom ?

— Gromyko. Ça m'a bien fait marrer quand je l'ai entendu pour la première fois. Je connais bien Miko, mais Gromyko, là, j'avoue que ça doit être une putain de sacrée glace à la...

— Et ma main sur ta gueule, tu as une idée du goût qu'elle aurait ?

— Oh, ça va, si on peut plus plaisanter, maintenant.

— C'est ça le problème avec toi, tu ne sais jamais quand il faut être sérieux et quand il faut rigoler. Une idée sur l'identité du dernier macchabée ?

— Non, pas la moindre, mais j'ai bien mémorisé sa tronche. Devrais pas être long à coller un blase dessus.

— Un nom ! On dit « un nom ». Soigne ton vocabulaire et va bosser !

Francis regarde Stan s'éloigner et reporte son attention sur un da Prato atterré.

— Comment tu fais pour le supporter tous les jours ?

Fataliste, Francis hausse les épaules.

— Je me le demande chaque matin.

— C'est qui ou quoi ce Gromyko ?

— C'est un Russe et je n'aime pas ça.

— Pourquoi ?

— Quand je trouve des types de la mafia milanaise en grande discussion avec un Russe, on peut être sûr que le Popov n'est pas en train de faire la quête pour les enfants déshérités d'Afrique.

— Mafia russe ?

— J'en ai bien peur. Et avec en plus un Asiatique, je crains le pire.

— Du genre ?

— Une probable alliance entre toutes les mafias. Mais sans anticiper dans le pessimisme, ce qu'il faudrait savoir avec exactitude c'est qu'est-ce qu'ils mijotaient ensemble ?

Francis fixe un point invisible au loin avant de reprendre :

— Tu as fait ta déposition ?

— Oui, pourquoi ?

— On file ! Il y a trop de monde ici.

— Et mes invités ?

— Ils n'ont pas besoin de toi pour rentrer chez eux, mais on ira les auditionner bientôt. Tirons-nous !

ARNAQUE ET CIE ! ...

Savoie,
Tresserve,
impasse des Pringets,
domicile de Dominique da Prato,
mercredi 6 juin,
15 h 49

Une fois confortablement installés sur la terrasse couverte de la maison de l'homme d'affaires, et sûr de ne pas avoir autour d'eux des oreilles indiscrètes, Francis lui raconte comment, par pur hasard, il connaît l'Asiatique assassiné.

— Bon alors, que se passe-t-il ? Tu fais bien tant de mystères.

— Parce que si je ne me trompe pas, tu es dans de sales draps.

— Je t'écoute.

— Tout a commencé il y a neuf mois. Devant la recrudescence des fraudes à la carte bancaire, les représentants d'un consortium de banques européennes sont venus me rendre visite à Genève. Très discrètement d'ailleurs. Ils m'ont exposé leurs problèmes et leurs craintes. Il faut savoir que les fraudes à la CB sont en hausse constante et représentent maintenant presque cinquante pour cent des infractions sur Internet. Leurs experts ont réussi à localiser les responsables d'une possible arnaque. Ils m'ont donc demandé d'y regarder de plus près. Avec les éléments qu'ils m'ont transmis j'ai découvert ce Chinois.

— Mais quel rapport avec cet Asiatique ?

— Il est la clé de tout. La méthode des truands est tragiquement simple et dramatiquement efficace. S'appuyant sur un réseau de collaborateurs installés dans les plus prestigieuses boutiques du monde ([2]) Londres, Beverly Hills, Paris, New York, ils piratent les données confidentielles de leurs riches clients en passant, à l'insu du magasin bien sûr, leur carte de crédit dans un deuxième lecteur dissimulé derrière le comptoir de paiement ([3]). Moins d'une heure après, l'ensemble des éléments enregistrés sur la bande magnétique de la CB arrive sous forme d'e-mail dans un bureau d'une tour de... Hong Kong ! ([4]).

— Je commence à comprendre.

— Lee Chung-Wooh était le propriétaire de la tour. Il travaillait pour les triades chinoises. Son *job* consistait à collecter et à gérer toutes les informations bancaires ainsi volées aux quatre coins du monde, qui rejoignent des milliers et des milliers d'autres informations dans une formidable base de données. Le plafond de crédit le plus bas du lot se monte à vingt mille dollars ([5]) quand d'autres frisent le million.

— Et qu'advient-il de toutes ces informations sensibles ?

---

[2] Authentique. La plus retentissante de ces arnaques à la CB a impacté la célèbre chaîne de magasin *Harrods*, en 1996. Une responsable du magasin avait dérobé 1 288 reçus de cartes bancaires ainsi que les copies de nombreux dossiers de crédit. Avec l'aide de son frère, elle a ainsi détourné près de 2,5 millions de francs avant d'être arrêtée. Plus de 80 victimes ont été recensées, dont une qui ne s'était même pas aperçue que le criminelle avait détourné plus d'1 million de francs sur son compte.

[3] Authentique.

[4] Authentique.

[5] Authentique.

— Les informaticiens de Wooh agissent par paquet de dix cartes bancaires. Après avoir rentré les derniers renseignements, utilisant une nouvelle fois le réseau Internet, ils transmettent la totalité des informations à un ordinateur situé en Malaisie.

— Rien que ça ! Tu as pu remonter la filière ?

— Oui. Mais pas sans mal, crois-moi. En Malaisie, les informations arrivent sur un PC se trouvant dans le bureau du directeur d'une usine spécialisée dans l'encodage électronique de la banlieue de Kuala Lumpur. Là, en moins de vingt heures, un millier de nouvelles cartes de crédit Visa, American Express, Mastercard et Diners Club, sont réalisées et prêtes à fonctionner.

— Et ensuite ?

— Ensuite, avec une attention toute particulière et à l'aide de scalpels chirurgicaux, deux des employées entament l'ouverture de cartouches de cigarettes de Marlboro Light. Les cinq paquets du centre sont dépiautés et vidés de leur contenu. À la place des cigarettes, les malaisiennes glissent une dizaine de cartes de crédit. Ensuite, souci d'authenticité oblige, les emballages sont scellés à l'aide d'adhésif dérobé dans l'un des entrepôts du cigarettier sur la Côte Est des États-Unis. Dix de ces cartouches, contenant cinquante cartes de paiement chacune, sont transportées à l'aéroport international de Kuala Lumpur, où attendent dix « courriers ».

— Ils sont allés où ?

— Même s'ils empruntent diverses lignes aériennes aux crochets multiples, les dix passeurs ont la même destination finale : Milan, Italie !

— C'est démentiel !

— C'est pire que ça. Les passages aux frontières ne sont que des formalités, les cartouches passant les douanes dans les sacs de *duty free*. C'est si rapide que dans les dernières heures du troisième jour de l'opération, cinq cents cartes de crédit atterrissent sans encombre sur la table d'un appartement cossu d'un homme d'affaires milanais...

— Pour le compte de qui travaillait ce d'Acunto je suppose.

— Exactement. Un certain Riccardo Zanardi. Industriel spécialisé dans la vaisselle de luxe et, accessoirement, importateur de produits alimentaires en gros, viandes, poissons, etc. Très connu et très respecté, bien sûr. On a retrouvé la piste de ce Zanardi à Prague où il prévendait un lot de deux cents cartes de crédit à un Russe...

— Le Slave ? Ce Gromyko ?

— Non, aucun des deux. Notre Russe, on l'a très bien vu et il n'est pas parmi les morts du restaurant, explique Stan.

— Dès réception des cartes, continue Francis. Zanardi a envoyé un de ses « adjoints » porter la « commande » du Russe.

— Tu as pu tracer son itinéraire ?

— En partie seulement. Le Russe, qui possède également un passeport israélien, a distribué aux membres de son équipe un lot de cartes de paiement, chacun possédant des cartes correspondant au sexe de son porteur et un billet d'avion pour Paris, Rome, Genève ou Londres. À partir de là, s'est engagée une formidable course aux boutiques de luxe des quatre capitales européennes. S'approchant très consciencieusement du plafond de chaque carte, la bande du Russe épuisa en une semaine les énormes ressources mises frauduleusement à sa disposition. L'ensemble du butin, mélange hétéroclite de parfums, bijoux, montres, manteaux, fourrures et tailleurs de grands couturiers, fut chargé dans des camions et prit la route de Moscou où une partie a été revendue à la nouvelle bourgeoisie de la ville. Le reste fut vendu, en dollars, aux alentours de la Place Rouge.

Un silence de plomb s'installe. Francis regarde son ami puis Stan, un œil fermé, qui observe le niveau de son whisky en agitant légèrement le verre.

Dominique da Prato n'en revient pas. Lentement, cet épicurien qui porte élégamment la cinquantaine et dont la jovialité et la bonne humeur sont aussi proverbiales que reconnues, se lève et fait quelques pas vers la luxuriante nature qui borde les huit hectares de sa propriété. Il se fixe au bord de la terrasse et contemple longuement un imposant séquoia, plus que deux fois centenaire, dont le tronc de près de quinze mètres de circonférence laisse deviner une puissance insoupçonnée et irrésistible.

Il a l'esprit en ébullition.

Da Prato s'est fait tout seul. Son crédo : travailler, travailler toujours et travailler encore, mais il doit son succès à la force de son caractère et à l'amour qu'il porte aux autres. Il a compris que seule une équipe peut gagner. Mais pour cela, encore faut-il s'intéresser aux gens qui travaillent pour soi et les considérer non comme des pions interchangeables et de simples numéros, mais bien comme des êtres humains à part entière. La force d'une entreprise réside dans la juxtaposition de mille et un talents au quotidien. C'est en mettant ce principe en exergue qu'il y est arrivé.

Pour l'heure, il est en roue libre, donnant du temps au temps. Il a la tête pleine de projets mais veut profiter de la vie, de sa famille, d'ailleurs il envisage de partir en Namibie et à Saint-Domingue ensuite pour y prendre du bon temps avant de se lancer dans de nouvelles aventures. Ce matin, cet amoureux des bons mots, en se rendant au « Lamartine » qu'il surnomme affectueusement « ma cantine » - il y est connu comme le loup blanc - était à mille lieues d'imaginer que ses aventures allaient commencer sous un tout autre jour.

Et à la lueur de ce que vient de lui raconter son ami, sa confiance en l'homme vacille. Se serait-il trompé ? Oh bien sûr, il n'est pas né de la dernière pluie et il ne regarde quand même pas l'homme avec la candeur d'un nouveau-né, mais il gardait en lui un espoir, l'espoir du beau et du vrai. Maintenant, il commence à réaliser qu'il a été froidement projeté dans une autre dimension, dans un autre monde. Un monde où la planète est devenue beaucoup trop petite et voit ses frontières comme les barrières de sécurité s'effondrer. Un monde où les données informatiques et monétaires les plus confidentielles et les plus secrètes voyagent à la vitesse d'un « clic » sur Internet.

Brusquement, il se retourne et dit :

— Mais enfin, comment les polices de tous ces pays ne peuvent-elles pas stopper ces voyous ?

— Ces fraudes à la carte de paiement sont exemplaires par l'ampleur et la modernité des méthodes utilisées. Internet, bien sûr, qui en raccourcissant les distances, garantit un relatif anonymat. C'est devenu l'outil de prédilection et privilégié de la mafia nouvelle vague. Finie la mafia de grand papa ! Don Corléone n'est plus qu'une icône de cinéma. Il a rejoint les étagères poussiéreuses de l'histoire ([6]). Mais ne nous trompons pas, Dominique, la fin de l'âge d'or de la mafia ne correspond en rien à un affaiblissement du crime organisé et encore moins à sa disparition. Bien au contraire, tout au long de ces quarante dernières années, il a connu une extraordinaire mutation qu'aucune puissance mondiale n'est parvenue à contrer.

— Que veux-tu dire ?

— Ce changement, Dominique, s'il avait été effectué dans un cadre légitime, aurait été, par son succès sans égal, une formidable révolution au sein des plus grandes nations, malheureusement, ce n'est pas le cas. Les polices de tous les pays sont bien en peine d'enrayer les agissements de cette « pieuvre » ([7]). Cette histoire de fraudes à la carte bancaire sur laquelle nous travaillons, illustre parfaitement l'impuissance de nos sociétés face aux nouvelles formes du crime organisé. Parce que les mafias possèdent désormais un avantage supplémentaire que n'ont en aucun cas les forces de l'ordre ni les différentes unités de lutte et de répression.

— Lequel ?

— Les Hell Angels Canadiens, la mafia nigériane, les Yakusa japonais, les cartels colombiens, la mafia jamaïcaine, les triades chinoises, le Milieu français, les passeurs mexicains, la Camorra ou les talibans afghans, marchent comme un seul homme, car tous ont aboli les frontières. Aujourd'hui, les juridictions, la souveraineté

---

[6] Voir la fameuse et célèbre trilogie du « *Parrain* » avec le légendaire Marlon Brando.

[7] Surnom donné au crime organisé.

d'un État, le manque de moyens et de collaboration judiciaire, le délai nécessaire pour - parfois - obtenir une autorisation d'enquête extraterritoriale sont devenus autant d'alliés pour le crime organisé que de boulets pour ceux qui le combattent ([8]).

— Tu plaisantes !

— Oooh que non ! Sache que dans l'affaire de fraude à la CB que m'ont donnée les représentants des banques, j'ai découvert que dans l'arnaque en question, les Chinois répondaient à une demande de la Camorra ([9]). De son côté, le crime organisé napolitain honorait une commande passée par un groupe russe travaillant en Europe avant, avec l'aide de la mafia tchétchène, de fournir les marchés moscovites. Ça m'a tout de suite sauté aux yeux : toutes les mafias se tiennent par la main, car leur objectif est identique : dépouiller le monde ! En faire leur Monopoly privé ! ... Et les politiques sont complices... Tu vois l'ampleur et la terrible gravité de la situation, maintenant ?

— C'est une vision apocalyptique que tu me décris là, Francis.

— Mais c'est aussi une triste réalité. Au final, seules les compagnies de cartes de crédit lésées et leurs agents ne peuvent que constater cet état de fait et rembourser leurs clients en espérant trouver une parade pour le futur.

— C'est pour cela qu'ils ont pris contact avec toi.

Francis sourit largement.

— Tu me prêtes bien trop d'importance. Ni Scotland Yard, ni Interpol ni aucune autre police au monde n'a, de nos jours, les moyens, le temps et les autorisations nécessaires pour poursuivre une piste jonglant avec les fuseaux horaires ([10]).

— Mais toi, oui !

---

[8] Parfaitement exact.

[9] La Camorra : mafia napolitaine. L'origine du nom est incertaine. En 1860, Marc Monnier, un Suisse né à Florence, écrivait : « *Faire la camorra, dans le langage ordinaire, c'est prélever un droit arbitraire et frauduleux* ».

[10] Authentique.

— Non. Disons que, de par mon statut, j'ai quelques libertés d'action que n'ont pas les polices « officielles ».

— Tu flirtes avec le danger.

Francis sourit à nouveau tout en faisant tourner son verre entre ses mains.

— En effet. Cette liberté d'action a un coût : la vie ! On découvre un univers dangereux et impitoyable qui abolit les limites entre ce qui est légal et ce qui ne l'est pas. Le crime organisé, nourri à l'essence même du capitalisme, achève sa mutation et, à l'heure de la mondialisation à outrance, devient, peu à peu, la première entreprise du globe.

— Don Corléone est mort ! Bienvenue dans le monde de Mafia S.A. ! ironise Stan en vidant d'un trait son verre de whisky.

Lassé, Francis regarde son adjoint puis se reporte sur l'homme d'affaires toujours immobile sur le bord de sa terrasse.

— Mes différentes investigations m'ont conduit à Milan, sur les traces de ce d'Acunto et son patron, ce Zanardi. Mes collaborateurs à Milan ont réussi à le localiser, mais le temps de venir et il avait réussi à leur fausser compagnie.

— Pour venir ici, donc.

— Oui, mais ce n'est pas ça qui m'inquiète le plus. Qu'il soit là où ailleurs, peu importe. Par contre, que faisait-il ici, précisément, à Aix-les-Bains, surtout en compagnie du patron des informaticiens de Hong Kong ? Il y a là quelque chose qui me dérange.

— Pourquoi ?

— Ce déplacement n'est pas normal et ce qui l'est encore moins, c'est de rencontrer ces deux types qui n'ont, logiquement, aucun motif pour cela. Ça cache quelque chose.

— Quelques ajustements techniques à régler, tout au plus.

— Non ! Ça peut très bien se faire par mail. Non, non, non, il y a forcément autre chose. Tu n'as vraiment rien vu d'étrange ? Wooh ne t'aurait-il pas donné une clé USB, par exemple ?

— Bien sûr que non, je m'en serais aperçu autrement... Parce que tu crois que le flingueur aurait eu...

— La même réaction que moi, oui, j'en ai bien peur.

— Et nous voilà repartis dans le monde du flingage à gogo et des bosses à outrance ! persifle Stan en se resservant une solide dose de whisky alors que Cactus, le chat de Dominique, s'approche de lui, l'air narquois.

Francis le fusille du regard et s'apprête à lui répondre quand son portable sonne.

— Excuse-moi ! ... Magenta, j'écoute.

Francis s'est levé en un éclair et arpente la terrasse, allant jusqu'à la vitre qui protège un coin barbecue auquel il ne manque rien.

Da Prato et Stan le suivent des yeux. Magenta écoute religieusement tout en approuvant de la tête.

— Retrouvez-le moi au plus vite et de préférence vivant ! ordonne-t-il avant de couper sèchement la conversation.

— Zanardi s'est fait la cerise ! dit-il en revenant vers ses amis.

— C'était à prévoir, ajoute Stan en plongeant résolument la main dans une coupelle pleine de cacahuètes.

Cactus s'approche dangereusement. Stan déplace la coupelle, l'air de rien.

Dominique s'avance résolument. Il a besoin d'éclaircissements.

— Que se passe-t-il ?

— C'était Milan. Mes hommes ont perdu la trace de l'industriel. Zanardi leur a faussé compagnie. C'est probablement en rapport avec cette fusillade.

— Comment ça ?

— Il a filé même pas une heure après. C'est la preuve que les deux évènements ont un lien et cela ne m'inspire guère pour la suite.

— Pourquoi ?

— Déjà la rencontre entre l'Asiatique et le porte-flingue de Zanardi est louche, maintenant, avec la fuite de l'industriel milanais, je commence à avoir une petite idée de ce qui se trame en coulisse.

— On peut savoir ?

Francis pose un regard interrogateur sur son ami. Il le sait en danger. Doit-il raisonnablement lui en dire plus ? Il prend une profonde inspiration.

— J'ai bien peur que l'on assiste à...

Son portable sonne à nouveau. Il décroche rapidement et s'éloigne.

— Oui, Jean-Georges, je t'écoute.

— J'ai retrouvé ton clown.

— Mort ?

— Mort ! Il a été achevé d'une balle dans la nuque.

— Et non identifiable je suppose ?

— Ses doigts ont été passés à l'acide et son visage n'est plus qu'une bouillie de chair et d'os explosés. Même sa propre mère ne pourrait pas le reconnaître. Qu'est-ce que je fais ? Les condés ne vont pas tarder à se pointer par ici.

— Relève le maximum d'indices et tire-toi. Assure aussi le coup à Grésy-sur-Aix au plus vite, je crains le pire. On se voit au bureau... Pas un mot de tout ceci à quiconque.

— Tu m'étonnes !

Cette fois, da Prato est excédé.

— Enfin, merde, Francis que se passe-t-il encore ? ... Et pourquoi ton gars doit assurer le coup à Grésy ? Il y a quoi à Grésy ?

Magenta réfléchit tout en rangeant lentement son portable, quant à Stan, il rigole dans son coin sans oublier de biberonner allégrement.

L'enquêteur s'avance vers son ami. Il s'immobilise face à lui.

— Tu voulais savoir dans quoi tu venais de te prendre les pieds ?

— Bien sûr !

— On va assister à une guerre de succession, ou plutôt à une tentative de « coup d'État »... et non à une « révolution de palais », si tu saisis la nuance. Elle est subtile mais bien réelle.

— Ce qui veut dire que les pruneaux vont voler bas cette année, très bas même, croit bon de préciser Stan en vidant son énième verre.

— Si vous n'aimez pas le whisky, dites-le moi ! ironise da Prato. On vous fera monter de la bière.

— Et j'ai envoyé Jean-Georges à Grésy, parce que là-bas il y a un Carrefour Market, et pas n'importe lequel : c'est là que bossent tes deux amis, si je ne m'abuse.

— Non, en effet, Thierry Enrico et Patricia Mollard y travaillent, mais pourquoi...

— Parce que si j'ai raison, ils courent le même danger que toi.

— Putain ! Mais quel danger ?

— Stan a raison, ajoute Francis en retournant s'assoir. Ça va bientôt chauffer par ici et même ailleurs.

— Comment peux-tu en être aussi sûr ?

— La façon brutale d'exécution de ce trio en est la preuve manifeste. Mieux, cela démontre qu'il y a le feu à la baraque.

— Je ne te suis pas.

— Les mafieux préfèrent la discrétion. Quand ils ont à « se séparer » de quelqu'un, ils activent le Murder Inc.

— Le quoi ?

— *Murder Inc* ([11]), c'est la branche armée de la Cosa Nostra ([12]). En général, ses membres agissent avec beaucoup plus de doigté et rarement en dézinguant tous azimuts comme vient de le faire ce trio de clowns. Ça prouve une intervention décidée au tout dernier moment et dans la précipitation. Ça signifie surtout qu'il y a probablement, au sein de cette Mafia S.A., un gros problème de *leadership*. À mon humble avis, l'Asiatique

---

[11] Authentique.

[12] L'internationale du crime, plus connue sous le vocable Cosa Nostra, a vu le jour à Palerme lors d'un congrès entre le 10 et le 14 octobre 1957. À l'initiative, un certain Charlie « Lucky » Luciano, le patron de la Cosa Nostra américaine en exil forcé à Naples. Son but : mettre sur pied une collaboration efficace entre la mafia sicilienne et ses « cousins » américains.

cherchait certainement à monter sa « petite entreprise » en parallèle...

— En s'appuyant sur le Milanais.

— Oui, ce qui justifierait la présence de ce d'Acunto à la table de Wooh. Preuve qu'il ne maniait pas seulement les calibres.

— Sauf qu'en haut lieu, on n'a pas dû apprécier cette initiative individuelle, d'où une réaction aussi musclée que précipitée.

— L'initiative est en effet aussi musclée que précipitée, et c'est justement pour ça que je doute qu'elle vienne de très haut.

— Un concurrent local, alors ?

— Possible. Vexé de se faire griller la politesse par Wooh, il aura décidé de l'éliminer. C'est une hypothèse.

— Et la fuite de Zanardi ?

— Elle prouve que le Milanais a quelque chose à se reprocher.

— C'est peut-être lui qui a fait refroidir d'Acunto ?

— Hummmm, non ! Je ne crois pas. Les éléments qu'on a trouvés à charge contre ces deux types n'indiquent rien dans ce sens, mais de toute façon, cela n'a plus d'importance maintenant.

— Pourquoi ?

— Parce qu'à mon sens, on va bientôt le retrouver, façon bêton armé, dans un pilier d'immeuble - si on le retrouve jamais un jour. Qu'il soit le commanditaire ou non, il est coincé, et ses jours sont comptés, sauf si mes gars arrivent à le choper avant les autres.

— Les tueurs de ton Murder Inc ?

— Exact. La Cosa Nostra fonctionne comme une multinationale. Elle a sa charte, ses codes, ses lois, ses règlements. Et quand un de ses membres en prend à ses aises, on le « remercie », comme cela a été le cas pour Benjamin « Bugsy » Siegel, en 1947 ([13]).

---

[13] Benjamin « Bugsy » Siegel, un ancien de la Murder Inc, a été abattu dans sa villa de Beverly Hills le 20 juin 1947. Les coupables n'ont jamais été retrouvés. En 1943, Lucky Luciano, alors en prison, lui avait prêté 5 millions de dollars pour lancer « *The Flamingo*

— Bugsy Siegel ! Mais il n'était pas très proche de certaines stars du cinéma ? s'exclame da Prato qui adore le septième art, mais en reste bouche bée.

— Lui-même. Son implantation à Hollywood intéressait vivement ses patrons qui voyaient là le moyen de mettre pied dans une entreprise légale aux profits très prometteurs ([14]). C'est ainsi que Siegel fut très proche de Clark Gable, Gary Cooper, George Raft, Norman Shearer ou encore l'actrice Jean Harlow. Il était également en affaires avec Jack Warner, Harry Cohn et Louis Mayer ([15]).

— C'est incroyable ! Mais moi là-dedans, qu'est-ce que je viens faire ? Enfin, mais on rêve, là !

Francis boit lentement, le temps de préparer sa réponse.

— Si mon raisonnement est juste, tu es en grand danger dans la mesure où...

— Mais merde à la fin ! En danger de quoi ? Je ne suis qu'une victime dans cette histoire.

— Je n'en suis pas si sûr, comprends-tu ! Tu as du voir, entendre ou même prendre quelque chose sans t'en rendre vraiment compte. Je pencherais pour une clé USB ou quelque chose de ce genre. Ce qui est grave, c'est que les flingueurs, eux, en sont persuadés.

— Je te répète que je ne sais rien. J'étais en train de déjeuner tranquillement avec des amis, quand ce trio déguisé en clown a surgi et flingué cinq types assis à la table à côté de la mienne. Ton Asiatique, je ne l'ai vraiment découvert que quand il m'est tombé dessus,

---

Hôtel and Casino » à Las Vegas. Seulement 4 ans plus tard, en 1947, Luciano, libéré et expulsé des USA en 1946, n'a toujours pas vu un centime de remboursement. En 1947, lors d'une réunion du Comité Directeur à Cuba, alors sous la dictature corrompue de Batista, Siegel, fou furieux, affirma ne rembourser que quand il l'aurait jugé utile. Sa liquidation fut décrétée le jour même par Luciano.

[14] Authentique.

[15] Authentique. Harry Cohn est né le 23 juillet 1891 et est décédé le 27 février 1958. C'était le co-fondateur, président et directeur de la *Columbia Pictures Corporation*. Les deux autres, Jack Warner et Louis Mayer, de par leurs noms de famille, ne sont plus à présenter.

mort. Il n'a pas parlé, pas un mot, pas un râle. Je ne connais même pas le son de sa voix. Quant à ta clé USB, je ne suis pas encore sénile au point de ne pas me rappeler si j'en ai tenu une dans ma main ou non.

— J'entends bien, mais essaie de te souvenir, il y a forcément quelque chose qui…

— Il ne s'est rien passé d'autre que ce que je viens de te raconter. Et puis, nom de Dieu, même si cette affaire de fraude à la carte bancaire est énorme, elle ne justifie pas, à mon avis, qu'on sorte toute cette artillerie.

Francis dévisage longuement son ami avant de laisser sa lèvre supérieure repousser sa lèvre inférieure vers l'extérieur. Il est perplexe.

— Tu n'es pas d'accord ? demande presque méchamment da Prato à qui la moue de scepticisme de son ami n'a pas échappé.

L'enquêteur comprend que l'homme d'affaires a besoin d'être rassuré.

Que lui dire ?

Francis prend lentement son verre qu'il regarde en le faisant tourner doucement entre ses mains.

— Santé ! s'écrie Stan en portant un nouveau verre à ses lèvres.

— Je ne serai pas aussi catégorique que toi, laisse tomber Francis sans lever le nez du sien.

Mécontent, Dominique da Prato s'avance résolument vers son ami et se plante devant lui, poings sur les hanches.

— Alors si je te comprends bien, tu penses que la fraude aux cartes bancaires n'est pas le seul sujet de discorde ?

Francis relève la tête et sourit en coin.

— J'en ai bien peur, hélas.

— Et si tu te trompais ?

— Francis ne se trompe que rarement. Mais là, je peux vous assurer qu'il a totalement raison. À cent pour cent… et c'est du très lourd ! Va falloir sortir les sulfateuses.

Da Prato reporte son regard sur Stan qui est en train de se remplir un nouveau verre.

Il le scrute quelques instants, hésitant entre lui gueuler dessus ou laisser couler avant, brusquement, de s'adresser à nouveau à Francis.

— C'est vrai ce que ton débile et assoiffé d'adjoint raconte ? … C'est curieux, pourquoi, ai-je l'impression à chaque seconde que tu en sais beaucoup plus que tu ne le dis ?

Francis prend une profonde inspiration avant de répondre.

— J'en ai bien peur, oui. Le fer de lance des activités de la Cosa Nostra, c'est le trafic d'héroïne. C'est grâce à Lucky Luciano ([16]) qu'il a pris des proportions gigantesques et est devenu industriel ([17]). Donc, oui, la fraude aux CB reste un épiphénomène au regard de ce que rapporte la drogue. Seulement, tu sais bien que ce sont les petits ruisseaux qui font les grands fleuves, et ces criminels sont insatiables. Luciano et son « *consigliere* », Meyer Lansky ([18]), avaient, sur ce sujet, dix ans d'avance ([19]) si ce n'est vingt ou trente.

---

[16] Salvatore Lucania, Charles « Lucky » Luciano est né le 24 novembre 1897 à Lercara Friddi en Sicile. Son influence historique sur le monde du crime est indéniable. C'est lui qui a façonné l'empire du crime organisé en le faisant rentrer dans la modernité. Il est décédé le 26 janvier 1962, à Naples.

[17] Authentique. James Mills a dit : « *La population mondiale dépense plus d'argent pour l'achat de drogue qu'elle le fait pour l'achat de nourriture. Plus que ce qu'elle dépense pour se loger, s'habiller, se soigner, s'amuser ou s'éduquer. L'industrie internationale des narcotiques est la plus importante activité économique mondiale. Ses revenus annuels dépassent les 500 milliards de dollars !* ».

[18] Meyer Lansky, né Majer Suchowlanski, le 4 juillet 1902 à Grodno (Empire Russe), aujourd'hui Hrodan en Biélorussie, était un mafioso américain associé à la famille Luciano. Surnommé « *Mastermind of the Mob* » (Le cerveau de la Mafia) ou encore « *The Ganglang Finance Chairman* » (Trésorier du Syndicat du Crime) c'était un homme si brillant que les agents du FBI disaient de lui qu'il aurait pu être le PDG de Général Motors de par sa brillantissime intelligence. Il avait en outre une mémoire exceptionnelle, ce qui fait que jamais aucun document l'incriminant n'a pu être trouvé contre lui. Il n'a jamais été condamné que pour paris illégaux. Il est mort le 15 janvier

Dominique fixe étrangement son ami sans bouger. Il a un peu de mal à assimiler tout ce que l'enquêteur vient de lui révéler. Il a l'impression d'être replongé dans les années sombres du grand banditisme. Luciano, la Cosa Nostra... des noms qui rappellent les sinistres années de la prohibition aux États-Unis ([20]), ces quelques années qui ont provoqué durablement l'enracinement du gangstérisme américain et facilité l'émergence des familles siciliennes au détriment de celles des Juifs et des Irlandais. Cinq d'entre elles d'ailleurs ont marqué leur époque : les familles Bonanno, Colombo, Lucchese, Genovese et Gambino. C'est pour te di...

— Gambino ? C'est pas eux qui fournissent Lidl en pâtes bon marché ? demande brusquement Stan en faisant un clin d'œil au chat.

Francis, qui n'aime pas beaucoup être interrompu, fusille du regard son adjoint. Il sent bien que da Prato commence également à trouver son attitude très limite, pour ne pas dire autre chose.

1983 à Miami (Floride). Il a été l'un des architectes de la Cosa Nostra américaine sous l'impulsion de Luciano.

[19] En janvier 1956, le Président Eisenhower a considérablement renforcé l'arsenal juridique et répressif de la lutte contre le trafic de drogue. Ce que l'on a appelé le *Narcotics Control Act*. Si bien que, dès la même année, presque tous les membres des 5 familles mafieuses de New York sont, soit en prison, soit menacés de graves poursuites. Pourtant, grâce à ses idées de génie, Luciano a permis à ces 5 familles de contrôler 95% du marché de la drogue vendue aux États-Unis.

[20] Le lobby conservateur (surtout les femmes qui associaient consommation d'alcool avec violences conjugales) réussit à faire interdire l'alcool dans 32 états des USA, de 1919 à 1933. Il était interdit d'importer, de fabriquer, de transporter, exporter ou vendre de l'alcool. Cette mesure avait pour but de réduire les délits de corruption. Ce fut l'inverse qui se produisit avec toutes les conséquences qui en découlent encore de nos jours. Cette période fut l'âge d'or de la mafia italo-américaine toute naissante dont le plus connu des chefs fut un certain Alfonso Gabriele Capone, Al Capone ! Ces familles bâtirent des fortunes colossales.

Le regard goguenard de Stan met Francis dans une colère froide. Il prend une profonde inspiration pour trouver le calme nécessaire. Il tient à lui expliquer quelques notions de politesse élémentaire, mais sait bien que devant une tierce personne cela la fout mal.

— Tu seras gentil, à l'avenir, de ne pas m'interrompre quand je suis en discussion avec quelqu'un. C'est la dernière fois que je te rappelle... Et pour ta gouverne, la marque de Lidl, ce n'est pas Gambino mais Combino ! C'est clair ?

Stan sourit béatement, ce qui a le don d'agacer encore plus Francis.

— Ouais, ouais ! Moi je disais ça comme ça... Quand j'étais gosse j'aimais bien me faire des colliers de nouilles avec des coqui....

Le regard meurtrier de son patron l'oblige à s'interrompre et l'air ahuri qu'il affiche achève de rendre Francis fou furieux.

— Tu la fermes !

— Mais je...

— La fer-me !

— Bon !

Un silence s'installe. Francis en profite pour reprendre une profonde inspiration alors que Dominique d'approche de lui, l'air soupçonneux.

Cachant à peine sa bouche avec sa main, il lui demande :

— Tu vas le supporter longtemps cet abruti fini ? Tu l'as repêché où ce boulet ?

Francis hausse les épaules tout en coulant un regard fataliste sur Stan qui s'est resservi un verre de whisky en sifflotant.

— Où en étais-je ? fait l'enquêteur pressé de changer de conversation.

Pendant encore une bonne douzaine de minutes, il lui explique, chiffres à l'appui, comment ces familles tiennent toujours les rênes du syndicat du crime organisé aux États-Unis ([21]), avant de se laisser tomber dans son fauteuil.

L'homme d'affaires reste mutique. Il semble avoir pris dix ans d'un coup. Il met les mains dans ses poches et se rapproche du bord de sa terrasse. Quelques instants plus tard, Francis le rejoint. L'un à côté de l'autre, sans rien dire, ils observent cette si belle nature que Dominique aime tant.

— Tu vois, là, le mur de soutènement de mon tennis est sur le point de s'effondrer. La faute aux racines de ce gigantesque et monumental sequoia, mais surtout à ce débile d'architecte qui n'a pas prévu que cet arbre allait pousser. J'ai d'ailleurs interdit à toute ma famille de s'en approcher, un accident est si vite arrivé. Je vais faire raser tout le tennis et à la place je vais construire une sorte de jardin tropical avec piscine et tout le toutim...

Da Prato s'interrompt et pose un regard défait sur l'enquêteur.

— On en est là ? Vraiment ?

Francis ne répond pas. Il est surpris par l'attitude de son ami. D'habitude, ses yeux bleus pétillent de vie et de certitudes, mais à l'instant ils n'expriment qu'un lancinant et terrible doute.

L'enquêteur sourit faiblement et se contente de hocher simplement la tête.

— Que peut-on faire alors ?

— Dans l'immédiat, prendre quelques précautions me semble judicieux. Mieux vaut envoyer ta femme et tes enfants dans un lieu sûr. Tu connais un endroit discret ? Sinon j'ai ce qu'il faut.

— Non, ça ira, je sais où les envoyer. Chez mon frère, dans le midi.

---

[21] Authentique. La famille Gambino règne à New York. Elle est très active, puissamment structurée et très redoutable. Son chef est depuis 2002, Arnold « Zeke » Squittieri. Les familles Genovese, Bonanno et Lucchese sont aussi redoutables et très bien structurées. La famille Colombo est fragilisée par des luttes intestines, elle a été exclue de la « Commission » jusqu'à sa remise en ordre totale.

— Parfait ! Mais songe à les mettre ailleurs au plus vite. La famille, c'est le premier endroit que ces salauds penseront à vérifier.

— OK !

— Ensuite je vais faire surveiller ta propriété mieux que fort Knock, et tu ne bouges plus d'ici…

— Tu plaisantes ! Je dois partir à Saint-Domingue puis en Namibie et je ne…

— Désolé, mais j'ai bien peur que tes projets de *farniente* ne soient définitivement compromis.

— Eeeh, tu déconnes, ça m'a coûté un bras toutes ces réservations et…

— Il s'agit de ta peau, Dominique. Tu n'as malheureusement plus le choix, maintenant.

Da Prato fixe le sol, le temps de digérer la mauvaise nouvelle. Il regarde à nouveau Francis.

— Et si tu te trompais ? Ne nous alarmons-nous pas trop vite pour rien ?

— Si j'ai tort, on le saura rapidement. Probablement dans les heures qui viennent. Et sincèrement, je n'ai jamais souhaité aussi ardemment m'être planté que maintenant.

INTUITION PAYANTE ! ...

Savoie,
Grésy-sur-Aix,
Carrefour Market,
mercredi 6 juin,
18 h 48

Il y a foule. On ne trouve presque plus de place dans le parking. À l'entrée, les bénévoles de la banque alimentaire, tout sourire, tendent des listes de produits de première nécessité aux clients qui viennent faire leurs courses. Des gosses courent de toute la force de leurs petites jambes sous les regards courroucés de leurs mères qui ne savent plus quoi faire pour les arrêter.

À l'accueil, Thierry Enrico, la tête emballée comme une momie, entouré de Patricia Mollard et de tout un aéropage de jeunes femmes, raconte à mots hachés sa mésaventure avant de bien vite renvoyer tout son petit monde au boulot.

Soudain, des cris venant de l'entrée lui rappellent de mauvais souvenirs.

Il n'a que le temps de se retourner pour voir deux types portant les mêmes masques de clowns effrayant, surgir en bousculant tout le monde.

Un des vigiles de service tente de s'interposer. Un coup de crosse l'envoie tout de suite au sol.

Tétanisé de peur, Enrico recule en sentant ses jambes se dérober sous lui.

L'un des clowns arme son fusil-mitrailleur, s'avançant résolument sur lui tandis que le second tueur rafale le plafond, explosant les énormes cylindres lumineux qui s'effondrent sur les caisses, effrayant personnels et clients.

Des cris fusent de partout alors que des milliers de morceaux de nourriture, objets divers, sont projetés à une vitesse hallucinante dans tous les coins sous les impacts des balles. Une pile de cahiers scolaires en promotion est littéralement hachée menu. En quelques secondes, des myriades de morceaux de papier volent dans tous les sens.

C'est la panique !

Sentant sa dernière heure venue, Thierry Enrico ferme les yeux. Patricia Mollard, à quatre pattes derrière le comptoir de l'accueil, ne sait plus quoi faire, alors que dégringolent du plafond les annonces publicitaires.

Un coup de feu !

Un cri !

Le clown le plus proche de l'entrée s'effondre, mortellement touché.

Le second agresseur est surpris. Il a arrêté de tirer et regarde dans la direction de son complice qui se tord de douleur au sol alors qu'une nuée de papiers de différentes couleurs dégringole du plafond. À six ou sept mètres de lui, sur sa droite, au niveau du rayon des livres, un type, jambes bien écartées, tient à bras tendus un Glock 19 des deux mains. Il vient d'abattre le flingueur avec un sang-froid remarquable.

Son complice hésite, arme soudain à nouveau son fusil d'assaut et va le pointer sur Jean-Georges quand il entend un nouveau coup de feu venant, cette fois-ci, de sa gauche. Instantanément, il ressent une douleur épouvantable dans le bas du dos et s'effondre à son tour en grimaçant de douleur.

Stéphanie, la belle Angevine, tenant un Beretta 92, surgit à son tour en faisant de grands mouvements circulaires des deux mains au cas où il y aurait un troisième clown en embuscade.

Les deux fidèles collaborateurs de Francis Magenta rassurent les clients et le personnel qui commencent à se relever, encore groggy et franchement pas très rassurés.

Thierry Enrico a ouvert un œil et a du mal à croire ce qu'il voit, quant à Patricia Mollard, le nez au ras du comptoir, elle n'ose pas encore se relever totalement. Sa respiration est haletante.

Rapidement, les deux privés, toujours sur le qui-vive, sont sur leurs victimes. Le premier ne bouge plus. Le Gascon repousse violemment son arme d'un coup de pied bien placé avant de lui prendre le pouls.

Des agents de la sécurité incendie arrivent en courant.

— Il est raide ! crie le Gascon. Et le tien ?

— Il n'en a plus pour longtemps, je... tiens : couic ! Tu vois, encore plus rapide.

Presque en même temps les deux privés arrachent les masques en latex pour voir les visages des agresseurs. Rapidement, ils se consultent du regard et sortent leurs portables pour les prendre en photo.

Au même moment, les sirènes de la gendarmerie rassurent tout le monde.

Jean-Georges tourne son portable et compose un numéro abrégé tandis qu'une foule compacte de badauds aussi terrorisés que curieux se rapproche de lui.

Le Gascon recule rapidement. On répond tout de suite.

— Francis ! Tu avais raison. On vient de se faire attaquer. Ils étaient deux mais on les a eus.

— Ils peuvent encore causer ?

— Malheureusement, non ! Pas eu vraiment le temps de viser, tu sais. C'était le patron et sa collaboratrice ou nous. Désolé !

— Connus ?

— Négatif ! On va t'envoyer leurs tronches d'ici quelques minutes. Tu pourras faire une recherche.

— OK ! Envoie-moi ça au plus vite sur la tablette de Stan. Ça l'occupera au lieu de me dézinguer le bar.

— Ça roule... et désolé pour...

— Tant pis, vous avez fait au mieux. Vous savez ce que vous devez dire aux flics. Collez-moi du monde derrière Enrico et Mollard. On ne les lâche pas une seule seconde. On se retrouve au bureau plus tard.

— OK !

Songeur, Francis referme son portable.

— Que se passe-t-il ?

— J'ai horreur d'avoir toujours raison.

— Ils ont remis ça au Carrefour de Grésy ?

Magenta hoche la tête.

Da Prato prend une profonde inspiration en levant les yeux au ciel.

Soudain, il se rue à l'intérieur de sa maison et appelle Lucie, son épouse.

Francis le laisse faire. Il se déplace légèrement pour voir son ami en grande conversation avec son épouse qui, visiblement, à voir son expression, tombe des nues à vitesse grand « V » avant de faire demi-tour en courant à son tour.

Da Prato se tourne pour regagner la terrasse. Son visage est défait. Il est visiblement tendu et préoccupé. Angoissé, il dévisage Francis, quémandant une aide, un signe, n'importe quoi qui puisse le rassurer. En quelques heures, il a l'impression d'avoir pris vingt ans. Pire, il a l'étrange sensation d'avoir perdu sa joie de vivre.

Francis sourit largement et s'avance vers lui.

— *Yes* ! hurle Stan.

Magenta lève les yeux au ciel.

— Qu'est-ce qu'il y a encore ?

— Celui-là, je le connais.

Agréablement surpris, l'enquêteur va le rejoindre, suivi de da Prato.

— Celui de Stéphanie ne me dit rien du tout, par contre l'autre, là, avec sa gueule de Jedi fini au pipi, je le reconnaîtrais entre mille. C'est Robert Giacometti, dit « Bob Enculator ».

— Très poétique.

— Il n'enculera plus personne maintenant, c'est toujours ça de gagner. La vie des femmes, surtout en

Corse, va se trouver drôlement facilitée. Elles pourront se pencher en avant sans craindre de...

— Épargne-nous les détails inutiles.

— À ce point ? laisse tomber Dominique en regardant la photo du cadavre.

— Pour qui travaillait-il ? demande Francis plus pragmatique.

Le fait que l'agresseur du Carrefour de Grésy-sur-Aix soit Corse ne lui apparaît pas comme une bonne nouvelle.

Stan lève un visage de gamin facétieux, ce qui fait craindre le pire à son patron.

— Pour qui tu me prends ?

— Si je te le dis tu vas te fâcher. Alors épate-moi.

— Bob était bien connu dans le Milieu pour « faciliter » certaines opérations... disons... pas très légales.

— Du genre ?

— Approvisionnement de cocaïne en particulier, sinon en général tout ce qui touche la dope... et je ne te parle pas du shampooing, aux œufs, du même nom qui...

— La ferme !

— Bon ! ... Je peux ? Une précision.

Francis saisit à deux mains le dossier du fauteuil pivotant et le fait brutalement tourner pour plonger un regard meurtrier sur son adjoint.

— Tu as intérêt à ce qu'elle soit digne de la plus grande importance, sinon...

— Elle l'est.

— Je t'écoute, répond Francis en se rapprochant dangereusement du visage de son adjoint qui rapetisse littéralement.

— Par certaines indiscrétions, je sais qu'il faisait l'intermédiaire entre les « soldats » de la mafia sicilienne ([22]) et plusieurs... commanditaires, dont il serait malséant de citer le nom par les temps qui courent, pour exécuter certaines mission de... nettoyage.

[22] Les « soldats » de la Cosa Nostra, puissance N° 1 de la planète sont estimés à environ 100 000 hommes et cadres.

— Genre godasses en ciment et troisième œil ?

— Ouais. Et pour qu'il monte au créneau en personne, m'est avis que ça devait être du costaud. Du très lourd. Du très, très lourd.

Francis se redresse lentement, réfléchissant à la portée de cette nouvelle information qui ne le réjouit pas du tout, mais lui indique néanmoins qu'il a vu juste : il se trame quelque chose de très gros, mais quoi au juste ?

Dominique da Prato s'approche. Il est perdu.

— C'est quoi cette histoire de « soldats » ?

Francis le regarde, hésitant quant à la suite à donner.

PANIQUE À L'EST ! ...

Fédération de Russie,
Moskva-City,
berge Krasnopresnenskaïa,
tour du groupe alimentaire Tchernienkov,
mercredi 6 juin,
20 h 48

La tour Tchernienkov, avec ses trois cent quarante mètres de hauteur, est la troisième plus haute tour d'Europe. Située en plein cœur du centre international des affaires à Moscou ([23]), elle permet au patron de ce groupe alimentaire d'étaler toute sa richesse et son opulence avec une insolence rare mais typique des slaves.

Mais même les plus grands ont leurs mauvais jours.

L'imposant Vassili Tchernienkov traverse le large couloir qui mène à son bureau au pas de charge sans cesser d'insulter le monde entier.

---

[23] C'est le Centre de Commerce International de Moscou (CCIM). Cette zone a vu le jour en 1992. Les travaux sont encore en cours. On y trouve le plus haut gratte-ciel d'Europe : le Complexe de la Fédération avec 373 mètres de hauteur. 6 autres tours comptent parmi les plus grandes d'Europe. Sa superficie est proche de celle de la Défense à Paris (environ 1 km²). On compte 20 sites actuellement.

Suivi par un important aéropage de dociles et dévoués collaborateurs qui trottinent difficilement derrière leur mentor, ils attendent avec appréhension les décisions de cet homme d'affaires qui fait la pluie et le beau temps dans le monde de l'agro-alimentaire en Russie.

Ses liens avec le monde glauque du crime organisé sont connus de tous, mais seule la loi de l'Omertà permet, à coup sûr, à tout un chacun de rester en vie. Quoique...

Il doit cette quasi impunité à ses relations très amicales avec un certain Vladimir Poutine.

Quand on connaît Dieu en personne, ça aide !

— Qu'est-ce que c'est que cette nouvelle absurdité ? hurle-t-il, fou de rage et rouge de colère.

— Ce... c'est... Malheureusement... c'est confirmé... Igor et Youri ont bien été... euh... abattus !

Servile, le jeune homme qui essaie de suivre la cadence infernale imposée par son patron regarde fixement la moquette qui recouvre tout le couloir.

— Et regardez-moi quand vous me parlez ! éructe l'ogre russe.

— Mes lacets étaient défaits, balbutie misérablement le secrétaire en tremblant.

Tchernienkov s'immobilise brusquement. Derrière, on frôle le carambolage.

L'ogre russe se calme soudain, regarde tout autour de lui puis, d'un signe discret, appelle un homme grand, aux cheveux noirs et longs, à l'air indubitablement oriental et portant un costume trois pièces sombre.

Aussitôt, l'homme s'avance tandis que le magnat ouvre la porte de son bureau.

— Vous autres, retournez à vos postes, je ne vous paye pas pour vous tourner les pouces !

La débandade est rapide. L'homme en costume sombre entré, Tchernienkov referme sur lui en disant.

— C'est vrai cette connerie ?

— Malheureusement oui. Ils ont été descendus par un commando de trois hommes alors qu'ils essayaient de négocier ce... ce que vous savez !

— Quoi ! Comment ces putains de dossiers sont arrivés en France ? Mais nom de Dieu, comment diable ont-ils pu sortir du Kremlin ? ... Mais à qui pouvons-nous faire confiance de nos jours ? C'est insensé ! Vladimir va avoir de mes nouvelles !

L'ogre russe se passe une main lourde sur le visage et jette sa veste en toile couverte de sueur sur une banquette sans même regarder où elle tombe.

Il prend une profonde inspiration et va s'assoir derrière un bureau aux dimensions impressionnantes, tout à son image.

— Je répète ma question : comment ces documents ont-ils pu parvenir jusqu'en France ?

— La question n'est pas « comment », mais bien plutôt « qui ».

Tchernienkov se redresse dans son grand fauteuil de cuir et sourit largement.

— Toi, tu sais que tu n'es pas bête. Tu as une idée ? Igor Gromyko et Youri Guelendjik devaient les racheter, mais pas se faire buter. Ça, ce n'était pas prévu au programme. Qui ?

— Nous ignorons tout de ces trois agresseurs... pour le moment. Cependant...

— Oui ? Tu as une idée ?

— Un vol est totalement impossible. Il est donc clair que nous avons une taupe au sein même de l'exécutif. Une taupe suffisamment proche de Poutine pour avoir accès à ce genre de dossiers ultra sensibles.

— Tu sais ce qui est en jeu ?

— Parfaitement.

— Si cette affaire s'ébruite au niveau international, je ne donne plus beaucoup de chances à notre projet d'hégémonie. Il faut intervenir, tout de suite ! Y a-t-il des témoins ?

— Oui, trois ! Un certain Dominique da Prato et...

— Da Prato ! Oui, oui, oui ! Ce nom ne m'est pas inconnu. Ce type est une pointure dans le monde de l'agroalimentaire, comme moi. Un collègue... Qui sont les deux autres ?

— Patricia Mollard et Thierry Enrico.

— Jamais entendu parler. Il me les faut ! Tous ! Alors, tu sais ce qu'il te reste à faire... Mais cette fois-ci, Wazim, je veux que ce soit toi en personne qui t'en occupes.

— Bien ! Je pars immédiatement pour la France. Et pour notre taupe, ici ? ...

— Je vais personnellement m'en occuper. Je ne vais pas lui permettre de nous cocufier une seconde fois, crois-moi.

LES « SOLDATS » DU CRIME ORGANISÉ ! ...

France, Savoie,
Tresserve,
au même moment

— Le juge Giovanni Falcone ([24]) qui a combattu la mafia et y a laissé malheureusement la vie, définissait ces « soldats » comme étant des hommes d'honneur ([25]). En Sicile, il ne doit guère y en avoir plus de cinq mille. Ils obéissent à des règles extrêmement strictes et rigides, ce qui fait d'eux des... « soldats » au sens propre du terme. Ils représentent l'Université du crime organisé. Le juge disait que : « Même s'ils s'appellent « soldats », ce sont tous des généraux ».

---

[24] Giovanni Salvatore Augusto Falcone, né le 18 mai 1939 à Palerme, assassiné le 23 mai 1992 à Capaci (Sicile). C'était un juge anti-mafia très engagé et particulièrement déterminé. Grâce à lui, on a parlé de « maxi-procès » car il est à l'origine de 474 accusations qui ont entraîné 360 condamnations dont 19 perpétuités et 114 acquittements. Soit un total de 2665 années de prison cumulées. Il a été assassiné sur les ordres de Toto Riina, un des chefs de la Cosa Nostra. Ses hommes ont fait sauter une portion d'autoroute sur une centaine de mètres au moment où la voiture du juge et son escorte passait.

[25] C'est ainsi que l'on définit les membres de la Cosa Nostra.

— OK, je comprends un peu mieux, mais ça n'explique pas tout et...

— En effet, cela n'explique pas tout. Un peu d'histoire te ferait-elle peur ?

— Oh que non, j'adore. L'histoire permet de mieux comprendre parfois les agissements bizarroïdes de certains hommes.

— Alors tu vas être servi. En 1935, Fiorello La Guardia ([26]), le nouveau Maire de New York, décide de faire la guerre au crime organisé. Il charge Thomas Dewey ([27]), district attorney, un jeune juriste doué et populaire, d'ouvrir les hostilités. Très vite, les succès sont au rendez-vous et le juge concentre ses efforts sur Lucky Luciano et Dutch Schultz ([28]). La pression est si forte sur ces deux criminels que le 23 octobre 1935, une réunion a lieu devant la Commission. Schultz, qui ne fait pas partie de la Cosa Nostra, demande l'élimination du district attorney. Luciano et les membres de la Commission refusent tout net. Pourtant Luciano est lui aussi dans le collimateur, mais il sait très bien que s'il s'attaque physiquement au juge, c'est tout le monde du

---

[26] Fiorello Enrico LaGuardia, né le 11 décembre 1882 à New York et décédé dans la même ville le 20 septembre 1947. Il a été 3 fois Maire de New York. Il était également membre du parti Républicain. Surnommé « *Little Flower* » (petite fleur. Il mesurait 1.57 m), il est reconnu pour sa très bonne gestion de la ville au lendemain de la grande dépression suite au krach de 1929.

[27] Thomas Dewey, né le 24 mars 1902 à Owosso (Michigan), était un homme politique américain. Il a été gouverneur de l'État de New York de 1943 à 1955. Il s'est présenté aux élections présidentielles en 1944 (battu par Roosevelt) et en 1948 (battu par Truman). Il a mené une guerre sans merci au grand banditisme et notamment à la Cosa Nostra. Il est le 1er candidat aux présidentielles à être né au 20ème siècle. Il est décédé le 16 mars1971 après s'être retiré de la vie publique.

[28] Dutch Schultz, né Arthur Flegenheimer, le 6 août 1902 dans le Bronx était un redoutable mafieux américain de la Yiddish Connection. Il fit fortune dans le trafic d'alcool, le jeu à Harlem. Connu pour être un colérique, lunatique, paranoïaque et cynique, il fut abattu sur les ordres de Lucky Luciano le 24 octobre 1935.

crime organisé qui va être mis sur la sellette, et ça, Luciano n'en veut absolument pas. Il estime que tout homme a son prix et que c'est dans ce sens qu'il faut chercher. Fou furieux, Schultz quitte la réunion en hurlant qu'il va régler lui-même le problème et dans les quarante-huit heures.

— Et que s'est-il passé ? Il l'a flingué le juge ?

— Non ! Luciano a réagi avant en chargeant Umberto « Albert » Anastasia ([29]) de mettre tous ses tueurs de la Murder Inc. sur la piste de Schultz pour l'éliminer au plus vite et sauver ainsi la tête du jeune juge. Ironie du sort, après l'élimination de Schultz, Dewey a concentré ses efforts sur Luciano et a réussi à le faire tomber pour proxénétisme aggravé.

— Luciano est allé en taule ?

— Oui. Il a écopé respectivement de trente et cinquante ans ([30]).

— Cette histoire est bien belle, mais quel rapport avec les « soldats » ?

— J'y arrive. Le 8 décembre 1941, au lendemain de l'attaque japonaise sur Pearl Harbor, le Président Roosevelt, soutenu par le Congrès, déclare la guerre aux forces de l'Axe. L'effort de guerre américain est colossal. Aussi, au début de 1942, l'État-Major décide de tout faire pour sauvegarder l'Angleterre, seule tête de pont en Europe, en la ravitaillant. Mais il faut des bateaux. Beaucoup de bateaux. L'armée décide d'aménager le port de New York et les rives de l'Hudson en ateliers pour transformer les paquebots en navires de transport.

— Je commence à voir où tu veux en venir.

— C'est ainsi que le fameux navire français, le « Normandie », soustrait à Vichy, doit devenir « La

---

[29] Umberto Anastasio, plus connu sous le vocable Albert Anastasia, est né le 26 septembre 1902 à Tropéa (Calabre). Il est mort assassiné le 25 octobre 1957 à New York. Il était surnommé « *Lord High Executioner* » (Seigneur grand exécuteur) pour son aptitude particulière à tuer. On lui attribue entre 500 et 700 meurtres par le biais de la Murder Inc, dont il était le patron. Il dirigeait la famille Mangano de 1951 à sa mort.

[30] Authentique.

Fayette ». Mais dans la nuit du 9 février 1942, le « Normandie » en cours de transformation, est victime d'un acte de sabotage, prend feu, et coule ravagé par les flammes ([31]). Les services de renseignements de la Navy sont sidérés. Aussi, ses dirigeants décident de demander à la Cosa Nostra, qui règne en maîtresse absolue sur les docks, de leur venir en aide.

Le patron des docks à cette époque, un certain Joseph « Socks » Lanza ([32]), refuse de prendre la moindre décision, partant du fait que cela le dépasse. Il oriente les gars de l'ONI ([33]) sur la Commission et c'est ainsi qu'en mars 1942, Luciano reçoit la visite, dans sa cellule de Clinton Prison de Dannemora, alors que sa deuxième demande de remise en liberté a été rejetée, des émissaires de l'armée. Luciano comprend tout de suite le parti qu'il peut tirer de ce marché très simple. Il garantit la sécurité totale des docks contre sa remise en liberté. Le marché est très vite scellé et les États-Unis, désormais sûrs de ses ports, se lancent dans des travaux colossaux. Petite précision et non des moindres : l'ordre et la sécurité ont été rétablis avec une précision et une rigueur toute militaire.

— Clin d'œil à ces « soldats », n'est-ce pas ?

— En effet, mais tu vas vite voir que c'est allé encore beaucoup plus loin.

— Je m'attends à tout.

---

[31] Certains spécialistes du crime organisé américain, comme Jay Robert Nash, affirment aujourd'hui que le sabotage du « Normandie » a été planifié et ordonné par Meyer Lansky en personne afin de forcer la main de la Navy en vue de libérer Luciano.

[32] Joseph Lanza, né à Palerme (Sicile) en 1904 (date incertaine) et est décédé le 8 octobre 1968 de sa belle mort. C'était un mafieux de la famille Genovese. Il est devenu le patron incontesté du marché aux poissons, le « *Fulton Fish Market* » de 1940 à 1968, date de son décès. Il régnait en maître absolu sur les docks. Il était très proche de Lucky Luciano.

[33] ONI pour *Office of Naval Intelligence*. Service de renseignement de la Navy, crée en 1882. Le QG se trouve à Suitland (Maryland).

— Durant l'époque fasciste, le Duce, Benito Mussolini, a mené une guerre ouverte contre la mafia sicilienne.

— Tu dis cela parce que je suis italien d'origine, ironise da Prato en s'efforçant de sourire.

— Nullement, c'est simplement pour que tu comprennes mieux la suite des événements. Donc, si le Duce a ouvertement attaqué la mafia, cela ne l'a toutefois par empêché de profiter des largesses du crime organisé. Réfugié à Naples depuis 1937 pour échapper à une condamnation à mort, Vito Genovese était un proche du régime totalitaire italien. Proche et fournisseur d'héroïne du Comte Galeazzo Ciano ([34]) ministre des affaires étrangères et gendre de Mussolini. Genovese avait transformé Naples en tête de pont pour l'envoi de drogue aux États-Unis. En échange de la bénédiction du Duce, Genovese lui a reversé plusieurs millions de dollars dont certains sur des comptes en Suisse ([35]). Cerise sur le gâteau, Genovese a même contribué, à hauteur de deux cent cinquante mille dollars, à la construction, au siège du parti fasciste de Nola, d'un monument à la gloire du dictateur. En 1943, lorsque les Alliés ont planifié le débarquement en Sicile, c'est tout naturellement vers Luciano que les gars de l'ONI se sont tournés pour demander de l'aide pour l'invasion de l'île. Meyer Lansky était à la manœuvre dans ce rapprochement. Cette fois-ci, les négociations

---

[34] Gian Galeazzo Ciano, comte de Cortellazzo et de Buccari, né à Livourne le 18 mars1903 d'une riche famille d'armateur. Il est cousin du Roi et est très proche d'Umberto II d'Italie. C'est un fasciste de la première heure ayant participé à la marche sur Rome en 1922. Gendre de Mussolini après avoir épousé Edda, la fille du Duce. À compter de ce moment, il connaît une fulgurante ascension dans le régime fasciste, devient ministre de la presse et de la propagande de 1934 à 1936, puis ministre des affaires étrangères de juin 1936 à janvier 1943. Il est exécuté sur les ordres de son beau-père le 11 janvier 1944 à Vérone. En effet, ayant voté la destitution de son beau-père, il est arrêté par les Allemands qui le remettent au Duce. Malgré les supplications de sa fille, Edda, rien n'y fit.

[35] Authentique.

sont plus longues, car Luciano, en plus de sa liberté, exige que les mafias siciliennes, qui aideront les troupes alliées, se retrouvent en position de force à la fin des combats.

— Tu plaisantes, là !

— Malheureusement, non. Les Américains promettent que des élections auront bien lieu et qu'ils ne feront pression sur personne en révélant le passé « obscur » de certains candidats ([36]).

— C'est effarant !

— Mais vrai ([37]). En faisant ainsi, les gars de la Navy n'ont pas réalisé qu'ils offraient à la mafia la Sicile sur un plateau d'argent.

Da Prato tapote le bout de ses doigts. Visiblement, il commence à s'énerver.

— Bon Dieu, mais qu'est-ce que j'ai à voir, moi avec ces racketteurs planétaires ? Les seuls racketteurs que je tolère sont ceux de Bercy, pour le reste...

— Il s'agit probablement de beaucoup plus gros. Alors, je te répète pour la énième fois ma question : as-tu, oui ou non, pris quelque chose ? Ou entendu quelque chose ? Ou vu quelque chose ? L'Asiatique, en mourant t'a-t-il glissé quelque chose même sans que tu t'en sois aperçu ?

— Non, non et encore non ! Combien de fois devrais-je te le dire et te le redire ?

— OK, OK, ne t'énerve pas. Comprends bien que je dois te poser ce genre de questions si tu veux que je puisse t'aider efficacement.

— Moi, y a un truc que je voudrais bien comprendre, les interrompt Stan.

Francis se retourne avec l'envie de lui dire « s'il n'y en avait qu'un ! » mais se ravise. Le moment n'est pas à la plaisanterie.

— Quoi donc ?

---

[36] Authentique.

[37] Absolument authentique. Cette ahurissante décision américaine a permis la fulgurante ascension de la mafia en Italie et, par voie de conséquence, son implantation dans le monde entier.

— La Cosa Nostra avait une emprise extraordinaire sur la vie économique américaine, n'a-t-elle pas été tentée de se créer un vaste réseau de corruption ?

— Bien sûr que si. C'est d'ailleurs comme cela qu'elle a prospéré. Luciano a tout fait pour élargir ce réseau et particulièrement dans le monde politique. C'est logique ([38]).

— On a des preuves de ça ?

— Rien de probant, mais il semblerait que la Cosa Nostra ait essayé de soudoyer ou d'acheter de nombreux hommes politiques, dont, à l'époque, ce fameux district attorney qui lui faisait de l'ombre.

— Ce Thomas Dewey.

— Lui-même. L'homme s'est présenté à deux reprises à l'élection présidentielle, ne l'oublions pas. En 1944, lassé de poursuivre le crime organisé, il a décidé d'utiliser sa popularité pour briguer la candidature à la Maison-Blanche pour le parti Républicain ([39]). Il a été soutenu par l'extrême droite qui voyait en lui le « chevalier blanc » qui lave plus blanc que blanc. Luciano avouera même avoir fait déposer plus de quatre-vingt-dix mille dollars, en liquide, au siège de campagne de Dewey.

— Et ça a servi à quelque chose ?

— C'est bien là la question, car, au fil de sa campagne, Dewey a, petit à petit, laissé de côté son cheval de bataille : la guerre contre le crime organisé.

---

[38] Les tentatives de corruption de la Cosa Nostra dans le monde politique ont réellement existé, mais rien n'a jamais été formellement prouvé. Citons pourtant le cas de Louis « Lepke » Buchalter, gros bonnet du crime organisé (il gérait le fonds de retraite du monde de l'habillement), l'un des rares à avoir été interpellé, jugé, condamné et exécuté. En 1944, les journaux ont révélé qu'il avait tenté de soudoyer Thomas Dewey. Pour sauver sa peau, « Lepke » lui aurait proposé de dévoiler le nom d'un des proches conseillers du Président Roosevelt, acheté par la Cosa Nostra. Ce nom n'a jamais été découvert malgré de fortes présomptions sur certains hommes de l'entourage de FDR.

[39] Authentique.

— Il aurait été acheté alors ? s'étonne da Prato.

— Il n'y a aucune preuve flagrante, mais il est curieux de noter qu'en 1950, quand le Sénat Américain, sous l'impulsion d'Estes Kefauver ([40]), mène sa première commission d'enquête sur le crime organisé, Dewey refusera de témoigner.

— Il s'était retiré de la vie publique, il devait en avoir un poil marre de ce genre d'enquêtes et de commissions qui ne débouchaient généralement sur rien du tout à part du vent et de belles promesses.

— Possible, Stan, très possible, seulement, il a refusé de se présenter pour répondre à une demande de Kefauver qui souhaitait l'interroger précisément sur les dessous de la libération de Luciano et la présence, tout à fait légale, depuis des années, d'un casino dans un centre de loisirs pour milliardaires à Saratoga, une ville placée pourtant sous la juridiction de... Dewey ([41]). Je précise que ce casino était géré, en réalité, par Meyer Lansky. Enfin, dernier élément troublant, le nom de Thomas Dewey figure sur la liste des très importants actionnaires de la société *Mary Carter Paints* ([42]).

---

[40] Carey Estes Kefauver, né le 26 juillet 1903 à Madisonville (Tennessee). Il devient un avocat très réputé. Il était membre du parti Démocrate, puis devint sénateur du Tennessee de 1949 jusqu'en 1963 (décès survenu le 10 août 1963). En 1950, il a présidé la commission sénatoriale qui menait des investigations très poussées sur le crime organisé. Ainsi, il a entendu les célèbres mafieux Frank Costello et Joe Adonis. Colistier d'Adlai Stevenson à la présidentielle de 1956, le duo fut battu par Dwight Eisenhower. Il fut membre du comité anti-trust du Sénat de 1957 à 1963.

[41] Authentique.

[42] En 1958, la *Mary Carter Cie*, un fabricant de peinture du New Jersey, a été acquis par un groupement d'investisseurs. L'activité de peinture étant en baisse, la société a cherché à se diversifier en se lançant dans l'aménagement du territoire. Elle achète 1 200 acres de terre à Freeport (Bahamas) et a construit *Paradise Island Casinos*. Cette société a été rebaptisée pour échapper aux feux de l'actualité. À ce jour, elle existe toujours et est extrêmement présente dans la zone Caraïbes, sous le nom de *Resorts International* depuis 1968, où, chaque année, de plus en plus d'Américains se rendent. Cette société

— C'est quoi ? demande da Prato, vivement intéressé.

— Cette société est en fait... était plutôt, une société écran finançant l'implantation d'une chaîne de casinos et de centres de loisirs dans les Bahamas. Cette opération était dirigée par Meyer Lansky au bénéfice de Luciano. Elle a nécessité beaucoup de corruptions, pas mal d'assassinats et l'ouverture de nombreux comptes bancaires en Suisse.

Da Prato ricane longuement.

— Avez-vous remarqué que, dès qu'il s'agit de l'épineux et très sensible domaine de la finance, à chaque fois, la Suisse est citée et figure toujours en très bonne place. En fait la Confédération helvétique est la Mecque de la finance internationale en général et de celle du grand banditisme en particulier. C'est le royaume de la grande hypocrisie. Cachez cette fraude que je ne saurais voir !

Francis dévisage longuement son ami et réalise tout à coup, avec une acuité toute particulière, dans quel monde il vit, un monde fait de paillettes, de postures, dans lequel, en affichant une volonté indéfectible d'honnêteté totale, tout le monde et surtout nos gouvernants et les grands de ce monde, font ce qu'ils veulent et tournent quotidiennement la loi en dérision. Seul risque : se faire piquer, et encore... ([43]).

— Ouais lâche-t-il tout en se demandant pourquoi il court toujours après la justice. Serait-il le dernier à y croire ? Qu'est-ce qui le motive encore ?

— On fait quoi, maintenant ? demande da Prato en remplissant à nouveau son verre.

Il en a grand besoin.

Francis prend une grande inspiration, se lève et vient taper amicalement le dos de son ami.

---

a été brièvement contrôlée par un certain... Donald Trump. En 1996, elle a été rachetée par Sun International.

[43] En effet, après *Panama Papers* et *Paradise Papers*, que s'est-il passé ? Rien ! Mais rien du tout. Quelques ajustements techniques accompagnés de quelques traversées du désert pour certains, et puis après ? Après, rien ! Le jeu continue ! Circulez, il n'y a rien à voir !

— Occupe-toi au plus vite de ta petite famille. Moi, je vais continuer à chercher le pourquoi du comment. Ça ira pour cette nuit ? Tu veux que je t'envoie du monde ?

— Non, ça ira.

Plus dubitatif, Francis sort son portable et ordonne à l'une de ses équipes de gros bras de venir surveiller les lieux. On ne sait jamais, surtout avec des professionnels du flingue dans la nature.

LA PIEUVRE ! ...

Italie,
Rome,
quartier de l'EUR,
mercredi 6 juin,
19 h 17

Paolo Noferini a raccroché avec une lenteur exaspérante. La conversation qu'il vient d'avoir ne l'a pas vraiment enthousiasmé, bien au contraire.

— Ce n'est pas possible !

— Quoi ! Qu'est-ce qui n'est pas possible ? s'exclame l'homme qui se tient devant lui, assis, jambes croisées.

— Ils ont remis ça à Aix-les-Bains !

— Quoi ! Mais, *per la Madonna*, qu'est-ce qu'il se passe là-bas ? Ils sont devenus fous ou quoi ? C'est en rapport avec la première fusillade ?

— Il semblerait que oui. Grésy-sur-Aix.

— Là où bossent ces deux français, Enrico et... Mollard... c'est ça ?

— Exact.

— Ma *Porca Miseria,* qui s'amuse à faire des cartons sur ces gens et nos « soldats » ?

— Je n'en sais rien Renzo, je n'en sais strictement rien. Ce dont je suis sûr, en revanche, c'est qu'il y a quelqu'un, quelque part, qui se la joue en solo et je n'apprécie pas qu'on vienne me défier, surtout en ce moment, avec cette histoire abracadabrante de documents volés aux Russes.

— Tu n'as pas plus de précisions ?

— J'attends d'autres informations par mail.

À cinquante-quatre ans, Noferini en paraît dix de moins. Plutôt dans la moyenne question taille, il frise l'embonpoint et avec sa calvitie frontale émergeante, il ressemble davantage à un épicier du dimanche à la retraite qu'à un redoutable avocat en Droit international des affaires.

Un visage expressif aux traits bien délimités. Des joues creuses avec une bouche fine dessinée d'un simple trait. Des sourcils proches des yeux : un homme sérieux, observateur, capable d'une très grande concentration particulièrement lorsqu'il vise des objectifs précis. Naturellement doué pour la réflexion. Avec sa famille, ses rapports peuvent être violents ; un vrai Latin en somme, mais avant tout Sicilien qui règne en maître sur son clan et dont la femme n'a qu'un seul droit : se taire et suivre le mouvement ; pas plus compliqué que ça !

Exigeant dans tout ce qu'il entreprend, il privilégie la qualité à la quantité. Un manque évident de souplesse lié à une volonté absolue de voir toutes ses entreprises se conclure à son avantage. Et gare à ceux qui ne sont pas d'accord : il n'a aucune mansuétude à leur égard.

À contrario, Paolo Noferini peut soudain se montrer très proche de ses enfants, voire les aduler et les couvrir de cadeaux dispendieux avec un art de la prodigalité poussé à son paroxysme. Fervent catholique, il met un point d'honneur à se rendre chaque dimanche à la messe ! Un être curieux et pour le moins contradictoire.

Il laisse échapper un long soupir tout en classant les minutes d'un interminable et coûteux procès qu'il est certain de gagner. Encore des empêcheurs de magouiller en rond ! Décidément, le monde est vraiment injuste avec lui !

Brusquement, l'alerte de sa messagerie le tire de ses pensées. Il l'ouvre rapidement et, plus il lit, plus son visage change littéralement d'expression.

— Que se passe-t-il encore ? demande son interlocuteur, inquiet.

Noferini demeure immobile quelques secondes, cherchant visiblement à retrouver son calme, puis sort machinalement son stylo Mont Blanc William Faulkner et le fait rouler entre ses doigts. Geste typique chez certains hommes d'influence de sa trempe.

Curieusement, il ne parvient pas à chasser un vague sentiment d'insécurité qui le taraude. Il n'est pas habitué, c'est tellement rare quand il est face à l'échec.

— C'est le Corse qui a été descendu. L'homme de Torriello, tu te rappelles. Il va être content. Il perd son meilleur flingueur.

— On s'en fout de Torriello ! Ce que je vois c'est qu'il va falloir qu'on s'en mêle si on veut y comprendre quelque chose. Nous devons absolument mettre la main sur cet Enrico et cette femme... comment, déjà...

— Mollard ! Patricia Mollard.

— Ah oui. Les Français ont vraiment de drôles de noms. Ils habitent où ?

— La femme à Brison-Saint-Innocent, quant à l'homme, Thierry Enrico, il est en train de déménager. Il a été muté à Crolles, en Isère.

— Ça ne va pas nous simplifier la tâche. Bref, une nouvelle fusillade ne fera qu'aggraver la situation. Ce n'est pas bon...

— Nous n'avons pas d'autre choix.

L'homme, agacé, efface la remarque d'un geste sec.

— On a toujours le choix ! Ce n'est qu'une question de courage... Sait-on qui a eu le Corse ?

Noferini reste mutique, les yeux dans le vague.

— Paolo ! Qui a abattu le Corse ?

— Encore ce Magenta de Malheur ! ... Magenta ! Francis Magenta ! ... Il faut s'attendre à avoir de nouveaux problèmes, et pas des moindres.

— Quoi ! Ce satané privé est encore sur notre dos ! Dommage que tu l'aies manqué quand il est venu à Rome ! ([44]). Oui, vraiment dommage.

— Qu'est-ce que tu en penses ? demande Noferini en tournant son visage sur Renzo Zecchinato.

— Que ça commence à être chaud ! Trop chaud à mon goût. Beaucoup de gens commencent à s'agiter autour de ces documents, et ça, ce n'est pas bon ; pas bon du tout ! répond celui que tout le monde appelle « *Il Consigliere* ».

La cinquantaine bien entamée, Zecchinato est d'une taille fort appréciable. Pas une once de graisse, que des os ; un sac d'os, pourrait-on dire. Un visage taillé à la serpe sous une magnifique chevelure poivre et sel, un regard toujours fuyant, sauf quand il sait ses propres intérêts directement concernés ou menacés. Peu loquace. Pas de famille. Aucune liaison connue. Avocat lui aussi, c'est un redoutable conseiller parfaitement retors et insaisissable. Idéal pour Noferini !

— Qu'il faut en finir, une bonne fois pour toutes. Il y a des comptes qui ne peuvent pas se régler autrement qu'en bloc.

— Ça va devenir compliqué, très compliqué, ajoute Noferini en concluant qu'il ne doit plus tergiverser.

— Il faut étouffer cette affaire avant qu'elle ne prenne de l'ampleur au point qu'il ne nous sera plus possible de maîtriser la situation. Nous n'allons pas attendre qu'il débarque à Rome, on va l'éliminer tout de suite. On le sort de notre chemin, ensuite, il faut impérativement savoir ce que ces deux français savent et...

— Ils sont trois. Il y a ce da Prato, ne l'oublie pas. Lui aussi doit savoir quelque chose. Surtout lui !

— C'est une évidence, nous devons absolument découvrir ce qu'il sait. Nos hommes n'ont qu'à les kidnapper et...

— Agissons avec prudence, ce ne sera pas une partie de plaisir.

---

[44] Voir « *Arnaque à Genève* ».

— Pourquoi ? ... Ne me dis pas que...

— Malheureusement si. Da Prato a pour excellent ami ce diable de Magenta. Et il le protège en permanence, tout comme les deux autres. Il fait dans l'efficace, on vient d'en avoir encore la preuve dans ce Carrefour de Grésy. Tu comprends mieux maintenant pourquoi ce ne sera pas une partie de plaisir ?

— Encore ce maudit ! rugit Zecchinato.

— Il nous faut les faire parler, peut-être comprendrons-nous qui se cache derrière ces fusillades.

— Quelqu'un de chez nous ?

— Possible Renzo, possible.

— Tu as des soupçons sur qui ?

— Zanardi.

— Toujours lui. Mais que cherche-t-il à la fin ?

L'avocat pose son stylo et sort son portable. On décroche presque tout de suite.

— Angelo ?

— *Si !*

— Retrouve-moi au « *Fungo* » ([45]) dans vingt minutes. Sois ponctuel. J'ai du travail pour toi ! ... Et du lourd, du très lourd.

— *Daccordo !*

Renzo Zecchinato, le visage grave, approuve silencieusement en hochant mécaniquement la tête.

— Et Straumer, tu le préviens aussi ? Ce serait plus élégant si ça venait de toi. Tu sais bien que le Conseiller privé du Président des États-Unis, même s'il n'est plus aux affaires, n'aime pas être mis devant le fait

---

[45] Le restaurant « *Fungo quattordicesimo piano* », est situé sur la petite colline de Piazza Pakistan. C'est un établissement réputé tant par son originalité que par ses menus dont les prix sélectionnent la clientèle. Cet ancien château d'eau de plus de cinquante mètres de haut, construit dans les années 1957-59 a eu pour mission essentielle l'approvisionnement du quartier. L'architecte Lorenzo Monardo y a fait bâtir, au sommet, un belvédère circulaire étonnant qui donne l'impression fantastique de voler au-dessus de la ville éternelle ainsi qu'un restaurant. Malheureusement l'établissement a dû fermer et il fallut attendre la fin des années 1980 pour qu'il soit de nouveau ouvert au public après trois années de travaux.

accompli... sans compter que cela ne pourrait que consolider nos « liens » commerciaux.

— C'est ce que j'allais faire, mon ami. C'est ce que j'allais faire, tout comme il est essentiel d'avertir aussi et en priorité notre homme au Kremlin. Il faut savoir comment ces saloperies de papiers ont pu sortir de chez eux. Nous devons avoir une taupe parmi nous.

— Mais pour qui travaille-t-elle ?

L'avocat reprend son portable tout en consultant sa montre.

Restaurant « *Il Fungo* »,
20 h 14

Paolo Noferini n'a pas beaucoup de chemin à faire pour s'y rendre depuis son bureau situé au dernier étage d'un imposant immeuble en marbre blanc Via Ettore Majorana. Il lui suffit de prendre la Via Cristoforo Colombo et il y est.

Entouré de ses molosses, l'avocat laisse son chauffeur aller se garer plus loin, et s'engouffre rapidement dans le restaurant.

Il aperçoit un homme accoudé au bar du « piano zéro », au rez-de-chaussée, et le salue en s'approchant de lui.

— Qu'est-ce que vous prenez ? demande Angelo Venturi d'une voix sourde tandis que les gardes du corps s'éparpillent discrètement dans le restaurant... au cas où...

À regarder de plus près l'homme des basses besognes du Sicilien, on devine assez facilement qu'il est plus proche d'un melon givré que d'Einstein, mais pour ce qu'en attend l'avocat, c'est largement suffisant.

Grand, costaud, ce noiraud portant bien sa trentaine, au visage de poupon, a grandi dans la banlieue de Naples et il est tout dévoué à son patron depuis que celui-ci l'a tiré d'une sale affaire. Un peu plus intelligent que la moyenne, certainement parce qu'il a dû, très tôt, gagner sa vie par lui-même en jouant le plus souvent des coudes et ensuite du couteau, il s'est toujours acquitté avec un zèle particulièrement apprécié des tâches, plus ou moins honnêtes - plutôt moins d'ailleurs - que Noferini lui a confiées.

Ainsi, très vite, il a compris qu'il est plus facile de flinguer ses contemporains que de travailler pour eux, ou avec eux ; ce qui revient au même. Doté d'un certain goût pour la poésie, il se plaît à rappeler sa devise : « *La mort c'est ma vie !* ». Décidément, Noferini sait s'entourer de gens efficaces !

— Un Campari, comme toi !

Le barman le sert rapidement. Venturi attend qu'il se soit éloigné pour interroger l'avocat.

— Que se passe-t-il, *padrone* ?

— J'ai réservé une table. Cette fois-ci, il va falloir doublement te surpasser. Tu vas en France. Je t'en parlerai en dînant ! répond Noferini, un brin énigmatique, plongeant le nez dans son verre.

UN INTERROGATOIRE PRÉCIEUX ! ...

Savoie,
Grésy-sur-Aix,
jeudi 7 juin,
08 h 58

Francis et Stan n'ont pas beaucoup dormi. Après avoir contrôlé la mise en place de son important dispositif - une quinzaine d'hommes - autour de la propriété de son ami, Francis a décidé d'accélérer le mouvement. Cette histoire de mafia ne l'enchante guère et il craint, à juste raison, pour la sécurité de Dominique. Problème, c'est que s'il entrevoit bien la ligne générale de cette nouvelle enquête, il ne sait pas sur quoi elle va déboucher ni quels en sont les mobiles, qui peuvent être très nombreux.

Il a besoin d'indices, de renseignements, afin de réduire son cercle de recherches, pour être plus efficace sans avoir à se disperser. Et il doit faire vite, les « soldats » n'ont pas la réputation de s'endormir sur leurs lauriers et ils feront tout pour sauvegarder leurs trafics. Mais quels trafics ?

Pour ça, il compte beaucoup sur la discussion qu'il va avoir avec le directeur, Thierry Enrico. Peut-être a-t-il vu ou entendu quelque chose ?

Seul élément concret dont il soit sûr : da Prato s'est trouvé au mauvais endroit et au mauvais moment.

Sans le vouloir, le voilà entraîné dans une histoire qui le dépasse totalement et bien plus qu'il ne pourrait jamais l'imaginer.

D'un pas décidé, les deux enquêteurs franchissent le sas d'entrée puis les portes du Carrefour Market. Malgré l'important dispositif policier mis en place suite à l'agression de la veille, l'accès est encore assez aisé et les clients, finalement, n'ont pas déserté leur surface préférée.

Thierry Enrico, le directeur sur le départ, et Patricia Mollard, sa collaboratrice, ont malgré tout tenu à venir travailler. Pour le personnel d'abord, pour les clients ensuite et surtout pour éviter de devoir tourner en rond comme des lions en cage chez eux.

Inquiet et sur les nerfs, le directeur reçoit les deux hommes tout de suite. Dans la bonne cinquantaine, le directeur n'est pas grand mais ce trait est tout de suite gommé par son allure déterminée et volontaire. Souriant, avenant, c'est un pragmatique qui a les pieds sur terre. Le cheveu gris, l'œil vif, il inspire confiance. Quant à Patricia, cette belle brune aux yeux bleus assume bien sa quarantaine. Allure décidée, elle en fait toujours retourner plus d'un sur son passage. Professionnelle, très réactive, elle est un sérieux atout pour le magasin.

Les présentations faites, ils le suivent dans le magasin.

Après un dédale de couloirs, les quatre personnes se trouvent autour d'une table dans un local anonyme. Des vigiles ne sont pas bien loin. Une employée entre rapidement et dépose du café bien chaud ainsi que quelques croissants et autres pains aux chocolats sur lesquels se jette tout de suite Stan sous le regard étonné du directeur. Quant à Francis, il lève les yeux au ciel.

— Ben quoi ?

Francis entre directement dans le vif du sujet.

— En tant qu'enquêteur chargé par monsieur da Prato de faire toute la lumière sur cette fusillade qui a failli vous coûter la vie, je vous remercie de me recevoir aussi vite et j'espère sincèrement que vous allez pouvoir m'apporter quelques précisions.

— Je suis à votre service. Que désirez-vous savoir ?

— Racontez-moi avec, si possible, le maximum de détails, ce qui s'est très exactement passé hier à midi.

Enrico cligne rapidement des yeux, cherchant par où commencer. Il se redresse en croisant les bras.

— Nous étions tranquillement attablés, nous mangions avec délectation nos plats tout en parlant de choses et d'autres.

— Surtout professionnelles, souligne Patricia Mollard, les yeux fixant la table, doigts fortement serrés.

Elle est tendue et mordille tout à coup l'articulation repliée de l'un de ses pouces.

Francis note qu'elle est à deux doigts de faire une crise d'angoisse. Il la rassure avec calme et assurance. Elle se détend en souriant timidement tout en posant sa main gauche sur son avant-bras droit en un geste très révélateur.

Francis comprend qu'elle reprend le dessus et admire son attitude. Après une telle expérience, comment réagirions-nous ?

— Quoi d'autre ? Avez-vous entendu ce que disaient les six hommes attablés à côté de vous ?

Enrico hausse les épaules.

— Comment vous dire ? Je n'ai pas fait attention à ce qu'ils racontaient, vous pensez bien que nous avions autre chose à faire. Nous n'étions pas là pour espionner les voisins de table.

— De plus, monsieur da Prato parle beaucoup, mais contrairement à de très nombreuses personnes, il ne raconte pas de bêtises et sa conversation est toujours intéressante, précise la jeune femme.

— Quelle étaient leurs attitudes ? Les avez-vous trouvés anxieux ? Inquiets ? Ou au contraire étaient-ils plutôt souriants et décontractés ? Quelque chose vous a-t-il frappé ?

— Vous m'en demandez beaucoup, là. En y réfléchissant, oui, il y a bien quelque chose…

— C'est important. Essayez de vous souvenir.

— Je me suis fait la réflexion, en attendant de goûter le vin que le sommelier était en train de servir, qu'ils fêtaient la conclusion d'une affaire ou de quelque chose de ce genre. En fait, ils discutaient avec animation. Voilà, ensuite j'ai goûté le vin qui était au demeurant excellentissime, puis c'est tout.

— Ils discutaient avec animation, vous dites. Et vous madame Mollard, vous souvenez-vous de quelque chose à ce sujet ?

La jeune femme brune hoche la tête en signe d'approbation et décroise ses mains.

— Oui, je me suis aussi fait la même réflexion et l'espace d'une seconde, j'ai espéré qu'ils n'allaient pas se faire trop remarquer. Ils ne m'apparaissaient pas vraiment comme... comment dire... comme des hommes du « monde », si vous voyez ce que je veux dire. Et quand on a des braillards à côté de soi...

— Parfaitement. Oui.

— Je me souviens que le mot « Russie » revenait souvent dans la conversation.

— Oui, c'est vrai, ça me revient maintenant, s'exclame Enrico en hochant la tête.

— Tiens, « Russie » vous dites. Ils en parlaient comment ?

— Comment, comment. Je n'ai pas prêté plus longtemps l'oreille à ce qu'ils en disaient.

— Était-ce un élément récurrent ? Cela avait trait à la politique ? La finance ?

— Non, non, rien de tout ça, enfin à ce qu'il me semble, répond le directeur qui cherche visiblement à se rappeler du moindre fait.

— Poutine, peut-être ?

Le visage de Patricia s'illumine soudain.

— Ah oui, ça je l'ai clairement entendu.

— Bravo ! C'était à quel propos ? Vous en souvenez-vous ?

— À quel propos ! Là...

— Ça me fait souvenir, reprend Enrico, qu'à un moment donné, alors qu'ils s'esclaffaient de rire, ils ont parlé d'un président...

— Lequel ?

Enrico hausse les épaules.

— Ah là, je n'en sais rien. Ils sont partis dans un fou-rire tonitruant puis sont arrivés ces trois tueurs. J'en ai encore froid dans le dos.

— Juste avant, ils se moquaient ouvertement de ce « couillon », pour reprendre leurs termes - ça me revient maintenant - et...

— Au sujet de ce président ?

— Oui, tout à fait. Ils disaient que c'était un sale type qui avait des pratiques sexuelles particulièrement dégradantes... je m'en souviens bien, car je suis très sensible à ce genre d'attitude. Ça me fait immédiatement monter au créneau. Je ne supporte pas ce genre d'individu pour qui les femmes ne sont que des objets.

— Vous ne vous souvenez pas d'un nom ? Un prénom ? Une adresse ? Un lieu ? Quelque chose en rapport avec ce « président » ?

Enrico secoue négativement la tête tout en se resservant une tasse de café, alors que Patricia réfléchit en se tapotant la bouche.

— Si, ça me revient, maintenant, s'écrie-t-elle soudain.

Francis se tourne vivement sur elle.

— Je vous écoute. Prenez votre temps.

— L'un des types a mentionné « ondinisme » ([46]) avant d'éclater de rire. Je m'en souviens bien parce que c'est un sujet qui me dégoûte passablement. Sur le moment, j'ai regardé le type et pensé qu'il puisse se livrer à ce genre de « sport » dégradant m'a fait presque vomir.

— Il a parlé de ce « sport » effectivement peu attrayant pour lui ou en rapport avec ce « président » ?

La jeune femme secoue négativement la tête.

---

[46] L'ondinisme est une perversion urino-érotique sexuelle basée sur l'érotisation des fonctions urinaires. Les urolagnes éprouvent un plaisir intense à uriner en présence d'un ou plusieurs partenaires ou sur le ou la partenaire.

— Je ne saurais vous en dire plus, malheureusement. La seconde d'après, la fusillade a commencé.

— OK, laissons cela pour l'instant. Parlez-moi de la fusillade, justement. Je suis désolé de raviver de tels mauvais souvenirs, mais j'ai absolument besoin d'en savoir plus.

— Je comprends. Nous sommes tout prêts à collaborer avec vous. Nous tenons à ce que ces criminels soient arrêtés et qu'ils payent pour leurs méfaits.

Patricia Mollard abonde silencieusement en ce sens.

Francis acquiesce en souriant, en évitant toutefois de s'étendre sur le sujet de peur de devoir leur expliquer qu'il y a avait bien peu de chances pour que ces hommes soient un jour interpellés. La mafia est très puissante et a gangréné tellement de pans de nos sociétés...

— Parlez-moi surtout du moment où cet Asiatique vous est tombé dessus. Essayez de revoir la scène. Que s'est-il passé ?

Thierry Enrico rassemble ses souvenirs.

— Eh bien, nous étions tous les trois à terre. On essayait de s'abriter du mieux possible, ça tirait de tous les côtés. À un moment donné, tous les types de la table d'à côté ont été abattus les uns après les autre. L'un d'eux a essayé de riposter mais il est passé à travers la baie vitrée.

— Concentrez-vous sur l'Asiatique.

— Je l'ai vu ramper en direction de monsieur da Prato. Le tueur s'est avancé et l'a posément mis en joue. C'est vraiment après lui qu'il en voulait. Il l'a abattu de sang-froid. L'Asiatique s'est effondré presque dans les bras de monsieur da Prato.

— Très bien, essayez de visualiser la scène. Avez-vous entendu quelque chose ? Lui a-t-il parlé ? Lui a-t-il remis quelque chose ? Qu'avez-vous vu exactement ?

Enrico et Mollard se consultent du regard, cherchant visiblement à rassembler le maximum de souvenirs.

— On a beau chercher, nous ne nous souvenons de rien du tout. C'est allé tellement vite. L'Asiatique s'est effondré sans un mot...

— Sans un mot ? Sûr ?

— Sûr et certain, confirme Patricia en posant un regard déterminé sur l'enquêteur.

Enrico confirme par un hochement de la tête affirmé.

— S'il a donné quelque chose à notre ami, nous n'avons rien vu.

— Avez-vous, vous aussi, eu la sensation très nette que le tueur s'apprêtait à vous abattre ? C'est très important.

— Oh oui, répondent-ils en chœur.

Francis esquisse un rapide sourire.

— Juste après avoir abattu l'Asiatique, le flingueur nous a regardés, et même s'il avait un masque de clown, j'ai eu l'impression de voir ses yeux... Je les voyais.

— Et moi j'y ai vu la ferme détermination à nous liquider. En même temps je me suis demandé pourquoi ? Nous n'avions rien à voir avec ces types.

— En effet, j'ai eu la même réaction. Pourquoi s'acharner sur nous plutôt que sur les autres clients ?

— En effet, pourquoi, reprend en écho Francis qui voit sa petite théorie se confirmer.

— Et après la fusillade ?

— On était tous sous le choc. Quelques personnes se sont mises à courir pour aider les clients, d'autres hurlaient comme des damnés, puis les secours sont arrivés.

— Quelque chose de particulier à ce sujet ?

— Non, rien. Ils ont fait les constatations d'usage, comme dans les films, puis les pompiers ont emmené les corps.

— Rien n'est tombé du corps de l'Asiatique à ce moment ?

— Impossible de vous dire. J'ai simplement vu que les flics lui faisaient les poches, probablement pour connaître son identité.

— Quelle a été leur réaction ? Surprise ? Fatalisme ? Inquiétude ?

— Fatalisme, plutôt.

— Oui, du genre « encore un ». Mais sans plus les perturber. Ils sont habitués.

Francis réfléchit quelques secondes.

— Très bien. Vous souvenez-vous d'avoir vu quelque chose glisser au sol au moment de la fusillade ?

— Quelque chose comment ? Parce que des trucs qui volaient dans tous les sens et glissaient sur le sol, il y en avait à ne plus savoir où se mettre.

— Genre clé USB par exemple. Quelque chose de petit sûrement.

À nouveau, les deux employés de Carrefour Market se consultent du regard.

— Non, finit par dire Enrico, visiblement désolé, tout en regardant sa collaboratrice.

— Pourquoi nous posez-vous cette question ? demande tout à coup Patricia, intriguée.

— Le fait que le tueur ait voulu vous éliminer me pose un gros problème. Ce genre de type ne flingue pas pour le plaisir. Son objectif était clairement l'Asiatique. Pourquoi ? Parce qu'il devait détenir sur lui des documents accablants ou représentant probablement un très beau pactole pour quelqu'un désireux de les négocier.

— Jusque-là je vous suis, reprend-elle. Mais se pourrait-il que ce soit uniquement pour ce qu'il représentait ?

— Négatif ! répond l'enquêteur en agitant la tête. Dans ce cas-là, le tueur n'aurait pas cherché à vous éliminer. Ce qui veut dire qu'il a, lui, vu quelque chose. Croyant que vous l'aviez récupéré, il a voulu vous descendre.

— Mais nous n'avons rien pris ! se défend la jeune femme.

— Je ne vous reproche rien, rassurez-vous. Je cherche seulement à comprendre cette attitude étrange. Ce type n'avait rien contre vous jusqu'au moment où...

— L'Asiatique nous est tombé dessus.

— Exact, monsieur Enrico. Il s'est nécessairement passé quelque chose durant ces quelques secondes, quelque chose d'extrêmement important. Je sais, tout s'est déroulé très, très vite, mais il y a obligatoirement quelque chose qui est arrivé. Un mot, un message, un objet, un signe. Vous comprenez ?

Enrico et Patricia hochent la tête en chœur.

— Les policiers ont passé le restaurant au crible, s'il y avait quelque chose, comme vous semblez le croire, ils l'auraient certainement trouvé.

— Patricia, j'ai des contacts au sein de la police. Ils sont catégoriques : ils n'ont rien trouvé d'étrange. Du moins rien qui puisse les aider dans leur enquête ou être susceptible de les éclairer sur les motifs de cette fusillade, ce qui veut dire qu'ils n'ont pas trouvé ce que, moi, je retiens être le véritable mobile de cette tuerie. Dans mon métier, Patricia, croire ne suffit pas, il faut être certain. Question aussi d'expérience.

La jeune femme n'insiste pas.

Francis observe une courte pause avant de reprendre, gêné.

— Maintenant, la chose la plus inquiétante est justement ce mobile. Je ne vous cacherai pas qu'à cause de lui vos vies sont en danger.

— La police nous protège.

— Dans certaines situations, ce n'est pas la police, aussi efficace soit-elle, qui est en capacité de vous protéger parfaitement. Aussi, je vais vous affecter plusieurs de mes propres agents. Je sais, cela va un peu compliquer votre vie de tous les jours, mais il n'y a pas d'autres alternatives.

À la station-service

— Tu veux mon opinion ? dit Francis en surveillant le débit de la pompe.

— De toute manière tu vas me la donner, alors…

Francis se baisse au niveau de la portière.

— Mais qu'est-ce que tu as à être plus chiant que d'habitude ?

— J'ai faim !

— Encore ! Tu leur as dézingué sept ou huit pains au chocolat et tu as encore faim ! Mais il est à peine 10 heures !

— Et alors ?

Francis lève les yeux au ciel et ne répond pas. Il préfère se concentrer sur son enquête.

— Notre affaire de fraude à la carte bancaire n'est que de la roupie de sansonnet au regard de ce que nous risquons de découvrir. Genre face émergée de l'iceberg, tu vois ?

— Je vois. Je vois surtout qu'on va se faire calibrer en beauté. Rien que d'y penser je pleure.

— Pourquoi ?

— Parce que j'imagine ta pauvre maman qui va perdre le plus beau de ses fils. Tu devrais avoir honte !

— Nom de Dieu, Stan ! Tu ne peux pas rester sérieux trois secondes ? On bosse là !

— Ben justement.

Fataliste, Francis se redresse pour la énième fois et ralentit le débit de la pompe pour arriver à un compte rond.

Il raccroche en disant :

— D'après moi, Enrico et Mollard n'en savent pas plus, et puis il faut leur laisser le temps de digérer cette sale expérience. Peut-être qu'avec un peu de temps, quelques détails leurs reviendront en mémoire ? Espérons que la protection qu'on va établir autour d'eux ne soit pas trop longue… ni trop mouvementée.

— Peut-être, seulement du temps, ce n'est pas ce que nous avons en stock.

— Bien vu, répond Francis en attendant le ticket. Ceci dit, on avance quand même. Nous avons maintenant deux éléments nouveaux : Russie et président.

— On va pas bien loin avec ça.

— Pour « Russie », c'est logique. Un Russe fait partie de notre décor. Celui de Prague. Ça prouve au moins que la Russie est un élément important dans notre enquête.

— Et président ? C'est qu'il y en a un paquet dans ce triste monde.

— En lien avec la Russie, ça réduit quand même la liste des prétendants. Et on peut encore la restreindre en nous concentrant sur les présidents adeptes de l'ondinisme.

Stan fait une grande grimace de dégoût.

— Ce doit être un sacré porc.

— Chacun est libre de vivre selon ses choix dans la mesure où il n'emmerde pas les autres.

— Idéaliste !

— Humaniste !

— Bon, on fait quoi, maintenant ? demande Stan, bougon et bras croisés.

— Ce qui est sûr, c'est qu'on ne va pas manger ! ricane Francis en s'asseyant au volant.

— Pourquoi je suis pas étonné ? Je suis un incompris et... Merde ! Eeeeeh ! Pourquoi tu me frappes, maintenant ?

— Pour mon bon plaisir !

— Sadique !

INQUIÉTUDE OUTRE-ATLANTIQUE ! ...

États-Unis,
Washington,
quartier de Georgetown,
Q Street NW,
domicile de Walter Straumer,
jeudi 7 juin,
8 h 58

Walter Straumer ([47]) est debout, mains dans le dos. Immobile derrière sa fenêtre, il regarde sans les voir les abords du Potomac que sa maison de quatre étages de style typiquement victorien, nichée dans un écrin de verdure non loin de Dumbarton House, lui permet d'admirer.

La pièce est vaste, chaude et accueillante. Une splendide horloge en chêne massif égrène lentement le temps qui passe, donnant une impression de calme et de sérénité apaisante.

L'ultime refuge !

On comprend tout de suite pourquoi Straumer, l'ancien Conseiller privé de l'ex-Président des États-Unis, aime travailler ici : des rayonnages chargés de

---

[47] Voir « *Arnaque à Genève* ».

livres aux reliures impressionnantes couvrent les murs du sol au plafond. Le mobilier est en bois massif. Une armada de petites lampes individuelles éclairent de nombreux fauteuils en cuir.

À sa droite, légèrement en retrait, un homme d'un certain âge est confortablement installé dans un vaste fauteuil en cuir noir, un verre de Cognac à la main. L'abat-jour d'une lampe empêche Straumer de voir son visage.

Soudain, l'horloge égrène ses neuf coups.

— Qu'est-ce que c'est encore que cette histoire de fous ? dit-il alors en reposant son verre d'alcool.

— Nous n'avons pas assez d'informations, mais connaissant Noferini, j'ai bien peur que nous ne soyons devant un problème très grave.

— Tu fricotes toujours avec ce type ? Tu sais bien ce que je pense de ce mafioso et...

— Il est ce qu'il est, mais on ne lui enlèvera pas sa qualité d'homme extrêmement bien informé... et dans ce bas-monde, on ne fait pas d'omelettes sans casser les œufs.

L'inconnu assis réfléchit en faisant tourner lentement son verre entre ses mains.

— Il y a la manière... laisse-t-il tomber dans un souffle, les yeux dans le vide.

— On s'en contrefout de la manière ! Ce qu'il faut c'est de l'efficacité, encore de l'efficacité, toujours plus d'efficacité.

— Je ne vois pas son intérêt de te prévenir.

— Noferini ne fait jamais rien gratuitement. Depuis la tragique affaire Van Arxx ([48]) je suis en partenariat avec lui, il agit en chef d'entreprise responsable en soignant ses partenaires. Le fait que l'un de ses « capo » de Chicago soit mêlé à la seconde fusillade est peut-être un signe.

— Qui ça ?

— Torriello !

L'homme assis dévisage Straumer qui regarde toujours par la fenêtre.

---

[48] Voir « *Arnaque à Genève* ».

— Ouais, pourquoi pas. Et si c'était un coup des Russes ?

— Je ne sais pas, Andrew, je ne sais pas. Au point où nous en sommes, tout est possible. Ces documents sont de la dynamite, qui s'en empare devient le roi du jeu.

— Nom de Dieu ! Mais qui a pu les voler ? C'est insensé cette histoire.

— Qui, a pour l'instant peu d'importance, ce qui l'est en revanche, c'est de savoir que ces foutus papiers sont dans la nature et probablement aux mains de personnes qui ont tout intérêt à faire monter les enchères pour en tirer le plus gros profit. Ce sera au plus offrant.

— Tu sais quelque chose du côté des Russes ?

Straumer secoue énergiquement la tête.

— Pour le moment non. Dès que Noferini m'a téléphoné, j'ai activé tous mes informateurs. Laisse-leur un peu de temps.

— Les Russes se seraient aperçus s'être fait voler leurs papiers et chercheraient à les récupérer par tous les moyens ?

— Cela m'étonnerait, ils ont plutôt tout intérêt à se montrer blancs comme neige dans cette affaire. Le moindre coup de feu tiré par les hommes de l'un de leurs services de sécurité serait une preuve indéniable de leur implication dans les dernières élections présidentielles. Non, il faut chercher ailleurs.

— Et pourtant, si j'en juge par l'extrême violence des deux fusillades, je ne serais pas étonné que ce soit l'œuvre des Popovs. Tu sais ce qu'il y a dans ces papiers ? Les preuves de leur implication probable dans le piratage des mails d'Hillary… sans compter le reste.

— C'est une éventualité. Quand Barack m'en a parlé, je ne voulais pas le croire, mais de source bien informée au FBI, il semble bien que tu aies raison. Le piratage de la messagerie d'Hillary serait bien l'œuvre de très habiles hackers stipendiés par les services de Poutine ([49]). Même Trump en est persuadé. Du moins

[49] Authentique.

c'est ce qu'il dit tout en assumant son rapprochement avec le leader russe ([50]).

— Donc, ils chercheraient bien à les récupérer. Tu imagines le scandale si ces documents sont rendus publics ? On comprend qu'ils soient sur les nerfs.

— C'est bien ça le problème, ajoute Straumer en se retournant.

— Que veux-tu dire ? questionne le dénommé Andrew en suivant des yeux le déplacement de l'ancien Conseiller privé d'Obama.

— L'importance stratégique de ces documents est tellement gigantesque, tellement explosive, que Poutine ne se serait jamais permis d'employer des amateurs pour les récupérer. Jamais !

— Je ne te suis pas.

Walter Straumer s'assoit face à son interlocuteur.

— Andrew, mon ami, tu vieillis. Il fut un temps ou cela t'aurait tout de suite sauté aux yeux. Il y a eu deux fusillades et les deux sont parties en sucette. La première, les tireurs ont laissé trois personnes vivantes, la seconde, c'est Torriello qui s'en est occupé et ses deux tueurs ont été abattus.

— Je vois que tu as déjà une petite idée de qui pourrait être derrière tout ce merdier.

— Qui, non ! Pas encore. Mais en revanche, je sais déjà qui ne peut pas en être l'instigateur.

— Développe.

— Torriello n'est qu'un mafioso de seconde zone, il n'a pas les épaules assez solides pour commanditer, organiser, et exécuter un plan pareil. Jamais ! « On » l'a très probablement chargé en catastrophe d'effacer les deux témoins de Grésy, et rien d'autre.

— Et il aurait accepté, comme ça, sans réfléchir ?

— Andrew, passé un certain chiffre, on ne réfléchit plus.

— Ça prouve au moins que ce ne sont pas les Russes. Jamais ils n'auraient laissé le soin à un étranger venu d'outre-Atlantique de régler un problème aussi grave.

---

[50] Authentique.

— Point commun entre les deux fusillades : la précipitation. Il est indéniable que les flingueurs ont paré au plus pressé et dans l'impréparation. Les services spéciaux de Poutine ont leurs défauts, mais jamais celui d'être impréparés. Et là, je te rejoins. Les Russes auraient réglé eux-mêmes cette affaire.

— Si ce ne sont ni les Russes ni la mafia derrière tout ça, qui cela peut-il bien être alors ?

— Par élimination, et vu le genre des six types abattus dans ce restaurant, j'en arrive à la conclusion qu'il ne peut s'agir que d'une bande dissidente de la Cosa Nostra. D'ailleurs, Noferini a des doutes sur un certain Zanardi, un de ses contacts de Milan, responsable d'une grande partie des ex-pays de l'Est et surtout des fraudes à la carte bancaire en Europe. Il a de sérieux griefs contre lui, notamment celui de truquer les comptes. L'homme a précipitamment quitté la ville juste après la fusillade ratée. Noferini le recherche activement.

— Je ne donne pas cher de sa peau, s'il lui met la main dessus.

— C'est certain, mais au moins on en apprendra beaucoup plus.

— Une simple affaire de prépondérance, alors ? Une guerre des chefs ?

— Très possible, très possible, répond Straumer en se levant avec une curieuse lueur dans les yeux.

— Zanardi veut prendre la place du Calife, mais pour cela, il doit disposer de moyens illimités. Il aurait commencé à accumuler un joli trésor de guerre au détriment de Noferini, mais il lui en faut encore et toujours plus. On ne déboulonne pas le parrain avec des billets de Monopoly, ça, c'est une certitude.

— Ce Zanardi voudrait donc racheter ces documents pour les revendre le centuple pour se financer contre ton partenaire.

— Une hypothèse parmi d'autres. Elle est intéressante car le Milanais a les contacts nécessaires pour une telle revente. Donc, à bien garder présente à l'esprit.

— Alors pourquoi ne les revend-il pas aux Russes ? Ce serait plus simple pour lui. Et les Russes n'iraient sûrement pas le crier sur les toits.

— J'y ai songé et je ne comprends pas pourquoi il ne l'a pas fait, à moins...

— À moins que cela ne cache autre chose, et là, ça devient vraiment très grave, n'est-ce pas ?

Straumer s'immobilise en tapotant ses doigts doucement. Andrew fronce les sourcils.

— Toi, tu es déjà en train de ruminer quelque chose.

— Fort possible, mon ami, fort possible.

— On peut savoir ?

— Je pense que nous aurions tout à gagner en faisant intervenir le... Rectificateur !

Andrew ouvre grands les yeux.

— C'est une légende.

— Il est même aidé par un vieux prêtre orthodoxe, un Arménien.

Andrew éclate de rire.

— Mon cher Walter, si avec l'âge tu sembles avoir perdu un peu de sagesse, en revanche, tu as gagné en imagination.

— Je sais qu'il existe.

— Tu lis trop de *Comics* !

— Ne me prends pas pour ce que je ne suis pas ! Il existe !

— Tiens donc ! Tu as l'air bien sûr de toi ?

— Parce que je connais quelqu'un qui sait tout de son identité.

— Un autre personnage tiré de ta fertile imagination, je suppose ?

— Non, pas du tout, puisque ce « quelqu'un », c'est... toi !

Andrew reste bouche bée. Il regarde fixement Straumer comme s'il venait de prendre un direct en plein estomac.

Il finit par saisir son verre de Cognac et le porte lentement à ses lèvres.

— Le Rectificateur ! ... Autant dire que tu réactives le Mal personnifié !

Tout à coup, il pose son verre et se lève en ricanant.

— Non, finalement, tu ne vieillis pas mon très cher Walter. Je comprends mieux, maintenant, ton insistance à me voir. Sur le moment, ça m'a étonné, et puis après... en souvenir du bon vieux temps... n'est-ce pas ?

Straumer sourit timidement, l'air confus en s'avançant vers son ami qu'il serre chaleureusement par les épaules.

— Ah mon ami, mon ami, excuse le vieil homme que je suis devenu. Excuse-le d'avoir utilisé un stratagème si éculé, mais il fallait absolument que je te voie. Tu es l'ancien patron tout-puissant de la NSA, et toi seul, dans ce pays, dois savoir où et comment contacter le Rectificateur. Serais-tu venu si je t'avais donné la vraie raison ?

Andrew réfléchit quelques secondes et sourit à son tour.

— Probablement que non. J'ai tourné la page, mon ami. J'ai tellement remué de merde, couvert tant d'ignominies, avalé tant et tant de couleuvres, sauvé tellement de salauds en laissant massacrer tellement de gens innocents que...

— Peux-tu m'aider, oui ou non ?

— Pourquoi ne demandes-tu pas à Kimball ?

Straumer hausse durement les épaules.

— Tu sais bien ce que je pense de lui ([51]), et de toute façon, il est trop accaparé par ce qu'il a découvert dans la mystérieuse cité sous-marine millénaire de Mu, à Tarawa ([52]), et puis Trump l'a mis sur une voie de garage en le remplaçant par Mike Pompéo ([53]). Kimball

[51] Voir « *Arnaque à Genève* ».

[52] Voir « *Le mystère des Origines, le Dernier combat – tome 7 et tome 8* ».

[53] Michael Richard Pompéo dit « Mike ». Né le 30 décembre 1963 à Orange (Californie). C'est un militaire, avocat, hommes d'affaires et homme politique. En fonction comme patron de la CIA depuis le 23 janvier 2017. Sa nomination est très critiquée car c'est un fervent adepte de l'espionnage de masse qui se dit prêt à envoyer à la chaise

ne s'occupe plus que de la zone Pacifique… Je peux compter sur toi, oui ou non ?

Andrew fait la moue puis se met à déambuler dans la pièce, caressant au passage les abat-jours, souriant ailleurs devant des cadres représentant les deux hommes à une époque maintenant révolue, une époque où il était le gendarme du monde.

Finalement, il se retourne et dit :

— Tu me donnes bien beaucoup d'importance.

— Andrew, ne tourne pas autour du pot. Ne te fais pas prier. Nous ne jouons pas. Il s'agit de reprendre la main dans une affaire foireuse qui, si elle explose, aura des répercussions sans fin au niveau planétaire. Et toi, toi seul es en mesure d'apporter l'élément décisif : le Rectificateur.

L'ancien directeur de la NSA reste mutique. Il réfléchit.

— OK, je vais t'aider.

— Ah mon ami ! s'écrie Straumer, radieux et soulagé en le saisissant fermement par les épaules.

— Je ne te garantis rien. Ça fait des années que je n'ai plus de contacts avec lui. Je ne sais même pas s'il est encore en vie, alors…

— Il te répondra…

— Comment en es-tu aussi certain ? Saurais-tu quelque chose que j'ignore ?

— Ooooh que non ! Tu as la réputation d'avoir les plus grandes oreilles du monde, même depuis que tu es à la retraite, mais…

— Mais ?

— Je me suis laissé dire qu'il aurait repris du service au sein d'une mystérieuse société secrète.

— Tiens donc !

— La Troisième Loge !

— Pittoresque !

— Ne rigole pas. J'ai de bonnes raisons de croire qu'elle existe.

électrique la plupart des dénonciateurs et autres alerteurs d'opinion, tel Edward Snowden. C'est un Républicain pur jus.

— Walter, les sectes et autres imbécilités de ce genre sont légion à travers le monde. Crois-moi, si ce... cette espèce de... Troisième Loge existait réellement, j'en aurais été informé et ce n'est pas le cas. Ne prends pas pour argent comptant tout ce que tes rapports t'apprennent, ce n'est pas à toi que je vais expliquer comment ça marche.

— Non, bien sûr...

— Autre chose : as-tu seulement la plus petite idée de ce que tu es en train de faire ? Tu ouvres les portes de l'enfer, mon ami. Le Rectificateur ignore ce que veut dire le mot « pitié ». C'est une machine à tuer. Une fois qu'il est lancé rien ni personne ne peut plus l'arrêter, ce type c'est le cavalier de l'apocalypse ! Et Dieu seul sait quels dégâts il est capable de faire ! ... On dirait que ça t'amuse ?

— C'est exactement ce que je veux.

Andrew Mc Campbell-Jones plisse les yeux, cherchant à comprendre ce que son vieil ami rumine. Il le sait particulièrement retors et surtout capable de tout. Quand on a goûté au pouvoir, il est difficile de l'abandonner aux autres. Poursuivrait-il un but encore plus effrayant ?

— Que cherches-tu à faire, réellement ?

— À reprendre la main... Sur tout !

— Mais encore ?

— Si j'arrive à effacer Noferini et les autres, je pourrais reprendre son *business* et les rênes du pouvoir... le vrai pouvoir, celui qui est en coulisse bien sûr, car c'est là que se décide tout. Et tu n'es pas sans ignorer que j'ai de bonnes chances de gagner les prochaines présidentielles. Ce bâtard incapable et braillard de Trump doit dégager.

— Alors tu t'attaques à la mafia ! Tu t'en rends bien compte j'espère ?

— Moi ! Mais je ne fais rien d'illégal. Je ne m'attaque à rien du tout. Non, le Rectificateur le fera pour moi.

— Tu n'as peur de rien, toi. Comment vas-tu contrôler tout ça ?

— L'argent sert à tout même et surtout au pire.

— Tu as bien changé finalement, mon ami, oui, tu as bien changé. Voilà des facettes de ta personnalité que je ne connaissais pas. Je te savais menteur, tricheur, corrupteur, je découvre que tu es aussi mégalomane et manipulateur.

Straumer se contente de sourire, guère choqué.

— Alex Maitland m'aidera. Il va aller là-bas.

— Tu vois toujours cette vipère ?

— Il est cher, certes, mais particulièrement fiable ([54]). Il me sera très utile. De plus, il connaît parfaitement bien Noferini et Zecchinato. Ces deux ritals n'ont presque aucun secret pour lui.

— J'espère que tu ne rêves pas trop, mon... vieil ami...

— Allez, prenons un verre et, crois-moi, quand je te dis que je suis très sincèrement et réellement heureux de te revoir, c'est du fond du cœur et sans aucune arrière-pensée.

---

[54] Voir « *Arnaque à Genève* ».

INTERVENTION INATTENDUE ! ...

Savoie,
Tresserve,
propriété de Dominique da Prato,
jeudi 7 juin,
22 h 12

Pressé de savoir comment cela se passe chez Dominique, Francis s'est rendu chez lui en fin d'après-midi. Ses investigations ne lui ont pas appris grand-chose de plus depuis sa visite aux deux responsables de Carrefour de Grésy-sur-Aix. Tout au plus des bribes d'informations consolidant sa petite théorie.

Après avoir vérifié son dispositif aux ordres de Jean-Georges et de sa compagne, Stéphanie, rassuré, l'enquêteur a tenu à faire le point avec da Prato. Un da Prato qu'il trouve passablement à cran. Ce genre de situation est nouveau pour lui et découvrir soudain que sa liberté d'action s'est réduite comme peau de chagrin ne l'emballe guère. Il a l'impression de se retrouver prisonnier chez lui. Prison dorée, certes, mais prison quand même.

L'enquêteur, Stan, qui ronge son frein en louchant avec avidité sur une belle assiette de charcuterie présentée avec les apéritifs, et da Prato, se retrouvent à nouveau sous la grande terrasse couverte.

— Voilà, tu en sais autant que moi, maintenant.

Da Prato réfléchit longuement avant de reporter son attention sur son ami.

— Et ce président, tu as une idée sur son identité ?

— Pas pour l'instant, mais on devrait trouver assez vite. Il me faut d'abord approfondir la piste de la Russie. La suite viendra tout naturellement.

— Tu fais allusion à la mafia russe ?

— Ce serait assez logique. J'ai lancé quelques recherches, il n'y a plus qu'à attendre.

— Tu ne crois pas qu'on en a déjà bien assez avec la Cosa Nostra ?

— Elles sont liées de nos jours.

— Comment ça ?

— Dominique, tu dois savoir que, juste cinq ans après la chute de l'URSS, en 1989, les différentes mafias issues du système soviétique...

— Dirigées par des anciens du KGB, c'est ça ?

— Exactement. Avec leurs méthodes héritées des écoles d'espionnage soviétiques, ces mafias contrôlaient au moins quatre-vingt pour cent de l'économie russe ([55]) et de ses immenses ressources naturelles. Depuis, elles n'ont cessé de connaître un développement aussi notoire qu'extrêmement rapide. Elles ont mis la main sur tous les secteurs d'activité, qu'ils soient classiques, drogue, arme, prostitution, jeu, mais aussi spécifiques, comme le trafic d'uranium, de pétrole, d'ambre, d'enfants, d'organes, et se sont spécialisées dans le piratage informatique ([56]). Rien ni personne ne leur résiste. Hommes d'affaires, parlementaires, banquiers ou encore journalistes, anciens compagnons de route, et bien d'autres, sont systématiquement éliminés et de façon très professionnelle. En vingt-cinq ans, on dénombre pas moins de huit cent vingt mille homicides, certes pas tous imputables à la mafia, mais ça commence à drôlement chiffrer, car il y en a quatre cent mille en surnuméraire par rapport à la période soviétique, d'autant plus, et cela est plus inquiétant, que durant la

[55] Authentique.

[56] Authentique.

même période, ce sont trois cent quinze journalistes qui ont été abattus, dont cent quatre-vingt-cinq à cause de leurs chroniques anti-mafia. Beaucoup plus grave, dix opposants russes ont été abattus en douze ans. C'est effrayant ([57]).

— Et on ne fait rien ?

— Que veux-tu faire ? Ces criminels sont maîtres du Kremlin.

— Même Poutine !

— Lui, surtout. C'est le chef ! N'oublie pas que c'est un ancien officier du KGB. Nous, Occidentaux, nous nous émerveillons de la « démocratisation » de la Russie, mais on devrait plutôt s'inquiéter des résultats des élections « libres » qui se déroulent dans ce pays.

— Je me doute bien qu'il y a comme partout des fraudes, mais ne forces-tu pas un peu le trait ? C'est tellement énorme.

---

[57] Malheureusement authentique. Parmi les plus importants, citons :
1/- *Boris Nemtsov*, 55 ans, abattu devant le Kremlin le 27 février 2015. C'était un ancien vice-premier ministre.

2/- *Boris Berezovsky*, oligarque russe, farouche opposant à Poutine. Retrouvé mort, un morceau de tissu dans la bouche, le 23 mars 2013, dans sa résidence d'Ascot en Grande-Bretagne à 67 ans. L'enquête n'a jamais pu définir s'il s'agissait d'un meurtre ou d'un suicide.

3/- *Serguei Magnitski*. Cet avocat fiscaliste a été arrêté après avoir révélé une immense machination financière. Il est décédé par « erreur » (faute de soins) dans sa prison après 1 année de détention provisoire, le 16 novembre 2009. Il avait 37 ans.

4/- *Natalia Estemirova*. Cette militante des Droits de l'Homme a été enlevée à Grozny (Tchétchénie) et abattue le 15 juillet 2009 après avoir dénoncé les exactions du pouvoir local (affilié au Kremlin).

5/- *Stanislas Markelov* et *Anastassia Babourova*. Le 19 janvier 2009, l'avocat spécialiste des Droits de l'Homme, Markelov (34 ans) et la journaliste d'opposition Babourova (25 ans), sont abattus par balle en pleine rue de Moscou.

6/- *Anna Politkovskaïa*. Journaliste d'opposition abattue dans le hall de son immeuble le 7 octobre 2006, à l'âge de 48 ans.

7/- *Sergueï Louchenkov*. Député et président du parti « Russie libérale », il est abattu dans le hall de son immeuble le 17 avril 2003, à l'âge de 52 ans. Il était allié à Boris Berezovsky.

— Oooooh que non, et je suis loin du compte. Bien avant la fin des années 1980, le KGB avait mis sur pied un groupe stratégique destiné à organiser et manipuler les scrutins... tous les scrutins. En 1990, deux mille sept cent cinquante-six officiers des services « spéciaux » se sont présentés aux élections régionales et fédérales. Ils étaient tellement bien préparés que quatre-vingt-six pour cent d'entre eux ont été élus dès le premier tour ([58]). Nul besoin d'avoir une imagination débordante pour se rendre à l'évidence : quelle que soit son étiquette politique, la majorité parlementaire russe est composée essentiellement d'hommes des services secrets de l'ancien KGB ([59]). Dans ces conditions, est-il vraiment utile d'analyser les résultats des prochaines élections, que ce soit en Russie ou dans les autres ex-républiques ? Je ne le pense pas et nous devrions, nous, Occidentaux, nous réveiller avant que ces mafias n'aient complétement gangréné nos institutions. Le 5 octobre 1995, un journal local, la *Pravda Rossiï* avertissait les investisseurs étrangers en titrant : « *Vingt bandes contrôlent en ce moment Moscou. Quelques mois après la création de votre affaire, quelques-uns de leurs 6 000 hommes de main vous contacteront...* ». Édifiant, n'est-ce pas ?

— Hallucinant tu veux dire ! Tu es sûr de tes informations ?

— Aussi sûr que ce soir je suis là, assis devant toi.

— C'est... c'est...

— Oui, c'est comme ça. Si tu ne te plies pas à leurs exigences, tu es liquidé. Te souviens-tu de l'affaire Alexander Litvinenko ? Elle a eu un retentissement énorme. On en a même parlé à la télévision.

— Oui, vaguement.

— Alexander Litvinenko était un ancien espion, réfugié en Angleterre. Il travaillait avec le MI6. Il était en guerre ouverte avec le pouvoir...

— De Poutine ?

---

[58] Absolument authentique.

[59] Authentique.

— Oui. Le 1er novembre 2006, il boit le thé avec deux hommes d'affaires russes, Dmitri Kovtoune et Andreï Lougovoï. En réalité, il s'agit de deux ex-espions du KGB. Le transfuge meurt dans d'atroces souffrances après avoir ingéré du polonium ([60]).

— C'est effarant !

— Tu comprends mieux maintenant pourquoi je tiens essentiellement à ne pas avancer en aveugle. Je veux en connaître un minimum, au moins pour savoir où je pose mes pieds. On risque gros dans cette affaire, très gros !

— C'est le temps qui va te manquer.

— Exact. Et tant que je ne maîtriserai pas ce facteur, mes hommes resteront chez toi aussi longtemps que nécessaire. Il faut que je découvre au plus vite de quoi il retourne. Il en va de ta vie !

— C'est que...

---

[60] Alexander Valtérovich Litvinenko, né le 4 décembre 1962 à Voronej. C'était un ancien agent des services secrets russes, le FSB (Service Fédéral de Sécurité de la Fédération de Russie. Contre-espionnage). Il avait le grade de Lieutenant-Colonel. Effaré par les pratiques frauduleuses qui étaient devenues principes de travail, il a dénoncé la corruption galopante qui régnait dans les plus hauts échelons de son organisation avant de se faire « virer » par Vladimir Poutine en personne, en 1998. Il a fui la Russie en 2000 pour se réfugier à Londres. Il a écrit beaucoup de livres, accusant nommément Poutine. En 2003, le MI6 le recrute en tant qu'expert du crime organisé en Russie. Il conseillait les services anglais et espagnols. Sa thèse citée dans des messages diplomatiques américains et espagnols, accusait ouvertement le Kremlin et ses officines d'avoir fusionné avec la mafia. Pour lui, l'État Russe ne faisait qu'un avec elle. Le 1er novembre 2006, Litvinenko boit le thé au bar de l'hôtel *Millenium* (près de l'ambassade américaine sur Grosvenor Square) en compagnie de ses assassins. Le meurtre a reçu l'approbation des plus hautes autorités russes. Le crime est donc signé. Le polonium est un isotope extrêmement radioactif rare et létal. Litvinenko a mis 3 semaines à mourir dans de grandes souffrances. Son agonie a même été télévisée. Aujourd'hui, sa veuve et son avocat accusent les services anglais de l'avoir « retourné ».

Le portable de da Prato sonne au même moment. Dominique est surpris. Il regarde Francis, quémandant son avis.

— Décroche ! Vas-y !

Au même instant, le Gascon, arme à la main, surgit en courant directement vers Francis.

Arrivé à son côté, il lui murmure quelque chose à l'oreille. Francis lève la tête, cligne des yeux puis approuve et donne des ordres à Jean-Georges qui retourne alors dans le jardin au pas de course.

— Que se passe-t-il ? demande da Prato, portable à la main.

— Probablement quelque chose en rapport avec cet appel. Pas d'inquiétude !

— Quoi ?

— Décroche !

Instinctivement, Stan s'est levé et a saisi son arme. Il attend les ordres.

— Je mets le haut-parleur, dit Dominique en actionnant l'appareil.

— Da Prato, j'écoute.

— *Jean-Philippe Destivelles* ([61]), *conseiller spécial du Président de la République.*

L'enquêteur et l'homme d'affaires se dévisagent, littéralement stupéfaits.

— Le Président de la...

Francis pense immédiatement à ce « président » inconnu. Se pourrait-il que ? ... Non, pas lui !

— *République. Oui. Ne raccrochez pas, ce n'est pas une blague.*

Dominique laisse passer quelques secondes, le temps de réaliser à qui il a affaire.

— Et que... que puis-je pour vous ?

— *Auriez-vous quelques instants à me consacrer ?*

— Heu... eh bien, c'est que... oui, bien sûr, mais à quel ? ... pourquoi ?

— *Au sujet de ce que vous avez vu hier au « Lamartine ». Je peux entrer ?*

---

[61] Voir « *Crash à Seyssel* », « *L'impossible survivant* » et « *Alerte à Seyssel !* ».

— Entrez !

— *Je suis devant votre portail.*

Da Prato plaque sa main sur le portable et, quelque peu déstabilisé, fait à l'attention de Francis « Il est devant la maison ».

— Oui, je sais ! On vient de m'avertir. Alors, va lui ouvrir. On en saura peut-être un peu plus sur cette rocambolesque histoire.

— J'arrive ! répond-il en faisant volte-face.

— Attends une seconde ! ordonne Francis en dégainant à son tour. Il consulte sa montre, laisse passer quelques secondes, main en suspens, et dit tout à coup.

— Vas-y, mes hommes et moi on te couvre !

Marchant à pas pressés, il actionne sa télécommande ouvrant le portail à double battants alors que les deux privés, armes à la main, se glissent de part et d'autre de la maison, prêts à toute éventualité, couverts par les hommes du Gascon qui se sont regroupés vers l'entrée.

Quelques longues secondes passent. Jamais un portail n'a mis autant de temps pour s'ouvrir.

Il y a à peine de quoi passer, que Da Prato voit surgir trois individus armés. Immédiatement, Francis s'interpose.

La lumière des lampadaires de jardin ne permet pas de voir parfaitement bien qui vient d'entrer, mais Francis et Stan sont, eux, dans l'ombre, tout comme les hommes de Jean-Georges.

Le face à face semble inévitable mais ils sont en position de force.

— On se calme, monsieur Magenta, dit une voix parfaitement assurée. Nous ne venons pas en ennemis.

Aussitôt les trois intrus rangent leurs automatiques et laissent passer le conseiller spécial de l'Élysée.

— Dites également à vos autres tireurs, tout autour, de ne rien faire. J'apprécierai.

Francis sourit et, d'un geste rapide, avertit le Gascon, puis fait signe à Stan d'abaisser son flingue. Da Prato reste immobile. Tout va trop vite.

Jean-Philippe Destivelles, sourire aux lèvres, parfaitement détendu, s'approche résolument, main ouvertement tendue. De l'autre il tient un attaché-case.

— Quel accueil ! Je constate que vous avez placé votre sécurité entre d'excellentes mains.

Francis et Stan se dévisagent. Ils ne comprennent plus. Comment ce type connait-il leurs noms ? Et surtout, qu'est-ce qu'un conseiller spécial de l'Élysée peut bien avoir à dire à l'homme d'affaires ? Pour qu'il se déplace en personne, ça en dit long sur l'importance qu'en haut lieu on attache à la fusillade survenue au restaurant.

— C'est encore plus gros que je ne l'imaginais, murmure Francis en rengainant son arme, alors que le portail se referme lentement et que Jean-Georges et ses hommes partent reprendre leurs positions initiales.

Trop de questions se bousculent dans son esprit mais, par expérience, il commence à deviner l'imminence d'une saloperie sans nom s'abattre sur son ami et lui. Excitation et curiosité se mêlent et il ressent cette intense fébrilité, cette puissante montée d'adrénaline qui caractérise toujours ses actions... celles qui font le piment de sa vie.

— Bon ! Ben, on n'est pas encore prêts de bouffer, ici, bougonne Stan, las, en rengainant aussi.

MAIS DANS QUEL MONDE VIVONS-NOUS ? ...

Les trois gardes du corps sont discrètement installés aux endroits stratégiques de la maison en veillant à ne pas empiéter sur le dispositif du Gascon avec lequel ils ont rapidement échangé quelques mots.

Ils restent en visuel constant avec leur patron qui est maintenant assis sous la terrasse couverte.

Dominique lui a offert un verre et cache mal son impatience et sa gêne devant un si haut responsable du gouvernement. De son côté, Francis échafaude mille et une hypothèses toute plus farfelues les unes que les autres. Le fait que l'arrivant soit un « conseiller spécial » ouvre la porte à toutes les suppositions... surtout les pires.

Quant à Stan, la tête dans les mains, il fixe obstinément avec une tristesse infinie l'assiette de charcuterie qui le nargue.

Destivelles fait durer le plaisir. Visiblement, il cherche comment commencer.

Au même moment, un homme escorté par deux autres gardes du corps apparaît sans dire un mot et s'immobilise près du conseiller spécial.

— Permettez-moi de vous présenter le Commandant Henri Lambert, dit Destivelles en se levant.

L'homme fait une légère courbette et laisse tomber d'une voix neutre :

— DGSI !

Suspicieux, Francis l'observe attentivement. Bien avancé dans la cinquantaine, il a une large silhouette, une belle charpente qui remplit bien son costume et des cheveux blancs comme neige. L'homme lui apparaît aimable et il le soupçonne d'avoir les pieds bien sur terre, pragmatique, avec lequel il doit être facile de s'entendre. En tout cas, pas du tout le genre à colporter des ragots. Un bon point !

À l'invitation tout aussi muette que perplexe de da Prato, Lambert s'assoit à côté de Destivelles.

— Ce que j'ai à dire est strictement personnel. N'y voyez aucune offense, monsieur Magenta, mais...

— Je n'ai rien à cacher à mon ami. Vous pouvez parler en toute confiance.

Destivelles prend le temps de la réflexion.

— C'est très délicat.

— Je ne changerai pas d'avis.

— Soit ! Les affaires résolues avec brio dans la région par votre ami, le tueur en série du Mont des Princes, l'assassin muet, les agissements frauduleux de Forrestal, l'affaire Chabrier, l'affaire Berlamt ou encore Van Arxx ([62]) plaident en sa faveur et...

— Me permettez-vous une question ? demande Francis, intrigué.

— Certes.

— Comment connaissez-vous aussi bien mes affaires ?

— Par un de mes subordonnés. Vous ne le connaissez probablement pas, mais lui a beaucoup entendu parler de vous : le Commandant Paul Farrell ([63]).

— N'est-ce pas le patron du SSERPI ?

Destivelles approuve de la tête.

---

[62] Voir « *La disparue du Mont des Princes* », « *La voix de l'assassin* », « *La route de Tcherkassy* », « *Bellegarde-sur-Meurtres* », « *Le mort de la Semine* », « *Les démons du Vuache* » et « *Arnaque à Genève* ».

[63] Voir « *Crash à Seyssel* », « *L'impossible survivant* » et « *Alerte à Seyssel !* ».

— Vous connaissez l'existence de cette organisation, félicitations.

— C'est mon métier, l'auriez-vous oublié ?

Le conseiller sourit largement.

— Monsieur da Prato, vous avez bien fait de vous entourer d'un tel enquêteur. D'ailleurs quelque chose me dit que vous pourriez bien, un jour, coopérer ensemble sur une affaire dont il a le secret.

— On verra à ce moment-là. Revenons-en au fait.

— Vous avez raison. En ma qualité de conseiller spécial du Président de la République, il est dans mes attributions de... comment dirais-je... de veiller au grain à tous les niveaux des affaires de l'État, surtout en ce qui concerne celles disons... « sensibles ».

— La fusillade du « Lamartine » en est donc une.

— En effet, monsieur da Prato. Le nom de Vassili Tchernienkov vous dit-il quelque chose ?

— Il devrait ?

— Logiquement, oui.

— Désolé, il ne m'évoque rien du tout.

Comme ennuyé, Destivelles reste mutique puis prend sa mallette et l'ouvre pour en sortir un dossier assez épais.

Il referme son attaché-case, le pose à terre et entreprend de lire le dossier.

— Dominique da Prato... passons sur les généralités. Commence à bosser à quatorze ans dans une boucherie. Travaille dur et apprend ainsi la vie réelle. Entre dans la grande distribution et en gravit tous les échelons. Il y a trente ans vous étiez chef de rayon chez Carrefour, aujourd'hui vous êtes devenu directeur d'un magasin Carrefour avec deux cents collaborateurs, après l'avoir été dans la chaîne Intermarché. Vous êtes arrivé sur Bellegarde en 2002. Vous n'avez pas perdu de temps. Votre franc-parler en dérange quelques-uns mais cela n'est pas pour me déplaire. Vous vous êtes fait un ennemi juré de Lidl en dénonçant ses méthodes pour le moins sujettes à caution. Vous revendez votre affaire il y a peu pour...

— Quel rapport avec votre Vassili... machin, chose.

— Vassili Tchernienkov est votre homologue... Russe. C'est le Auchan Russe si vous me permettez cette comparaison. Il est le maître quasi absolu de l'alimentaire en Russie. Grosse chaîne de distribution. Il s'occupe également d'importation de viandes, de fromages... Bref de tout ce qui touche l'alimentaire. On le soupçonne de se gaver grâce à des trafics très juteux de bovidés malades à un niveau international ([64]).

— Et alors ?

— Tchernienkov a ses petites entrées au Kremlin...

— Grand bien lui fasse.

— Cessez de m'interrompre, voulez-vous ?

Francis, qui commence à avoir une petite idée, en profite.

— À part l'aspect « russe » de la fusillade, où voulez-vous en venir exactement ?

— Mais j'y arrive... Jacques Chirac a dit : « *Quels que soient les aléas du moment, la Russie est et reste un élément essentiel de l'équilibre du monde. Ceux qui ne s'en rendraient pas compte, feraient une grave et dangereuse erreur...* » ([65]).

Agacé, da Prato s'apprête à interrompre à nouveau le conseiller spécial, mais Francis, d'un signe discret de la main, l'en empêche. L'enquêteur commence à entrevoir les contours du raisonnement de Destivelles. L'affaire est encore beaucoup plus gigantesque qu'il ne le pressentait il y a quelques instants encore.

---

[64] En février 2002, on a découvert qu'un troupeau de vaches britanniques malades de l'ESB (maladie de la vache folle) a été importé illégalement en Sicile en 1994 où il a « disparu ». L'abattage clandestin est monnaie courante. Quelques mois plus tard, 2 cas d'ESB sont signalés à Trapani (Ouest de l'île), fief du mafieux fugitif Agostino Lentini, poursuivi pour 17 assassinats. Les 2 vaches sont abattues mais les services sanitaires s'inquiètent de la provenance du reste du troupeau. Quelque temps après la 1ère victime de la maladie de Creutzfeldt-Jakob (version humaine de l'ESB) est une étudiante sicilienne de 24 ans.

[65] Jacques Chirac, alors Président de la République, le 21 octobre 1995.

Destivelles, qui a l'œil sur tout, le remercie d'un furtif mouvement de la tête avant de poursuivre.

— Avant toute chose, il faut absolument avoir le recul nécessaire pour mieux appréhender la sale situation dans laquelle vous venez de vous mettre. Pour cela, il est utile et vraiment indispensable de faire un peu d'histoire. Même si à l'aube de ce troisième millénaire, nous manquons de recul pour juger et classifier correctement les évènements marquants du vingtième siècle, tout le monde est unanime pour dire que ce siècle aura connu la chute de l'Empire Russe, la naissance puis la désintégration de l'Union Soviétique. Mais ce siècle finissant aura surtout été marqué par l'émergence d'une nouvelle race de criminels : les parrains de l'ex-URSS.

Nous y voilà enfin, se dit Francis de plus en plus intéressé.

— Je vais laisser le Commandant Lambert vous en parler de façon plus concrète, dit Destivelles en désignant l'homme de l'ombre du bras.

L'homme de la DGSE se racle la gorge et entame d'une voix faible.

— Au lendemain de la chute du mur de Berlin, le 9 novembre 1989, de nouveaux Russes dont la richesse laisse pantois les Occidentaux les plus blasés, déferlent sur l'Europe de l'Ouest. Deux exemples pour vous faire comprendre leur extraordinaire puissance. À New York, un Moscovite a payé *cash* l'achat de cinquante gratte-ciel ([66]). Plus près de nous, en Belgique, le responsable d'une agence de tourisme de Bruxelles a éclaté de rire en recevant un fax d'un Russe qui voulait réserver pour un mois la suite hors de prix du plus luxueux palace de la station balnéaire d'Ostende, à la condition expresse d'en interdire l'accès à tous ses compatriotes. Amusé, le belge a répondu que ce genre d'assurance, en Occident, n'existait pas en ajoutant que cela ne pourrait se faire que si « monsieur » louait tout l'établissement. Contre toute attente, par retour de fax, le Russe a donné son accord en le concrétisant par une juteuse commission

[66] Authentique.

[67]. Donc, en 1989, le KGB a été dissous, mais ses agents ne se sont pas volatilisés. Ils détestaient toujours autant les États-Unis et se contentaient de ronger leur frein en attendant leur heure. Ma spécialité au sein de la DGSE est l'Europe de l'Est et tout particulièrement la Russie. J'ai travaillé à Washington puis à Bruxelles et me suis plus particulièrement spécialisé dans les très rapides développements des eaux troubles de l'ère post-soviétique. Il faut signaler à ce propos que si les banquiers et les hommes d'affaires Occidentaux se sont frotté les mains, que les serveurs de restaurant recevaient avec stupéfaction des centaines, voire des milliers de dollars en pourboire, les polices et services secrets de nombreux pays, dont le nôtre, ont attrapé des migraines face aux cadavres qui s'amoncelaient dans le sillage de ces nouveaux Russes. Aux États-Unis, en Israël, en Allemagne, aux Pays-Bas, en Hongrie, en République Tchèque, en passant par l'Italie et la Turquie, les criminologues se sont dit horrifiés par la cruauté, l'ingéniosité et l'efficacité de leurs nouveaux « clients ». Il n'y a là rien d'étonnant, puisque ces brillants élèves ont été formés à la meilleure des écoles : l'État soviétique totalitaire, la plus redoutable et la plus impitoyable des mafias. Bref, en poursuivant mes recherches, j'ai bien vite découvert que deux groupes ont rapidement émergé : l'État Russe et le crime organisé. Je n'ai pas été long à me rendre compte que ces deux groupes étaient souvent synonymes et s'entendaient comme larrons en foire. Un de ces agents mécontents de la tournure des choses s'appelait Vladimir Poutine. En poste à Dresde, en RDA, depuis 1985, il avait raté la *perestroïka* et la *glasnost*, projets réformistes de Gorbatchev. Poutine s'est alors lancé dans une carrière politique dans la nouvelle Saint-Pétersbourg. Il faisait son deuil de l'URSS, dont la disparition, pour lui, était, je le cite : « *La plus grande tragédie géopolitique du 20ème siècle !* » [68].

---

[67] Tout à fait authentique.

[68] Authentique.

— Tout cela est passionnant, Commandant, mais quel rapport avec la fusillade et moi ? s'inquiète da Prato.

— J'y arrive, monsieur, j'y arrive. Cela va plus particulièrement intéresser monsieur Magenta. Nous avons réussi à identifier tous les cadavres de la fusillade. Nous savons que vous avez identifié Igor Gromyko mais pas le dernier macchabée.

— Exact ! laisse tomber Francis toujours étonné par la capacité sans égale des services de renseignements français.

— Avez-vous déjà entendu parler d'un certain Victor Podobniï ? ([69]).

— Non, c'est qui ? Le sixième mort de la fusillade ?

Lambert secoue négativement la tête.

— Non. Podobniï est un agent russe vivant aux États-Unis. Il a sous ses ordres plusieurs autres agents dont un certain Youri Guelendjik. C'est lui votre sixième cadavre.

— Je ne vois toujours pas le rapport.

— Igor Setchine ([70]), ce nom vous évoque-t-il quelque chose ?

— À part une prochaine et imminente migraine, non !

Le Commandant sourit en croisant ses mains, coudes sur les jambes.

---

[69] Victor Podobniï est un agent de renseignement russe travaillant pour le SVR, le service des renseignements extérieurs de la Fédération de Russie. Il est officiellement attaché à la délégation russe aux Nations-Unies (New York) depuis 2013. Sa mission : rassembler des données économiques et énergétiques.

[70] Igor Ivanovitch Setchine, né le 7 septembre 1960 à Leningrad (aujourd'hui Saint-Pétersbourg). Vice-premier ministre dans le gouvernement de Poutine de 2008 à 2012. Il est président du conseil d'administration et directeur exécutif de la plus importante compagnie pétrolière russe : *Rosneft* depuis 2004. En 2009, le magazine « *Forbes* » plaçait Setchine comme le 2ème homme fort de Russie.

— Je veux bien vous croire, monsieur da Prato, cependant, il est absolument nécessaire pour la bonne compréhension de ce qui va suivre que tous ces noms vous soient connus et que vous puissiez situer sur l'échiquier chaque individu du mieux possible.

L'homme d'affaires coule un regard suppliant sur Francis qui sourit faiblement.

Lui a compris que les choses vont devenir terriblement compliquées et il s'attend à un déballage de sales affaires capables de secouer l'apathie mondiale dans laquelle la planète semble s'être confortablement installée.

Il y a risque ! Un risque énorme capable de déclencher une conflagration planétaire.

Il y a beaucoup trop d'éléments explosifs pour que cette fusillade ne cache qu'une simple guéguerre de succession entre mafiosi aussi puissants soient-ils.

— Setchine est un ancien espion qui bénéficie de la confiance absolue de Poutine ([71]). Il travaille dans l'ombre de son mentor depuis plus de trente ans. Il a commencé sa carrière au KGB comme traducteur au Mozambique - il parle couramment le portugais. Dans les années 1990, il a travaillé avec Poutine à la mairie de Saint-Pétersbourg. Il lui servait à un peu tout. Secrétaire, videur, valet, espion, homme à tout faire, quoi. Lorsque Poutine a été élu, il l'a nommé vice-premier ministre, mais sa prestation n'a pas été à la hauteur. Un journaliste de la *Novaya Gazeta* ([72]) disait

---

[71] Authentique.

[72] Journal libéral fondé en 1993 par plusieurs journalistes quittèrent la Pravda dans l'espoir de lancer un nouveau quotidien susceptible d'infirmer la population russe sur les dérives et les problèmes sociétaux de leur pays. Ce biquotidien a réussi à se hisser dans le top des journaux bien suivi par la population, mais depuis 2000, 6 journalistes ont été assassinés après avoir dénoncé les corruptions, et les innombrables atteintes aux Droits de l'Homme en Tchétchénie. Le journal est détenu à 49% par Gorbatchev et le milliardaire russe Alexandre Lebedev. Les 51% restants appartiennent au journal. La citation est à mettre au crédit du rédacteur en chef-adjoint Sergueï Sokolov.

de lui : « *Même s'il a l'air bête, il est très malin, mais il n'est pas doué pour les discours et la politique publique !* ».

— Et où tout cela nous mène-t-il ?

— Monsieur da Prato, Youri Guelendjik, tout comme Igor Gromyko, était un agent du SVR, mais tous les deux étaient surtout des hommes de confiance particulièrement discrets et efficaces de ce Vassili Tchernienkov dont je viens de vous parler.

— Mon « homologue » Russe.

— Exact. Mais sous des apparences bon enfant, cet homme cache un autre visage. C'est un Lieutenant aussi fidèle et discret que dévoué et invisible de Setchine... Il n'obéit qu'à lui, c'est un inconditionnel. Ce qui revient à dire, écoutez-moi bien, que si ces deux hommes, des agents russes du SVR, étaient là, hier, à la même table que Lee Chung-Wooh, un mafieux Asiatique très puissant, ce n'était pas pour contempler le panorama ensemble et encore moins pour disserter sur la qualité de la nourriture. Ils étaient certainement là sur les ordres de Tchernienkov, soit de... Setchine... donc de... Poutine !

Un silence plombe tout à coup l'auditoire. Seul le grésillement des lampes anti-moustiques leur rappelle que la vie ne s'est pas complétement arrêtée.

Même Stan en oublie qu'il a faim en coulant un regard entendu sur Francis.

Jamais le terme *matriochka* ([73]) n'a aussi bien porté son nom ! Toute cette affaire révèle une chaîne de commandement diabolique aux ramifications sans doute sans fins... probablement au-delà des frontières de l'État Russe.

Ces affirmations lui donnent le tournis et il réalise qu'ils viennent de se prendre les pieds dans un guêpier terriblement meurtrier.

Fataliste, il hausse les épaules.

Question d'expérience !

— Voilà qui éclaire d'un jour totalement nouveau cette fusillade, un jour qui nous propulse dans les

---

[73] *Matriochka* ou poupées russes.

arcanes des hautes sphères de la politique mondiale, reprend Francis qui réfléchit vite, très vite même.

— En effet.

— Il est donc fort possible que ces six hommes se sont retrouvés au « Lamartine » pour négocier quelque chose d'extrêmement important, quelque chose de colossal. La négociation du siècle !

— Vous avez mis dans le mille, monsieur Magenta, votre passage à la DST vous a laissé d'excellents réflexes. Bravo ! Votre hypothèse confirme ce que, de notre côté, certaines rumeurs persistantes nous ont poussés à prendre au sérieux : une fuite incroyable de documents ultra sensibles seraient en train d'être négociés en France. Quand nous avons été informés de la fusillade, il ne nous a pas fallu longtemps pour faire la relation. Quelques vérifications plus tard, nous sommes venus vous voir. Mais attendez-vous à encore plus spectaculaire.

— Ce président, n'est-ce pas ?

La phrase fait mouche. L'officier de la DGSE affiche une surprise très rapidement maîtrisée.

— Mais nom de Dieu de qui parlez-vous à la fin ? Qui est ce mystérieux président dont tu me rabâches les oreilles depuis des heures ? s'emporte da Prato.

Francis coule un regard interrogateur sur Lambert. Ce dernier sourit en écartant largement les bras.

— À vous la primeur ! dit-il.

Francis sourit à son tour et pèse le pour et le contre quelques longues secondes avant de se retourner vers son ami qui attend impatiemment et, très visiblement, une réponse.

— Ce président si mystérieux, n'est autre que l'homme le plus puissant du monde actuellement.

— Et qui est ?

— Donald Trump !

RÉACTION MUSCLÉE ! ...

Angleterre,
Londres, SW1,
9 - 11 Grosvenor Gardens,
au même moment

Grosvenor Gardens est un quartier de Londres célèbre pour son voisinage. Outre que l'endroit affiche avec insolence et une certaine nostalgie des rangées de maisons néoclassiques, façon premier empire, la rue donne, sur l'arrière, sur une des résidences les plus célèbres du monde : Buckingham Palace !

Alors que toutes les maisons annoncent clairement ce qu'elles renferment, le 9 – 11, est une façade anonyme. On ne trouve aucune plaque, aucun nom.

Deux piliers encadrent une imposante porte d'entrée noire. Des caméras de surveillance veillent en permanence sur elle.

Un simple interphone relie le monde extérieur aux personnes qui travaillent dans l'ombre derrière les larges murs de ces trois étages de bureaux.

Pour les connaisseurs, le 9 – 11 abrite les locaux de la société *Orbis Business Intelligence Ltd* ([74]). C'est un important cabinet-conseil en stratégie commerciale. En clair, c'est une entreprise d'espionnage privée ([75]).

Il est tard, mais les lumières sont allumées, signe que l'on y travaille encore.

— Carole, c'est quoi ce paquet dans l'entrée ?

— C'est pour le patron, crie la secrétaire depuis son bureau. UPS l'a livré en fin d'après-midi.

— Je vais le mettre dans la salle de conférences, comme ça, il le trouvera tout de suite...

— T'embête pas, la réunion a...

L'explosion l'empêche de terminer sa phrase. Le souffle est si puissant que la salle de conférences est littéralement soufflée. Carole se retrouve au sol, au milieu d'une avalanche de papiers et d'objets divers.

France,
Savoie,
Tresserve,
41 minutes plus tard

Le portable du Commandant Lambert sonne tout à coup, l'interrompant dans ses explications.

— Excusez-moi.

Il se lève et s'éloigne rapidement.

— Oui, que se passe-t-il ? ... Quoi ! ... Hum, hum, hum !... C'est confirmé ? ... Ils sont cinglés ! ... OK, je vois ! Il est ? ... Ah bon ! ... Une revendication ! ... Oui... Oui... Oui... Tiens donc ! ... OK, tenez-moi au courant !

Lambert referme sèchement son mobile crypté et revient vers les autres, le visage grave.

— Que se passe-t-il ? demande Destivelles qui s'est levé aussi.

---

[74] *Orbis Business Intelligence Ltd*, est une société de renseignement privé créée le 16 mars 2009 par 2 anciens agents actifs du MI6 anglais.

[75] Authentique. Londres est la capitale mondiale du renseignement privé.

— C'était Londres. Un colis piégé.

— Orbis ?

— Affirmatif !

— Steele ?

— Sain et sauf. Sa réunion a été annulée au dernier moment.

— J'aime mieux ça. A-t-on déjà des...

Le conseiller spécial s'interrompt en voyant l'attitude de grande perplexité des privés, mais c'est surtout l'énervement grandissant de da Prato qui l'incite à changer de sujet.

— Je vous dois quelques explications.

— Ah ça, c'est une certitude ! rugit Dominique qui a l'impression d'être un vulgaire fétu de paille balloté au gré des envies de mystérieux inconnus issus d'un monde qu'il n'aurait jamais cru connaître.

Et s'il y a une chose qu'il a en horreur, c'est justement d'être manipulé.

— Steele est... Christopher Steele ([76]) est le patron de la société Orbis. Cet ancien du MI6 s'est taillé une place enviable au sein du petit monde du renseignement privé dont Londres est la plaque tournante. C'est un peu à cause de lui que nous sommes ici en train de discuter.

— Qu'a-t-il fait ? C'est lui qui était visé par ce colis piégé ?

— Oui. Heureusement, il était absent au moment de l'explosion. C'est malheureusement un stagiaire du service courrier qui est mort à sa place. Cet acte est pire qu'une faute, c'est une erreur qui désigne tout de suite l'auteur. Même s'il y a une revendication de la part d'un obscur Parti de la réunification Africaine, on sait d'où vient le coup.

---

[76] Christopher David Steele, né le 24 juin 1964 à Aden (Ville Yéménite) est un citoyen Britannique. Steele a servi comme officier de renseignement au sein du MI6 de 1987 à 2009, date à laquelle il prit sa retraite pour fonder la société d'intelligence privée Orbis, basée à Londres. Il est connu pour avoir transmis aux services spéciaux américains un important dossier qui prouverait les liens financiers, commerciaux et sexuels qui lieraient Donald Trump à la Russie qui le ferait chanter.

— D'où ça sort ? demande Francis.

Lambert prend la parole avec l'assentiment du conseiller spécial.

— C'est un groupuscule plus ou moins connu, agissant dans la mouvance de Boko Haram. On n'a pas grand-chose sur lui, car pour l'instant, il ne se contentait que de faire sauter quelques bombinettes sans faire trop de dégâts. S'il est réellement derrière cet attentat, là, on n'est plus dans le folklore local. Mais tout laisse à croire qu'on se sert de son nom.

— Les Russes ?

— Fort probable, monsieur Magenta. Mais jusqu'à plus ample informé, toutes les options restent ouvertes. Ça peut être n'importe qui.

— Cet attentat est d'ailleurs fort étrange car, en agissant ainsi, reprend Destivelles, les commanditaires confirment les éléments recueillis par Steele. En lui donnant tout le retentissement nécessaire, ils se tirent une balle dans le pied.

— Quels éléments ? C'est à cause d'eux qu'on a essayé de l'assassiner ? Et qui sont ces commanditaires ?

Destivelles lève les deux mains en signe d'arrêt.

— Doucement, monsieur da Prato, doucement. Cette affaire est, croyez-moi, hors du commun. Elle risque de nous entraîner dans le plus gros scandale que le monde ait connu depuis les heures sombres du Président Richard Nixon, lors du Watergate. Si les faits sont avérés, nous allons connaître un tsunami politique qui reléguera l'affaire Nixon au rang d'amusement pour espion en herbe. Commençons par le début si vous le voulez bien.

Pas la peine d'attendre une réponse. Elle est évidente.

UN SALE GOÛT DE MERDE ! ...

Alors que Francis s'est instinctivement rapproché, Stan en profite pour chiper quelques belles tranches de jambon cru qu'il avale goulûment avant de se lécher les doigts de contentement, yeux fermés.

Depuis le temps qu'elles le narguaient et que Cactus, le chat de da Prato tournait autour ! Non, mais !

— L'ascension politique de Trump commence véritablement à l'automne 2015. Au début de l'année 2016, elle est devenue aussi brève qu'inarrêtable. Véritable arme de destruction massive, le candidat écrasait tout sur son passage, y compris les piliers du parti républicain, totalement accablés et figés sur place devant les assauts au vitriol de celui qui allait devenir président des États-Unis. Marco Rubio, Jeb Bush ou encore Ted Cruz, tous se sont ramassé des claques aussi mémorables que monumentales. Ils ont été proprement taillés en pièces ([77]).

— Pourtant, Trump a collectionné de sacrés scandales en même temps, corrige Francis ([78]).

---

[77] Authentique.

[78] L'un des plus retentissants scandales qui a fait se dresser toute l'Amérique, y compris les plus fervents inconditionnels de Trump, contre lui, est la diffusion d'un enregistrement de 2005 dans lequel Trump disait : « *qu'il attrapait les femmes par la chatte !* ». Cela en dit long sur la considération qu'il porte au genre féminin. Une avalanche de plaintes contre lui a été déposée par des femmes victimes de ses assiduités malsaines. Trump a balayé ces accusations

— Exact, mais alors que ce genre de péripétie aurait inexorablement anéanti n'importe quel prétendant à la présidence, au contraire, dans le cas de Trump, cela ne faisait que le renforcer, ce qui, au final, séduisait les médias et de plus en plus d'électeurs. Qui aurait pu l'arrêter ? Un homme a essayé : Paul Singer ([79]). Ce donateur républicain, farouche adversaire de Trump, a engagé la société Fusion ([80]) pour enquêter sur lui.

— C'est quoi fusion ?

— *Fusion* est une officine de renseignement privé, comme Orbis dirigée par Steele. Sous la pression, Singer a laissé tomber et c'est un certain Marc E. Elias, un avocat qui travaillait sur la campagne d'Hillary Clinton, qui a pris le relais. Le nouveau client de Fusion n'était autre que le Comité national démocrate ([81]).

— Si je comprends bien, l'interrompt Francis, cette société Fusion a chargé Steele d'établir un dossier aussi précis que possible sur les agissements, soi-disant frauduleux, et les accointances sulfureuses de Trump avec la Russie.

— Exact !

— Mais vous dans cette histoire... je ne vois pas où est votre intérêt ? À quel moment intervenez-vous ?

---

en disant que ces femmes le harcelaient, que c'étaient des menteuses et qu'elles n'étaient intéressées que par la politique. Édifiant !

[79] Paul Singer est un homme d'affaires américain, né le 22 août 1944 à New York. Il était avocat à Wall Street avant de diriger le fonds d'investissement Elliott Management Corporation dont il est le fondateur. Sa société est souvent surnommée « fonds vautour » par les médias suite aux très nombreuses affaires qui l'opposent à des États en situation de quasi faillite dont il a racheté à des taux défiant toute concurrence les dettes. C'est le cas de l'Argentine (2014) ou Congo (2000) et Pérou (1990).

[80] Fusion GPS est une société de recherche commerciale, d'intelligence stratégique et de recherche d'opposition basée à Washington. Créée en 2011 par 4 anciens journalistes du *Wall Street Journal*.

[81] Authentique.

En quoi cette tambouille électorale aussi nauséabonde que malsaine intéresse-t-elle les Français ?

Destivelles sourit faiblement en se frottant très lentement les mains. Il cherche ses mots et fait quelques pas, tête baissée.

— Monsieur Magenta, connaissez-vous le Doughnut ? ([82]).

L'enquêteur ouvre grands les yeux de surprise.

— Ce sont des beignets sucrés de forme ronde... mais cela m'étonnerait que vous fassiez expressément allusion à cette sucrerie.

— En effet. C'est un bâtiment ultrasecret situé dans la ville anglaise de Cheltenham ([83]). On l'a surnommé ainsi de par sa forme assez spéciale. Il renferme le GCHQ, une agence d'espionnage britannique dont l'opacité est proverbiale. Tout y est top-secret. On sait que cet organisme a les moyens « d'aspirer » la majorité de ce qui circule sur internet : e-mails, historiques divers, SMS et autres données, sont, quotidiennement, volés par milliards dans les câbles et fibres optiques, ou encore interceptés sur les portables. Le GCHQ marche main dans la main avec la NSA américaine, et ils font partie d'une complexe alliance d'espionnage baptisée « *Five-Eyes* » ([84]). Le GCHQ écoute au quotidien, entre autres, toutes les conversations d'agents étrangers - suspects ou avérés - sur le territoire anglais et en Europe Continentale, surtout ceux qui viennent de Russie...

— Encore une fois, où intervenez-vous, vous, la France ? répète Francis.

— Fin 2015, le GCHQ a rassemblé une importante compilation de données sur des cibles moscovites et des agents du Kremlin déjà connus.

---

[82] Ce sont des beignets sucrés de forme circulaire. Ils ont été popularisés dans les années 1950 par la firme *Dunkin'Donut* et *Krispy Kreme*.

[83] Exact.

[84] Authentique. Cette alliance d'espionnage comprend les États-Unis, le Canada, le Royaume-Uni, la Nouvelle-Zélande et l'Australie. Ils surveillent la planète entière. Rien ne leur échappe.

— Rien d'étonnant jusque-là.

— En effet, sauf que ces Russes communiquaient avec des personnalités associées à... Donald Trump. La nature de ces échanges est tenue rigoureusement secrète ([85]). Intrigués, les gars du GCHQ ont élargi leur champ d'exploration en se rapprochant d'agences amies, dont la DGSE... Vous comprenez mieux maintenant ?

— Parfaitement.

[85] Authentique.

DESTIVELLES EN SAIT VRAIMENT BEAUCOUP ! ... CURIEUX, NON ? ...

Destivelles se montre satisfait.

— D'autres pays ont collaboré à cette recherche : l'Allemagne, l'Estonie, la Suède, la Pologne, les Pays-Bas et l'Australie.

— Et tous...

— Oui, monsieur da Prato, tous ont corroboré les écoutes entre les Russes et ces personnalités proches de Trump ([86]).

— C'est grave.

— Plus que ça.

— Qu'avez-vous fait alors ?

— Nous nous sommes inquiétés de l'immobilisme des agences américaines. Le BND allemand, les Néerlandais, le SIS ([87]) et la DGSE ont tiré la sonnette d'alarme auprès de nos alliés Outre-Atlantique. « Réveillez-vous ! Quelque chose cloche ! ». L'ampleur des contacts entre l'écurie Trump et les Russes était telle qu'il fallait impérativement agir. L'affaire était si brûlante que le patron du GCHQ en personne, Robert Hannigan, s'est déplacé pour avertir John Brennan, le patron de la CIA. Rien n'a filtré de leur entretien en tête-à-tête, mais nous savons que les informations recueillies

[86] Authentique.

[87] SIS pour *Spécial Intelligence Service*. Autre nom du MI6 Britannique.

en Europe ont été validées par Brennan, sans autres détails ([88]). Dans le même temps, on a su que le FBI recevait d'inquiétants avertissements d'un certain... Steele.

— Celui qui travaillait pour Fusion.

— Celui-là même. Les agents du FBI ont pris langue avec Steele qu'ils ont rencontré à Rome. D'abord perplexes, ils se sont engagés à étudier l'imposante documentation fournie par Steele. Au même moment, est arrivée la fameuse affaire des e-mails piratés d'Hillary Clinton...

— Oui, je m'en souviens, le coupe da Prato. On en a parlé pendant des semaines, ça passait en boucle sur toutes les chaînes.

— En juillet 2016, lors d'une conférence de presse en Floride, Trump a déclaré : « *Les russes, si vous m'écoutez, j'espère que vous trouverez les 30 000 mails qui manquent. Je pense que la presse de notre pays vous en serait reconnaissante. Voyons voir ce qui va se passer !* ». Drôle de déclaration, ne trouvez-vous pas ? conclut Destivelles avant de rajouter :

— Un conseiller de Clinton a eu une remarque intéressante et pleine de sous-entendus. Il a dit : « *Trump invite directement une puissance étrangère à espionner un de ses opposants politiques. Est-ce là une forme d'opportunité de sa part ? Ou bien quelque chose de plus sinistre, de mieux organisé ?* ». La question se pose de manière de plus en plus pertinente au fur et à mesure que les informations tombent.

— C'est en effet inquiétant.

— Plus que cela. Du coup, d'abord réticent, le FBI, par le biais de son patron, James Comey, a ouvert une enquête officielle sur Trump et ses liens avec la Russie, d'autant plus qu'après un examen minutieux du matériel laissé par l'ex-agent du MI6, l'équipe du FBI s'est déclarée choquée et horrifiée par ce qu'elle a découvert. La campagne qui a conduit à l'élection du quarante-cinquième président des États-Unis a été rude, amère et particulièrement mesquine. Tous les

---

[88] Authentique.

coups étaient permis. Au-delà, pendait une accusation difficile à croire : un chef d'État étranger, traditionnellement perçu comme un ennemi de l'Amérique, aurait secrètement aidé Trump à remporter une élection où personne ne l'attendait, et il lui aurait même donné un petit coup de pouce sur la ligne d'arrivée en publiant ces e-mails que les russes ont piratés sur la messagerie d'Hillary Clinton. Avant de voir déferler vos remarques, je me dépêche de préciser que les Russes ont aussi piraté les e-mails du Comité national républicain... mais qu'ils ne les ont jamais publiés. Simple oubli ou calcul prémédité ? Je vous laisse y réfléchir.

Francis scrute longuement le conseiller spécial. Depuis plusieurs minutes, une très curieuse impression le taraude. Destivelles en sait vraiment beaucoup. Cela cacherait-il quelque chose ?

— Vous avez, j'imagine, envisagé l'hypothèse que le dossier de ce Steele ne soit qu'un ramassis d'inexactitudes, dit tranquillement Francis. Un rapport classé « X » typique contient des phrases comme : « à fort taux de probabilité » et d'autres banalités récurrentes. Les informations peuvent s'avérer fausses parce que les êtres humains sont par nature peu fiables. Ils oublient les faits, ils se trompent. Le travail de renseignement peut se comparer à de délicates nuances. Cet univers crépusculaire n'est ni noir ni blanc, c'est plutôt une curieuse palette de gris, de blanc cassé et de sépia. On peut nuancer les choses dans un sens optimiste ou dans l'autre, de façon plus pessimiste. Je sais de quoi je parle.

— Je n'en doute pas une seule seconde, monsieur Magenta. Je connais votre parcours.

— Alors quel crédit peut-on apporter à ce Steele ?

ESPION OU AGITATEUR ? …

— Steele serait plutôt à classer dans la catégorie des pessimistes, mais à juste titre. Et lui aussi sait de quoi il parle. Il a passé vingt-deux ans dans les services secrets de sa Majesté. Il occupait un poste important au département « Russie » au MI6 à Londres. Il sait de quoi il parle, croyez-moi.

Destivelles arbore un sourire condescendant avant de poursuivre.

— Quant à nous, faites-nous la grâce de savoir aussi ce que nous faisons et de le faire bien. Les vérifications ont été faites : ce dossier est en béton ! Coïncidence troublante, je vous rappelle que le 26 décembre 2016, un certain Oleg Erovinkin, un ancien Général du KGB, a été retrouvé mort à l'arrière de sa voiture à Moscou.

— Qui c'est ?

— Son nom figure parmi ceux des sources du brûlant document de Steele sur Trump. Cet officier était en charge de la sécurité et de la protection des secrets d'État. Son décès est survenu deux semaines avant la polémique qu'a entrainé la publication du fameux document ([89]). Il était, entre autres, un proche

[89] Le document a été publié sur BuzzFeed. BuzzFeed est un site d'information et une société américaine de médias internet. Elle a été fondée en 2006 par Jonah Peretti. C'est un média mondial majoritairement présent dans les divertissements sur les réseaux

collaborateur d'Igor... Setchine, l'ancien vice-premier ministre dont je vous ai parlé. Depuis 2012, Oleg Erovinkin travaillait avec lui au sein du groupe pétrolier *Rosneft.* Il y travaillait en tant « qu'expert sur les questions de menaces et de sécurité liées à la Russie ». Sa position en faisait une cible de choix pour être une source. Il assurait également le lien entre Setchine et Poutine et pouvait donc être considéré comme très crédible en matière d'informations « sensibles ». D'après l'agence officielle *RIA Novosti,* le corps de l'officier a été rapatrié à la morgue du FSB où, selon la même source, les médecins qui l'ont examiné ont conclu à une crise cardiaque, mais en affirmant que le corps avait été trouvé à l'avant, sur le siège conducteur ([90]). Enfin, que dire de l'attitude bienveillante de Trump vis-à-vis de Poutine ? Il considérait le maître du Kremlin comme quelqu'un de « très malin ». En réalité, Poutine est la seule personne qui échappait aux flots d'invectives ordurières et mensongères que déversait en boucle Trump sur ses tweets dans un style braillard et limite cohérent à des heures où les plupart des gens « normaux » sont couchés ([91]). Trump était prêt à en

---

sociaux. Selon Trump, ce serait un journal de « gauchistes » pro-Obama.

[90] Oleg Erovinkin est né en 1955. Il était Général du KGB. Proche d'Igor Setchine et de Vladimir Poutine. Son décès a fait couler beaucoup d'encre, notamment à cause des contradictions dans les différents rapports relatant son autopsie et son décès. D'après la *Novaya Gazeta*, citée plus haut, par peur de nouvelles révélations, le pouvoir en place a interpellé 3 personnes dont Ruslan Stoyanov (patron d'une agence de cybersecurité Kaspersky Lab.) pour trahison ainsi que Sergueï Mikhaïlov et Dmitri Dokouchaev, deux membres du FSB. On a souvent présenté Oleg Erovinkin comme un proche de Steele. Ce dernier a catégoriquement démenti l'information en précisant : « *Parfois des gens meurent !* ».

[91] Authentique. Quand le dossier de Steele (35 pages sur les liens sexuels, commerciaux et financiers de Trump avec la Russie) a atterri sur le bureau ovale, la réaction du nouveau président a été cinglante et, comme d'habitude, lâchée dans une logorrhée *tweetesque*. Pour Trump, Steele n'est : qu'un « *espion raté*» qui

découdre verbalement avec quiconque mettait en doute ses actions, sauf son ami Poutine.

— Vous ne l'aimez guère, à ce que je vois, ironise Francis.

— Quand vous saurez tout ce que nous avons découvert, vous serez moins sceptique.

— À ce point ?

— Trump n'encensait aucun autre chef d'État de la même manière, ni aussi souvent. Son obéissance envers Poutine a continué une fois installé dans le bureau ovale. Ces deux faits - le battage fait autour des e-mails piratés et l'éloge sans fin de Poutine - nous forcent à nous poser la question suivante : Poutine fait-il chanter le candidat ? Sinon, comment expliquer l'engouement à peine voilé de Trump à son égard ? Et si oui, quel genre de chantage ? À l'Élysée, nous sommes convaincus qu'il s'agit là de la plus grosse affaire politique américaine de toute une génération. Si Trump a en effet conspiré avec la Russie, en public, mais aussi par des voies secrètes, ce n'est ni plus ni moins que de la haute trahison. Un nouveau Watergate mais en pire. Seulement, en 2015-2016, les cambrioleurs de Nixon ne sont plus des agents de l'un ou l'autre des candidats, ce sont des étrangers. D'après la CIA et le FBI, ce sont des pirates informatiques anonymes travaillant pour les agences d'espionnage de Poutine. L'argent qui paye leurs frais et leurs salaires est russe, mais il peut aussi être... américain !

Francis s'attendait à ce genre d'affirmation.

— Nous revoilà au cœur de la mafia, dit-il.

— Pas très loin, en effet, répond Destivelles dans un sourire entendu.

— Et moi là-dedans ? s'exclame da Prato. On m'oublie ?

— J'allais y venir, monsieur da Prato. Il était nécessaire et important que je précise avant tout

---

aurait concocté pour lui nuire un rapport constitué de « *faits fabriqués par un groupe d'opérateurs politiques sordides, aussi bien républicains que démocrates* ».

certains points. Maintenant, pour en revenir plus spécifiquement à vous et à cette fusillade, nos investigations poussées nous ont apporté deux pistes sérieuses sur cette poudrière Trump/Poutine. La première est fascinante mais relève encore de la pure spéculation.

— Que dit-elle ?

— Cette piste prouverait que la Russie a secrètement financé la campagne de Trump via une institution occidentale. Nous ne connaissons que quelques détails et il n'y a, à ce jour, aucune preuve.

Destivelles s'interrompt et coule un curieux regard sur Francis en ajoutant :

— Vous voyez où je veux en venir ?

Francis hoche lentement la tête en souriant également, ce qui agace da Prato qui se sent exclu de la discussion. Il est quand même victime dans cette affaire !

— Ça va tous les deux ? Vous voulez que l'on vous laisse peut-être ?

— La seconde piste reprend Destivelles en se reportant sur l'homme d'affaires, est plus sérieuse. Nous disposons de documents prouvant avec certitude que des bureaucrates russes haut placés et quelques initiés au bras long ont blanchi vingt milliards de dollars dans un plan ingénieux. La piste implique des avocats britanniques, une banque lettone, des juges moldaves et des sociétés anonymes basées à Londres. L'argent liquide a circulé partout, notamment via des comptes bancaires américains chez JP Morgan Chase, Wells Fargo et d'autres.

— Qui sont les bénéficiaires ?

— Monsieur Magenta, vous vous doutez bien qu'à ce stade, l'identité de ces bénéficiaires est un mystère absolu, mais nous savons qu'une partie de cet argent a été caché en *offshore*. La combine a également servi à mener des manœuvres politiques à l'étranger…

— Ce qui prouve la porosité du système bancaire américain vis-à-vis de l'argent russe. S'il est possible de blanchir de l'argent, il doit également être possible de le réinvestir dans des opérations de... piratage informatique discrètes, par exemple.

— Très bien raisonné, monsieur Magenta. Ce qui nous ramène encore à Trump. Est-il réellement milliardaire comme il le hurle sur tous les tons ? Ou bien est-il ruiné et surendetté auprès de banques étrangères ? Quels liens financiers a-t-il avec les autres gouvernements ? Qu'en est-il de sa famille ? En particulier de son puisant gendre, ce Jared Kushner ? Nous avons alors jeté un œil sur ses transactions immobilières, en comparant leur valeur avec l'argent que Trump a obtenu grâce à des prêts. Nous parlons de son ancienne demeure en Floride. Il l'a acheté en 2004 pour quarante-et-un millions de dollars avant de la revendre, quatre ans plus tard, quatre-vingt-quinze millions à un oligarque... Russe ([92]). Même en tenant compte de l'inflation, des travaux que Trump affirme avoir faits dans la propriété, de l'image de marque de celui-ci et des lubies qu'un homme très riche est capable d'investir aux États-Unis, un tel profit paraît pour le moins extraordinaire.

— Ce qui compte, c'est cette différence, dit da Prato qui a vite compris à quoi a servi cet argent.

— Suivez l'argent ! s'écrie Destivelles. Et cela nous amène directement à vous.

— À moi !

— Oui, monsieur da Prato. Vous ne voulez pas savoir quel rôle vous jouez dans cette rocambolesque affaire ? Il y a quelques instants je vous ai parlé de la piste dans laquelle l'argent aurait transité pour financer la campagne de Trump.

— Oui, en effet, mais où voulez-vous en venir ? Quel rapport avec la fusillade dont j'ai été la victime collatérale ?

— En réalité, les deux pistes se croisent dans la mesure où de telles quantités d'argent nécessitent obligatoirement des écrits...

— Qui sont tombés dans des mains indélicates, ne peut s'empêcher de dire Francis, triomphant.

---

[92] Authentique.

Le visage de da Prato s'illumine soudain.

— J'ai compris ! Ce que tu tiens absolument à me voir récupérer ce sont justement ces documents, s'écrie-t-il en se levant.

— En effet, monsieur Magenta a vu juste tout de suite. Nous ne savons pas encore comment de tels documents susceptibles de déclencher une crise politique très grave aux États-Unis, ont pu atterrir dans les mains de ces mafieux retrouvés morts au « Lamartine ». Au fond, cela devient secondaire, par contre, ce qui est plus inquiétant, c'est de découvrir qui est derrière toute cette sale affaire. Que comptait faire Lee Chung-Wooh ? Comptait-il négocier ces documents ? Et si oui, pourquoi et avec qui ? Ou pour le compte de qui ? Nous pensons, comme monsieur Magenta, que vous avez vu ou entendu quelque chose. C'est pourquoi votre vie est maintenant en grand danger. Monsieur Magenta a bien fait de vous mettre à disposition ses hommes. Inutile de vous préciser que les miens ne seront pas bien loin.

— Les forces spéciales du Général Deglenne, je suppose ([93]).

— Vous êtes bien informé, monsieur Magenta.

— C'est essentiel dans ma partie. Cependant, voyez-vous, cela fait maintenant un bon moment que nous parlons de documents particulièrement explosifs et depuis tout ce temps, il y a deux questions qui me turlupinent sans cesse.

— Si je peux y répondre.

— La première est la suivante : si ces dossiers sont aussi compromettants que vous le dites, comment se fait-il que les Russes, qui doivent très probablement les avoir classés dans leur rayon « secret-défense », ont-ils pu se les laisser dérober ? Ça n'a aucun sens. Vous savez tous ici à quel point les Russes adorent la dissimulation qu'ils ont érigée en principe de travail prioritaire. C'est même devenu pathologique chez eux. Ce genre de document ne se laisse pas sur un bord de

[93] Voir « Crash à Seyssel », « *L'impossible survivant* » et « *Alerte à Seyssel !* ».

bureau. Donc, cela veut dire que : un, ils sont tombés sur un monte-en-l'air particulièrement audacieux et très bien renseigné, ou alors, deux : et c'est plus grave...

— Il y a une taupe chez eux. En effet, monsieur Magenta, nous en sommes arrivés à la même conclusion. Seul un très proche a pu les sortir du Kremlin. Nous excluons tout vol. Quelle est votre deuxième question ?

— L'endroit de la fusillade. Pourquoi ces six types sont venus dans un restaurant, certes très bien fréquenté, mais qui ne cadre pas avec le genre de ces messieurs ? J'ai longuement réfléchi à ça et j'en suis arrivé à la conclusion qu'Aix-les-Bains n'a pas été choisie au hasard. Il doit y avoir une très bonne raison à cela. Vous avez une idée ?

Destivelles secoue la tête en souriant en coin.

— Je vois que nous pensons la même chose. Pour vous répondre : non, nous n'avons aucune idée de ce qui pourrait motiver la présence de ces types ici. Nous cherchons.

— Je commence à mieux comprendre, maintenant, s'écrie da Prato. Mais, encore une question !

— Je vous écoute !

— Quel est votre intérêt là-dedans ?

Destivelles prend le temps de la réflexion.

— Je ne vais pas vous faire un cours de géopolitique, ce serait long et fastidieux. Pour faire simple, sachez seulement que nous cherchons à empêcher qu'un État-voyou, la Russie, ne puisse, à travers sa marionnette, créer un second État-voyou. Vous imaginez la puissance à ce moment-là ? Le monde serait à la merci de la criminalité la plus sanguinaire qui soit. La seule inconnue est de taille : quelle réaction aura la mafia américaine ?

— Et est-elle partie prenante ou non dans l'établissement de ce continent-voyou ? ajoute Francis, le regard fixe qui, ressassant ce qui venait d'être dit à propos de l'Asiatique, se dit qu'une petite exploration de la vie de ce type serait certainement riche d'enseignements.

— Suivez le sexe, suivez l'argent ! dit d'une voix amusée Stan en finissant de ratisser consciencieusement l'assiette de charcuterie ([94]) tout en pianotant sur sa tablette sous l'œil furieux de Cactus.

---

[94] Selon le document de Steele, les Russes feraient chanter Trump, après l'avoir filmé dans des ébats particulièrement peu ragoûtants (ondinisme entre autre) lors de son séjour en 2013 à l'hôtel Ritz-Carlton et dans la même chambre où avait séjourné le couple Obama lors d'un voyage officiel du Président. Trump aurait tenu à mettre lui-même un point d'honneur à souiller le lit dans lequel Barack Obama, qu'il hait, avait couché.

MÂLE-1 ! ...

Pendant que da Prato discute avec animation avec Destivelles, Francis coule un regard interrogateur sur son adjoint qui s'est tout à coup rué sur sa tablette.

Que fait-il encore ?

Stan pianote avec une frénésie rare au point que Francis s'inquiète.

Tout à coup, Stan se redresse avec la tête du gamin facétieux qui vient de faire un bon coup tordu. Sans dire un mot, il fait signe du doigt à Francis de le rejoindre.

Perplexe, l'enquêteur regarde les autres discuter, puis s'esquive discrètement pour se rapprocher.

— Qu'est-ce qui se passe ? demande-t-il doucement en se penchant sur son ami.

— Torriello ! Giuseppe « Beppe » Torriello, ça te dit quelque chose ?

— Non, pourquoi ? C'est qui ce Rital ?

Stan regarde à droite et à gauche, puis d'une voix sourde dit :

— L'intervention de notre Corse au Carrefour de Grésy me turlupinait. J'ai activé mes petits réseaux à moi, personnellement, que j'ai et...

— Ouais, ouais, ça va ! Accouche.

— Tu te rappelles que je t'ai dit qu'il flinguait sur commande...

— Oui, bien sûr, tu m'as dit qu'il agissait toujours pour le compte de commanditaires et... ne me dis pas que... ce Torriello...

— Destivelles se demande d'où vient le fric. Russe ou Américain. On a là un début de réponse.

— Explique-toi.

— Torriello est un petit chef de gang souvent inquiété, jamais condamné.

— Des protections ?

— Comme s'il en pleuvait.

— Intéressant, répond Francis en s'asseyant à côté de son ami.

L'enquêteur soupçonne une sacrée belle piste à suivre. Mais une piste probablement très explosive.

— Notre Corse est venu au Carrefour de Grésy-sur-Aix sur ordre express de ce Torriello.

— Ça, j'avais compris. Tu as quoi d'autre ?

— Torriello est un gars de Battle Creek, dans le Michigan... une ville située non loin de... Détroit.

— Et après ?

— Ne sois pas si impatient. Grâce à un réseau d'informateurs et de différents caïds, il est en relation directe avec l'une de ses protections, un certain Tocco, dit « Jack ».

— Bon, et alors ? Où veux-tu en venir ?

— Ce Tocco n'est ni plus ni moins que le chef de la famille de... Détroit ([95]). Tu saisis maintenant ?

— Ouais ! On retrouve la mafia, laisse tomber pensivement Francis que cette information vient de déclencher chez lui une avalanche d'interrogations.

— Mais ce n'est pas tout. En feuilletant l'agenda du Corse, j'ai trouvé une possible connaissance commune.

— Entre lui et ce Tocco ?

— *Yes Sir !* Un certain Carter William Page.

— D'où tu tiens tout ça ?

---

[95] Détroit, principale ville du Michigan, a été fondée en 1701 par un Français : Antoine de Lamothe-Cadillac. Cette ville d'environ 700 000 habitants est très connue pour son activité automobile. AU niveau de la mafia, il y a la famille surnommée « *Partnertship* », dirigée depuis 1977 par un certain Giacomo « Jack » Tocco. Elle est considérée comme affaiblie.

— Abe Miller ([96]) tiens donc ! C'te question ! Faut bien le faire bosser de temps en temps, sinon c'est le bazar...

Francis ne comprend pas ou veut en venir son ami.

— Bon, et alors ? s'irrite-t-il. On va où avec cette avalanche de noms ?

— Tu sais qui c'est ce type ?

Destivelles ne lui laisse pas le temps de réfléchir et surprend le duo.

— C'est l'ancien conseiller en politique étrangère de... Donald Trump ([97]) pendant la campagne de 2016.

Francis se retourne d'un coup pour voir l'homme du Président, tout sourire, immobile tout près de lui.

— Vos messes-basses ont attiré mon attention. Je vois que j'ai bien fait.

Francis se redresse et sourit difficilement avant de s'adresser à Stan.

— Continue de chercher. Tu es sur la bonne piste.

Destivelles fait demi-tour, suivi de l'enquêteur qui s'attend à de nouvelles révélations sulfureuses sur les accointances malsaines entre Trump et la Russie.

— Qui c'est ce Page ?

— Un drôle d'oiseau. Comment dire ? ... Je vous ai parlé de cet espion russe, Podobniï...

— En effet. Quel rapport avec ce type ?

— Vous vous rappelez que ce Podobniï était chargé de glaner tout ce qu'il pouvait dans le domaine de l'énergie ?

— Oui, bien sûr.

---

[96] Abe Miller est le patron de « Mondial Protection » aux États-Unis.

[97] Carter William Page, né le 3 juin 1971, à Minneapolis. C'est un consultant américain spécialisé dans l'industrie pétrolière. Il a été un temps le conseiller en politique étrangère de Donald Trump. Son côté très russophile a poussé Trump à se séparer de lui. Page est le fondateur de *Global Energy Service*, un fonds d'investissements et une société d'experts-conseils spécialisés dans les activités pétrolières et gazières en Russie et en Asie Centrale.

— Le problème de Podobniï était épineux. Comment recruter des Américains prêts à l'aider en la matière ? La tâche s'annonçait encore plus complexe dans la mesure où, durant l'été 2010, le FBI a arrêté dix agents dormants, dont une certaine Anne Chapman ([98]).

— Je commence à comprendre.

— Podobniï et ses hommes pensaient avoir trouvé la perle rare en tant que source au travers de deux jeunes consultantes financières fraîchement diplômées, mais ils avaient quand même de sérieux doutes. Ils en étaient là de leurs interrogations quand ils sont « tombés » sur un type, consultant en énergie, basé à New York, qui avait très envie d'aider les Russes et de se faire de l'argent à Moscou. Cette source a été appelée Mâle-1 par le FBI. Seul inconvénient mais de taille. Cette source était un peu « abrutie ». Sur ce point, les Russes aussi étaient d'accord, comme en témoigne un échange de messages piratés par le FBI ([99]).

Francis ne peut s'empêcher de ricaner tandis que da Prato remplit à nouveau les verres tout en écoutant attentivement.

— D'après les documents du FBI, il est clairement établi que Podobniï a rencontré Mâle-1 à plusieurs reprises, qu'ils ont échangé des documents sur le monde énergétique, et correspondu par mail.

— Mâle-1, c'était ce Page.

— En effet. Vous voyez l'impact que cette information peut avoir auprès de la population américaine ? Le conseiller en politique étrangère de Donald Trump était une source des Russes ! Vous imaginez le retentissement ?

---

[98] Anna Vassilievna Chapman, née le 23 février 1982 à Volgograd. C'est une femme d'affaires russe et une consultante. Impliquée dans une affaire d'espionnage comme agent illégal, elle a été arrêtée par le FBI le 27 juin 2010. Surnommée « Mata-Hari des temps modernes » ou « Nouvelle Mata-Hari », elle a été remise aux Russes, le 8 juillet 2010, dans le cadre d'un échange de prisonniers entre les deux pays.

[99] Authentique.

— Scandale assuré ! C'est un cas d'*impeachment* ([100]), non ?

— Pas vraiment, mais sait-on jamais... surtout avec toutes les autres casseroles que Trump se trimbale derrière.

— Comment se sont-ils...

— Quand Page est revenu de Russie, après y avoir passé trois ans - il peut se passer beaucoup de choses en trois an, surtout là-bas - il a loué un petit bureau au 590 Madison Avenue. Ce bâtiment est relié à un célèbre monument de la ville : la Trump Tower ! ... Page a un passé très curieux. Il a été cinq ans dans la Navy et aurait été agent de renseignement de la Marine dans le Sahara Occidental. Il dépensait sans compter et roulait en Mercedes noire.

— Curieux bonhomme, en effet.

— Passionné par la Russie, en 1998, il travaille dans un cabinet-conseil en énergie : Eurasia Group. Son patron de l'époque se rappelle de lui comme d'un type complétement fêlé. C'est pour dire... Ses opinions pro-Poutine trop affichées ne lui ont pas permis de rester à ce poste. En 2004, il déménage à Moscou et bosse pour Merrill Lynch. C'est ainsi qu'il s'est mis a travailler pour Gazprom ([101]) et en a même profité pour acheter des

---

[100] *Impeachment.* Littéralement « procédure de mise en accusation ». Dans le langage juridique anglo-saxon, c'est une procédure permettant au pouvoir législatif de destituer un haut fonctionnaire du gouvernement. Elle a été appliquée à Richard Nixon qui a démissionné avant que la procédure aille à son terme, suite au scandale du Watergate. La même procédure a été engagée contre George W. Bush en 2008, mais sans succès. En 2017, cette procédure pèse dangereusement sur la tête de Donald Trump. Elle a été récemment appliquée au Brésil, dans le cadre de la destitution de Dilma Roussef.

[101] Gazprom (abréviation de « industrie gazière » en russe) est une société anonyme russe créée en 1989 connue pour l'extraction, le traitement et le transport du gaz naturel. Depuis 2005, elle est un acteur important sur le marché du pétrole. En 2007, elle est la 1ère entreprise russe, la 3ème par capitalisation boursière dans le monde derrière Exxonmobil et PetroChina.

parts. Durant la crise Ukrainienne, Page clamait haut et fort que Poutine était innocent et qu'il n'était pour rien dans ce conflit, mais, au contraire, c'était l'attitude arrogante et interventionniste des États-Unis qui avait déclenché la crise. Il s'est ouvertement rangé du côté de la Russie et a affirmé haut et fort son désaccord avec les sanctions imposées par le Président Obama à l'encontre de Moscou.

— Manque pas d'air ce type. Et Trump l'a pris comme conseiller en matière de politique étrangère ! C'est hallucinant !

— En effet. De deux choses l'une, soit Trump prouve sa parfaite incompétence en matière de politique, soit, il savait sciemment ce qu'il faisait en intégrant un pro-Kremlin au sein de son équipe de campagne. Dans les deux cas, cela ouvre le champ à une multitude d'interrogations sur la santé mentale du bonhomme comme sur son aptitude à diriger le pays le plus puissant du monde. Quoi qu'il en soit, c'est terriblement inquiétant pour l'avenir. Quand Trump a annoncé les noms des membres de son équipe, celui de Carter Page est sorti. Ses anciens collègues de boulot, à Eurasia Group, en sont restés sur le « cul », si vous me permettez cette expression. Eurasia Group cherchait des types capables d'apporter des analyses critiques sur ce qui se passait dans le monde, mais Carter n'offrait clairement aucune approche pertinente sur la situation, et restait arcbouté sur ses positions pro-Russie.

— Ce n'est vraiment pas quelqu'un de très malin.

— C'est ce qui ressort de tous les dossiers. Ce qui intéressait Trump, c'était son enthousiasme sans bornes pour Poutine et sa haine viscérale envers Obama et Clinton. Cette attitude est aussi inquiétante qu'irresponsable. J'ajouterai : puérile et indigne d'un homme qui se prétend supérieur aux autres. C'est même à se demander si son passé professionnel et sa « réussite » d'homme d'affaires sont bien réels… On en revient avec notre questionnement précédent : est-il réellement milliardaire ? Est-il réellement un astucieux homme d'affaires ? Ne serait-il pas plutôt une « grande gueule » vivant d'expédients en y allant « au culot » ? La question mérite d'être posée.

— En effet, mais de Trump, doit-on s'en émouvoir ? Qu'il ait choisi ce Page comme conseiller est bien dans la manière de faire du bonhomme.

— Ce Page était considéré comme un extraterrestre. Probablement le seul Américain qui croyait dur comme fer que Poutine était un être gentil, bon, raisonnable et vertueux. Un saint, quoi !

Un rire sonore ponctue l'analyse du conseiller spécial.

Destivelles boit une longue gorgée avant de laisser la parole au Commandant Lambert.

— La fin de l'histoire est limpide. Le FBI suivait Page à « la culotte » et les enquêteurs ont affirmé avoir assez de preuves concrètes pour coincer Page comme étant un agent Russe.

— Et au final, c'en est un ?

— La question n'est pas encore tranchée, mais il est très curieux de noter qu'à Moscou, Page a fait un étrange discours « ovationné » par les Russes - qui le considèrent comme un « éminent et célèbre économiste américain ». Ce discours n'était qu'un monologue décousu, vide de sens, frisant l'absurde et parfaitement incohérent. Il encensait la Russie et racontait à quel point les velléités américaines de répandre la démocratie dans le monde lui semblaient parfaitement honteuses ([102]).

— En effet, voilà un discours pour le moins bizarre.

— Il a été très mal perçu aux États-Unis, vous imaginez !

— Il n'y a là rien d'étonnant. On peut même se demander ce qu'il faisait à Moscou.

Lambert ricane.

— Nous savons de source sûre que Page a rencontré à de nombreuses reprises un certain... Setchine... que je ne présente plus. Les deux hommes auraient évoqué le désir du Kremlin de voir les États-

---

[102] Authentique.

Unis lever les sanctions contre la Russie. Setchine a proposé l'ébauche d'un accord : si un futur gouvernement Trump abandonne les « sanctions liées à l'Ukraine », il pourrait y avoir un « changement collatéral » dans le secteur de la coopération énergétique.

— En clair, des contrats juteux pour des sociétés américaines... des sociétés dans lesquelles Trump aurait des intérêts...

— Exact. Setchine y tenait tout particulièrement, car les sanctions américaines mettaient à mal l'économie russe et en particulier *Rosneft*. Un projet commun entre *Rosneft* et Exxon a même été abandonné ([103]). Setchine avait tellement envie de voir lever les sanctions qu'il a même proposé un pot-de-vin à Page : le courtage à hauteur de dix-neuf pour cent de *Rosneft*.

— Rien que ça ! Les Russes faisant de la privatisation, on aura tout vu ! s'exclame da Prato en reposant son verre.

— Page s'est montré très touché et intéressé en confirmant que si Trump était élu, les sanctions contre la Russie disparaîtraient.

— Rien que ça ! C'est vraiment un abruti, ce type, claironne Francis. De quel droit pouvait-il engager la parole de Trump ? ... Ou de qui que ce soit d'autre, d'ailleurs, sur un dossier aussi épineux ?

— Setchine a alors révélé à Page que le Kremlin possédait un lourd dossier de fichiers compromettants pour Clinton et qu'ils allaient peut-être le remettre au cabinet de campagne de Trump.

— Les e-mails ?

— Probablement. Immédiatement après, soufflant le chaud et le froid, le Russe a dit aussi à Page que le gouvernement Russe détenait également des informations compromettantes sur Trump et que ce

[103] Authentique. Ce projet d'exploration commun dans l'Arctique russe est actuellement suspendu. Setchine en personne n'avait pas le droit de se rendre aux USA et l'Europe a durement sanctionné son entreprise.

dernier devait « tenir à l'esprit ce détail » quand il traiterait avec Moscou.

— C'est très clair. Si ça ne s'appelle pas du chantage, alors qu'est-ce que c'est ?

— Les liens de Page avec la Russie devenaient une source de controverse. L'affaire est remontée jusqu'au Sénat où l'on s'inquiétait des agissements de ce Page, jugé trop proche de Trump et des Russes. Selon nos sources, Page avait des contacts « inquiétants » avec des « individus de haut rang soumis à des sanctions ».

— Ces individus c'étaient Setchine, Podobniï et leurs affidés, comme ce Tchernienkov.

— Vous comprenez très vite, monsieur Magenta. C'est exactement ça. Bref ! Tous ces détails troublants et très gênants sont revenus à la surface dans un article de *Yahoo News !* ([104]). Aussitôt, le cabinet de campagne de Trump a renié Page qui était devenu un vrai boulet, le faisant passer pour un citoyen lambda alors que, quelques heures auparavant, Trump le portait au pinacle ([105]). Trump a largement minimisé la chose en le prenant de très haut. Fin septembre, Page quittait l'équipe par la petite porte.

— Et cette histoire de pot-de-vin ? demande da Prato.

— C'est là que les choses prennent un tour plus que curieux. Moins d'un mois après la victoire de Trump, le groupe pétrolier a annoncé qu'il vendait dix-neuf pour cent de ses parts ([106]). La plus grosse privatisation depuis les années 1990. Dans un entretien télévisé du 7 décembre, Poutine et Setchine ont présenté cette opération comme un signe de la confiance internationale à l'encontre de la Russie malgré les sanctions américaines et européennes. Cependant, on ne sait pas qui a acheté ces parts ! On sait que le Qatar, la société suisse Glencore et la banque italienne Intesa

---

[104] Authentique.

[105] Authentique.

[106] Pour un total de 10,2 milliards d'Euros. Glencore a investi 300 millions d'Euros, les Qataris 2,5 milliards et la banque italienne 5,2 milliards. Où est passée la différence ?

Sanpaolo sont dans le « coup », mais près d'un quart de la vente reste inconnue. Un des associés de l'affaire est une société basée aux îles Caïmans ([107]).

— Donc, impossible de remonter jusqu'au bénéficiaire final.

— Exact. Dans la semaine qui a suivi cette « vente », les agences de renseignements, dont la nôtre, ont épluché cette transaction. D'après nous, il est fort probable que l'argent soit arrivé dans les poches de Poutine et de Setchine ([108]).

— Et du côté de Page ?

— Rien, bien entendu. D'ailleurs, il a été accusé, preuves à l'appui, de travailler pour les Russes et n'a pas arrêté de s'en défendre. Il est même retourné à Moscou où il a été reçu, cette fois, comme un pestiféré.

— Les Russes l'ont utilisé. Après, ils l'ont jeté comme un Kleenex qui ne servait plus.

— Quelles que soient les motivations de Page - cupidité, bêtise, idéalisme, naïveté - bref, il reste clairement établi qu'il a aidé les services secrets russes qui se sont très probablement servis de lui. Oui, en effet.

— Que ce Page ait été ou non un agent russe, cela ne répond toujours pas à la question essentielle : où est l'argent au final ?

— Monsieur da Prato, votre sens du pragmatisme est toujours aussi affuté. Des gens mal intentionnés envers vous vous soupçonnent de le savoir. La réponse doit se trouver dans ce que l'Asiatique négociait au « Lamartine », et ce quelque chose, vous devez forcément l'avoir vu ! Il va falloir rassembler vos souvenirs… et vite !

---

[107] Authentique.

[108] Hypothèse fortement probable.

LA PISTE DE LA MAFIA INTERNATIONALE ! ...

Vendredi 8 juin,
3 h 18

Après avoir fait un point précis, fixé des objectifs clairs et défini un calendrier de rencontres, Destivelles et Lambert sont partis se coucher. Da Prato, épuisé, la tête en compteur, les a imités.

Restés seuls, Francis et Stan ont fait le tour de leur dispositif, puis, rassurés, sont revenus vers la terrasse allumée comme en plein jour.

Immédiatement, Francis éteint plusieurs lampes. Il n'aime pas ce déballage de lumière, il a toujours l'impression qu'on peut l'épier.

— Tu fais toujours de drôles de fixettes, ironise Stan, mains dans les poches, en admirant le parc silencieux.

— Maintenant plus que jamais.

— Y s'embête pas ton copain.

— Contrairement à beaucoup qui croient que tout tombe tout cuit du ciel, lui, il a bossé dur pour en arriver là.

— Va pas bien dormir, le copain.

— Ça c'est sûr. En tout cas sa petite famille est bien cachée et bien protégée. C'est déjà ça.

Stan hausse longuement les épaules.

— Ouais, en attendant, c'est nous qui allons servir de cibles de baraque de foire. Frustrant !

— Destivelles ne peut en aucun cas avancer en première ligne, tu le comprends bien ?

— Comprendre est une chose, l'accepter en est une autre plus difficile à admettre, surtout quand c'est nous qui allons la monter, cette foutue première ligne.

— Inutile de pérorer là-dessus, il n'y avait pas d'autres solutions.

— Ouais, faut y que tu l'aimes ton copain.

— Ce n'est pas mon « copain », c'est mon Ami, tu saisis la différence ?

— Moi oui, les balles non !

— Et pour lui je ferais n'importe quoi, car il ferait pareil pour moi. J'agis avec Dominique comme je le ferais avec n'importe quel de mes amis.

Stan, interrogateur, se tourne sur Francis.

— Même moi ?

— Même toi !

— Aaaaah, ça va tout de suite mieux d'un coup, glousse Stan en rigolant. Ça fait rudement plaisir de constater que quelqu'un vous aime.

— Ouais, même si parfois je me demande si tu le mérites vraiment !

— Oh, mon Prince, je te suis tout dévoué.

— Justement, à ce propos, continue avec tes recherches. Tu as le réseau d'informateurs le plus étoffé que je connaisse. Alors dégotte-moi du sensationnel. On doit avancer si on ne veut pas voir Dominique se faire dézinguer... et nous accessoirement... Ah, aussi. Trouve-moi tout ce que tu peux sur notre Asiatique, en particulier s'il n'a pas un domicile par ici.

— Ce serait con que ton pote avale son matricule, il a un de ces petits vins et puis son jambon cru... Hummmm là, là ! Quelle classe !

— Tu as compris ce que je t'ai demandé ?

— Ouais, ouais, suis pas sourd.

— À propos de jambon, c'est gentil de nous en avoir laissé.

— Aaah, parce que...

— Oui, ce n'est pas parce que je discutais avec le conseiller spécial que je n'avais pas un œil sur toi. Il faudra vraiment que je t'apprenne les bonnes manières ! Allez, au boulot !

4 h 16

— Je l'ai !

Francis sursaute. Il s'était assoupi.

— De quoi ?

— Le tireur abattu par Stéphanie, je sais enfin qui c'est. Il s'appelle Vittorio Spadaro.

— Encore un Italien, décidément !

— C'est un flingueur patenté qui bosse en *free-lance* pour Vito Palazzolo ([109]).

— C'est un parrain ?

— Ouais. Un drôle de paroissien. Digne d'un roman policier. C'est une figure importante de la Cosa Nostra. Interpol l'a placé depuis 1984 sur la liste des personnes les plus recherchées au titre de « narcotrafiquant de niveau stratégique » alors que le FBI le considère comme l'un des sept chefs mafieux les plus importants. Enfin, il faut signaler que le *capo di tutti i capi*, Bernardo Provenzano, arrêté en 2006, a épousé Saveria Palazzolo, une proche parente de ce Vito.

---

[109] Vito Roberto Palazzolo, né le 31 juillet 1947 à Terrasini (Sicile). Homme d'affaires italien accusé d'appartenir à la mafia en tant que trésorier de Bernardo Provenzano, le patron de la mafia (arrêté en 2006) et de son prédécesseur, Salvatore Riina. Arrêté en Suisse à la demande de l'État italien, il parvient à s'enfuir et s'installe tranquillement en Afrique du Sud. Il est finalement arrêté à l'aéroport de Suvarnabhumi (Bangkok/Thaïlande) le 30 mars 2012. Vito Palazzolo était en contact étroit avec un certain Giovanni Brusca, le commanditaire de l'assassinat du juge anti-mafia : Giovanni Falcone et d'un certain Salvatore Morettino qui habite Houghton. Ce Morettino cacherait un criminel du nom de Mariano Tullio Troia, un mafieux sicilien recherché pour le meurtre de Salvatore Lima, associé de l'ancien Premier ministre italien Giulio Andreotti.

— Ça crée des liens. Et à propos de lien, tu as quoi avec l'affaire qui nous intéresse ?

— Je vais y venir, mais d'abord laisse-moi te décrire le parcours de ce type et tu comprendras mieux.

— Soit !

— Les Italiens, les Suisses, les Américains et Interpol considèrent ce type comme un trafiquant de stupéfiants, un financier éminent et un blanchisseur de narco-devises de premier plan. Il s'occupe en annexe de nombreux autres trafics, notamment dans l'alimentaire.

— L'alimentaire, tiens ! remarque Francis qui fait immédiatement le lien avec Zanardi et surtout... Tchernienkov.

— Je savais que ça t'intéresserait.

Petit à petit, il commence à entrevoir la gigantesque toile d'araignée que la mafia internationale tisse, au quotidien, sur la planète ([110]).

— En avril 1984, il est arrêté à Lugano. À Noël 1986, il sollicite une « permission » pour « passer les fêtes en famille ». Il l'obtient !

— Non !

— Bien entendu, il disparaît. On le retrouve en Afrique du Sud avec un faux passeport au nom de Robert Von Palace Kolbatschenko ([111]). Il s'installe dans le Bantoustan du Ciskei. Le Président lui donne la nationalité ciskeienne. Palazzolo étend son emprise sur le monde politique. Pik Botha ([112]) devient son « ami » et, petit à petit, il se constitue un véritable petit empire, plus de vingt sociétés, comprenant de nombreuses propriétés et entreprises, y compris une fiduciaire basée au Cap, affiliée à *Cape International Holdings*, une

---

[110] La Cosa Nostra est le N° 1 de l'industrie du crime organisé et sévit dans 40 pays au minimum.

[111] Authentique.

[112] Roelof Frederik « Pik » Botha, né le 27 avril 1932 à Rustenburg dans le Transvaal, est un homme politique d'Afrique du Sud. Il a été ministre des affaires étrangères de 1977 à 1994, puis ministre des mines et de l'énergie de 1994 à 1996. Il a été ministre sous les gouvernements de John Vorster, Pieter Botha, Frederik de Klerk et Nelson Mandela.

énième société de Palazzolo, enregistrée dans les îles Vierges britanniques. Il a aussi des mines de diamants en Angola dont Christian, son fils, s'occupe. Son frère, Pietro Palazzolo, prétendu « joaillier », est à la tête d'un important trafic de diamants. Il a comme clients quelques personnes avec lesquelles tu as eu maille à partir.

— Qui ?

COMME LE MONDE EST PETIT ! ...

— Horton et Palmer !

— Les deux anciens dirigeants de la Barnett ! Comme le monde est petit ! ([113]).

— Curieux, hein !

— Mais ces deux voyous sont morts. Palmer dans l'accident de son avion et Horton a disparu en mer. On n'a retrouvé que son voilier.

— Deux « accidents » qui sont arrivés au bon moment, non ?

— Le hasard fait bien les choses.

— Quelqu'un les a très vite remplacés.

— Qui ?

— Un certain Walter Straumer, ancien Conseiller privé de Barack Obama. On en a entendu parler. Ce mec a les dents tellement longues qu'il raye les parquets.

Francis a l'impression que sa tête tourne à n'en plus finir.

— Tu vois à qui ça nous ramène tout ce bordel ?

Francis hoche lentement la tête. Oh oui, qu'il voit !

— Noferini !

— Lui-même. On va peut-être pouvoir enfin lui présenter l'addition de Rome ? Non, qu'en penses-tu ?

— Chaque chose en son temps. Continue sur Palazzolo.

---

[113] Voir « *Arnaque à Genève* ».

— Eh bien, son trafic de pierres précieuses et une merveilleuse machine à blanchir, c'est une affaire qui roule.

— La fin de l'Apartheid qui a propulsé Nelson Mandela au pouvoir a dû modifier la donne, non ?

— Rien du tout ! Que veux-tu qu'il lui arrive ? Il est bien avec tout le monde, ce rital, pourvu qu'on lui foute la paix. Et il s'en donne les moyens, le bougre. Des spécialistes de la police italienne venus tout exprès pour lui en Afrique du Sud, ont confirmé la présence d'un certain nombre de suspects mafieux et, je cite : « *l'existence d'un réseau bien soudé de fonctionnaires Sud-Africains corrompus qui protègent les fugitifs italiens* ». L'Italien arrose nombre de magistrats et de policiers ([114]), et obtient pour finir la nationalité Sud-Africaine à la fin 1994, quand le Bantoustan réintègre la mère-patrie.

— Incroyable !

— L'Italie, Interpol et le FBI exigeaient toujours son extradition. Que ce soit sous l'Apartheid ou après, sous le régime de l'ANC de Mandela, les policiers du coin n'ont jamais obtempéré. Tu imagines les pots-de-vin ?

— Je n'ose même pas.

— Bref, pour terminer, il est alpagué à l'aéroport international de Bangkok le 30 mars 2012. Depuis, il dort entre quatre murs... mais probablement qu'il dirige toujours son empire, à distance.

— Ça j'imagine aisément. Et pour notre affaire ?

— Tu vas rire.

— Ça m'étonnerait.

— En farfouillant dans ses opérations, je suis tombé, par le plus grand des hasards, sur une transaction entre lui et le Russe... Tchernienkov, au sujet d'une cargaison de viandes. Je te laisse imaginer la suite.

---

[114] Vito Palazzolo aurait « arrosé » des personnalités au travers de 4 de ses sociétés au Liechtenstein desquelles ont circulé la coquette somme de 13 millions d'euros en de fort complexes transactions, entre 160 sociétés, banques ou personnes privées implantées principalement en Afrique Australe.

Francis prend le temps de la réflexion. Il améliore sa position et croise les doigts avant de se tapoter la bouche avec les mains.

— Je ne suis pas grand amateur de coïncidences, prononce-t-il lentement. La plupart du temps, c'est Dieu qui nous les envoie pour nous signifier qu'on n'a rien compris. J'en arrive parfois à me demander s'il ne vaut pas mieux ne rien comprendre. Ou si tout n'est pas fait pour nous faire oublier ce qu'on a peut-être compris.

— Laisse donc Dieu où il est. Entre ses RTT et le nombre d'heures sup. d'enfer qu'il doit se taper, il a bien autre chose à faire qu'à t'envoyer des « signes ».

— On a donc le lien évident qui prouve que ces deux hommes se connaissent ou, à tout le moins, ont des rapports d'affaires. De là à imaginer qu'ils se sont mis d'accord pour dégommer l'Asiatique, il n'y a qu'un pas que je franchis allégrement.

— Pourquoi d'après toi ?

— Quelle question ! Pour empêcher Lee Chung-Wooh de négocier ce qu'il probablement volé : la comptabilité reliant Poutine à Trump... par exemple. Tchernienkov est aux ordres de Setchine qui tient les siens de Poutine. Ils sentent déjà le vent du boulet leur souffler aux oreilles. Il faut faire taire l'Asiatique par n'importe quel moyen et au plus vite, mais sans que celui puisse remonter jusqu'à eux. Tchernienkov connaît Palazzolo. Il sait qu'il a une armée de flingueurs à ses ordres. Il le contacte et le charge de cette besogne. Palazzolo, qui n'a rien à refuser au Russe, bien au contraire, ordonne à son meilleur tueur de liquider les témoins gênants en collaboration avec le Corse qui, lui, agit pour le compte de la famille de Détroit. Preuve qu'entre mafieux, on se donne des coups de main, si les intérêts communs convergent.

— On est vraiment dans la merde !

— Il y a cependant quelque chose qui me dérange dans la belle analyse de Destivelles.

— Quoi donc ?

— Tu n'en a pas une petite idée ?

Stan sourit en se frottant l'arête du nez.

— L'aspect « simpliste », n'est-ce pas ?

— Exact ! Ce qu'il appelle « simple » ne m'apparaît pas vraiment probant. Cette histoire d'État-voyou me laisse perplexe. Même si cette version tient la route et est probablement vraie quelque part, il doit y avoir autre chose là-dessous. C'est tout sauf « simple ». Poutine est très loin d'être la moitié d'un con. Il dirige d'une main de fer la Russie et s'il a quelque chose lui permettant d'influencer la politique américaine en soutenant Trump grâce à un chantage quelconque, ce n'est certainement pas uniquement pour créer un second État-voyou. Ce doit être beaucoup plus pernicieux et c'est sûrement pour un objectif à très long terme. Poutine est un homme intelligent qui voit loin, et je commence à deviner où il veut en venir.

— Tu as bien de la chance, toi. En attendant, moi, je la saute. Je vais faire une reconnaissance dans le frigo de ton copain. Histoire de voir s'il ne reste pas quelques tranches de ce super jambon cru qui auraient été lâchement abandonnées.

Stan se relève et, tout en sifflotant, suivi de près par Cactus qui a flairé la bonne affaire, se dirige vers la cuisine en se frottant les mains de plaisir.

Francis le regarde s'éloigner et hésite à lui faire des remarques.

Il a bien autre chose à examiner.

Il est bien trop obnubilé par ce qu'il a en tête et brûle d'en avoir confirmation.

Destivelles lui a laissé un volumineux dossier. Nul doute qu'il devrait trouver dedans ce qu'il cherche.

Après l'avoir ouvert et parcouru de nombreux documents « sensibles », au bout de plusieurs minutes, en prenant une grande inspiration, sourire aux lèvres, il en sort avec précaution une feuille dactylographiée qu'il lit avec une très grande attention.

« ÉLECTION PRÉSIDIENTIELLE AMÉRICAINE : LES OPÉRATIONS DU CANDIDAT RÉPUBLICAIN DONALD TRUMP EN RUSSIE ET SA RELATION COMPROMETTANTE AVEC LE KREMLIN »

SOMMAIRE

1/- Le régime russe a entretenu et soutenu Trump durant les cinq dernières années au moins. Le but, approuvé par Poutine, était de favoriser les divisions au sein de l'alliance occidentale.
2/- Jusque-là, Trump a refusé plusieurs pot-de-vin sous la forme de contrats immobiliers proposés par la Russie pour renforcer l'emprise du Kremlin sur lui. Cependant, son entourage proche et lui ont reçu un flux d'informations secrètes de la part des Russes, y compris sur ses rivaux démocrates et autres.
3/- Un ancien haut gradé des services secrets russes prétend que le FSB a réuni suffisamment d'éléments compromettants sur Trump lors de ses voyages à Moscou pour le faire chanter. D'après plusieurs sources fiables, il s'est notamment adonné à des actes sexuels pervers organisés/enregistrés par le FSB.
4/- Les services de renseignement russes ont assemblé un dossier d'éléments compromettants sur Hillary Clinton au fil des années, principalement composé de conversations et d'enregistrements téléphoniques volés, et non de preuves d'un quelconque comportement gênant. C'est Peskov, le porte-parole du Kremlin, qui dispose du dossier, sur ordre direct de Poutine. Cependant, il n'a pas encore été envoyé à l'étranger, pas même à Trump. Les intentions de la Russie quant à sa diffusion demeurent floues ([115]).

Francis relit à plusieurs reprises la note qui est tout simplement extraordinaire ([116]). Il n'en croit pas ses

---

[115] Extrait, mot pour mot, des premières conclusions rédigées par Christopher Steele et transmise par e-mail crypté à « Fusion », en juin 2016.

[116] Il y aura en tout 16 notes d'informations de ce genre entre juin et novembre 2016. Pendant plus de 6 mois, Steele n'aura presque aucun mal à les obtenir de Moscou. Mais quand, vers fin juillet, les relations entre Trump et Poutine ont commencé à être sérieusement

yeux mais comprend à quel point elle a pu flanquer de l'urticaire à tous les hauts dirigeants Américains et Occidentaux.

C'est de la bombe atomique !

surveillées, les sources, petit à petit, se sont tues. En même temps, le Kremlin lançait des opérations de couverture.

CREDO QUIA ABSURDUM ! ...

L'enquêteur se frappe mollement le menton avec la feuille en tentant de se faire une opinion claire de la situation. Mais il manque encore d'éléments et reprend sa lecture.

À en croire le rapport de la DGSE, Trump aurait pactisé avec la Russie. Les deux « camps » se rendant mutuellement des services.

Francis est perplexe. Quel genre de services ? D'ordres économiques seulement ? Ou d'ordres politiques ? Ce qui serait plus inquiétant.

Trump aurait refusé plusieurs affaires commerciales immobilières très lucratives avec la Russie, dans le cadre de la coupe du monde de football de 2018 organisée par Moscou, mais il avait volontiers accepté des informations provenant du Kremlin, vraisemblablement relayées par des membres de son entourage direct, à commencer par son gendre, le sulfureux et énigmatique Jared Kushner. Bien sûr, cela ne veut pas dire que le candidat est obligatoirement un agent de l'ex-KGB aux commandes du pays, mais c'est la preuve que le principal service de renseignement russe a beaucoup œuvré pour se rapprocher de lui, et par extension de sa famille, de ses amis, de ses associés, sans parler de son directeur de campagne et de son avocat.

Et quand on sait que le KGB ne fait jamais rien par pur altruisme...

Francis lit et relit encore ces notes qui sentent la poudre. Un point particulier attire son attention. Steele mentionne dans son premier rapport que Poutine a favorisé l'élection de Trump pour accroître les divisions dans le camp occidental. Voilà qui mérite toute son attention, car ne dit-on pas que pour régner, il faut diviser ?

Poutine ne rêve que de restaurer l'ancien empire soviétique, mais il a en face de lui, un occident, pour une fois, assez soudé contre lui. Alors comme il a su - et c'est de notoriété publique - que Trump n'avait rien à « foutre » de l'occident et encore moins de l'OTAN dont il affirmait se débarrasser, l'occasion était trop belle pour la laisser passer. Par le biais d'une ribambelle d'agents rendant les éventuelles enquêtes particulièrement compliquées, l'ancien officier du KGB, devenu le patron incontesté de la Russie, avait une carte en or à jouer. Installer subtilement Trump à la Maison Blanche lui permettrait peut-être de fragiliser l'alliance européenne contre lui. Ainsi, il aurait les mains libres pour annexer l'Ukraine et les autres pays de l'ancien bloc de l'Est. L'histoire de la Crimée n'étant qu'un galop d'essai. La Moldavie n'était-elle pas tiraillée par de graves tensions créées par des nostalgiques de l'époque de l'URSS ? ([117]).

— *Credo quia absurdum !* ([118]).

— Tiens, tu parles latin, maintenant ? Ça ne va vraiment pas mieux, toi. Tu devrais bouffer un morceau, ça te remettrait les neurones en place.

Francis tourne la tête pour voir Stan, goguenard et bouche pleine, venir vers lui. Il tient un nombre impressionnant de tranches de jambon dans la main.

— Tu vas vraiment manger tout ça ?

— Non, je pense à toi ! Tu vois comme je suis gentil.

— Merci.

---

[117] Revenus en force en 2001, les communistes à « l'ancienne » sont en passe de reprendre le pouvoir. Quoi qu'il en soit, le parti communiste (PCRM) Moldave est la première force politique du pays et elle prend ses ordres à… Moscou.

[118] « *Je crois parce que c'est absurde !* ».

— Normal, c'est toi qui signes mon chèque tous les mois. Quoi de neuf ?

— Je sais plus ou moins pourquoi Poutine tient tellement à ce que ce soit Trump le patron des États-Unis.

À mots concis, il expose son idée à un Stan, muet, mais perpétuellement en train de mâchouiller son jambon.

Il finit par sourire et dire :

— Si on parvenait à convaincre les Chinois que les couilles des djihadistes sont aphrodisiaques, dans dix ans ces derniers auraient tous disparu et, du même coup, on sauverait les rhinocéros de l'extinction !

— C'est quoi cette réponse ? Quel rapport ?

— Aucun. Je dis ça parce que c'est une vue de l'esprit, un peu comme ta théorie.

— Qui se tient parfaitement ! Et si tu avais fait un peu de géopolitique, tu t'apercevrais que ma théorie n'est pas si stupide que cela, s'énerve Francis, vexé pour le coup.

Furibard, il se redresse, fait quelques pas pressés puis se plante devant Stan sur lequel il pointe un doigt accusateur.

— Je suis bien conscient que ce n'est pas le fin mot de toute cette histoire, mais ma théorie fait assurément partie du plan de Poutine. Bien sûr, il n'y a pas que ça dans la balance. Tu n'imagines même pas tout ce que le Russe peut tirer d'une telle situation. C'est du pain béni pour lui ! Jamais il n'aurait pu faire tout ce qu'il a fait s'il avait eu la Clinton en face.

— OK, OK ! Moi je disais ça comme ça...

— Un poste ça se mérite... ça se garde aussi ! avertit Francis d'une voix froide.

— OK, OK ! J'ai compris. Bon, on fait quoi, maintenant ?

— La mafia cherche à abattre mon ami Dominique, eh bien on va l'aider !

Imité par Cactus, Stan ouvre de grands yeux et regarde le jambon.

— Il est pourtant totalement naturel ! laisse-t-il tomber.

QUEL BEAU PAYS QUE LA TOSCANE ! ...

Italie, Toscane,
Sienne,
dimanche 10 juin,
10 h 57

William « Will » Nolan est assis à la terrasse de « *Il Bandierino* », attachant petit restaurant situé sur la célèbre Piazza del Campo, non loin du Vicolo dei Pollaioli. La place est célèbre car le 2 juillet et le 16 août de chaque année, se déroule cette fameuse et si réputée course de chevaux : Il Palio !

Chaque cavalier représente l'un des dix-sept quartiers de cette magnifique ville, mais seuls dix peuvent prétendre à la course. On fait un roulement d'une année sur l'autre.

Nolan respire profondément. Il fait bon, l'air est chaud mais juste ce qu'il faut pour se sentir bien. Une fois par semaine, jamais le même jour, il aime s'attabler à un restaurant, histoire de ne pas perdre la main.

Il y a sept voitures sur la place et, sans les regarder, il pourrait dire leurs numéros de plaque et leurs marques respectives sans une seule hésitation.

Affalé au bar, à gauche, l'homme aux cheveux noirs a déjà sifflé deux verres de Martini rouge, pèse dans les cent quinze kilos et doit probablement savoir se défendre en cas de besoin.

La femme aux cheveux courts blond platine, portable vissé à l'oreille et qui rigole à gorge déployée, est gauchère et doit probablement courir très vite.

S'il a besoin d'une arme, Nolan sait que l'homme entre deux âges qui lit son journal à quelques mètres de lui en porte une.

Question de coup d'œil et d'expérience !

Il y a trois issues : une derrière pour le personnel, une sur le côté et la troisième, devant. La plus indiquée.

Nolan consulte discrètement le chronomètre de sa montre. Un sourire de satisfaction se dessine sur ses lèvres. Il vient de battre son propre record.

William « Will » Nolan est une force de la nature. Grand, élancé, des cheveux très courts, des yeux bleus acier, donnent au personnage une allure certaine. C'est un curieux mélange. Une mère française, un père écossais qu'il a très peu connu mais qui l'a profondément marqué, et une enfance tranquille aux États-Unis. Une intelligence hors du commun l'a conduit d'une Université à une autre jusqu'à ce jour fatidique qui bouleversa sa vie durablement.

Il fait une moue dubitative, son esprit vagabonde dans le passé sans même qu'il s'en rende compte. Il se secoue : revenir en arrière ne changera rien... Rien du tout ! Ce qui est fait est fait, et nul ne peut le défaire, mais parfois... pourquoi pas ? Les miracles existent, non ?

Il lève la tête et regarde, sans les voir, des touristes en grands conciliabules qui passent à quelques mètres de la terrasse. Des effluves de pizza viennent lui chatouiller les narines, lui rappelant ainsi qu'il est bien vivant. Pour le reste, c'est si loin ! ...

Son biper le ramène à la réalité. Il le coupe et se lève. Il est temps de rentrer. Toute sa vie est planifiée à la seconde près.

Au volant de sa coccinelle décapotable, Nolan roule tranquillement sur ces petites routes sinueuses qui ne cessent de monter et de descendre sans heurts entre ces magnifiques vallons parsemés ici et là de cyprès qui se dressent fièrement vers un ciel bleu limpide. Le soleil, particulièrement amoureux de cette campagne aux couleurs vives et chantantes, donne cette petite touche propice à ce que beaucoup disent que la Toscane est l'héroïne incontestée du panorama touristique mondial.

S'enfonçant dans l'arrière-pays, Nolan se plaît à se laisser aller sans oublier que quelqu'un va venir le voir bientôt. Il sait déjà qui c'est. Quand on a un réseau efficace et particulièrement opérationnel...

Dépassant un nouveau vallon, alors que le soleil se cache, rendant les ombres portées au sol vivantes et ensorcelantes, il se met à rire : ça recommence ! Que lui veut-on encore ? Ne leur a-t-il pas dit que c'était fini ? A priori, ça entre par une oreille, ça sort par l'autre.

Bientôt, après avoir tourné assez sèchement à gauche, Nolan prend une route encore plus étroite et chaotique qui serpente autour d'un énième vallon couvert, sur sa droite, d'oliviers, et sur sa gauche, descendant en pente douce, d'une marée de vignes d'où jaillira l'éternel Chianti, ce nectar des Dieux.

Pour l'heure, il respire à fond ces effluves de raisins à pleine maturation.

Montant encore un peu, sur l'autre versant, il aperçoit les innombrables rouleaux de foin qui seront bientôt chargés sur de grandes remorques.

Déjà, il voit avec un plaisir non dissimulé, sur la pointe extrême du vallon, se profiler sa maison enfouie sous une végétation luxuriante. Sept cyprès de fière allure l'encerclent, donnant l'impression d'atteindre une forteresse médiévale.

Avec ravissement, se sentant hors d'atteinte, Nolan gare sa voiture sous l'ombre bienfaisante d'un cyprès et sort souplement pour rentrer dans la maison. Une demeure d'un autre âge, aux couleurs vives et chatoyantes, mais massive, solide, imposante. Le dernier refuge !

Faust se faufile entre les chaises en rotin et saute sur les coussins du canapé. Avec une délectation non feinte, il s'installe confortablement avant de se lécher les pattes avec sérieux, mais sans précipitation. Une sieste, nom d'un chat, cela se prépare !

Satisfait, le félin se love avec lenteur sur SON canapé ; quand le patron n'est pas là, bien entendu !

Il enfouit son museau bicolore entre ses pattes et commence sa sieste. Il entrouvre un œil cherchant à localiser Phébus dont il s'attend à être écrasé d'une seconde à l'autre par ses chauds rayons.

Génial ! Il s'approche et ne va pas tarder à sortir d'une scandaleuse petite ligne de nuages.

La Toscane, en été, et surtout dans cet endroit paradisiaque, est un lieu où le temps s'est arrêté ; et ça, Faust ne le sait que trop. Quel pied !

Il n'est pas assoupi depuis plus de trois minutes qu'un bruit d'humain venant du salon lui fait ouvrir vaguement un œil. Déjà lui, non ? L'intrus bipède vient de surgir dans la pièce. Faust, s'attendant au pire, ouvre alors ses yeux, histoire de vérifier que son maître ne va pas encore recommencer avec son engin diabolique !

Faust est soudain saisi d'effroi ! Non ! Cela recommence !

William, « Will » Nolan vient de saisir sa cornemuse et s'apprête à en jouer. Faust se redresse en un éclair et se jette au bas du canapé pour s'enfuir à toutes jambes.

Pas moyen d'être tranquille, sacré nom d'un chat !

Impossible de buller en paix. Mais quelle idée d'avoir cette cornemuse, sacrebleu ?

« *Amazing Grace* » retentit dans la grande pièce voutée. Cette ancienne remise transformée en salon se prête idéalement à la musique ; les mélodies y résonnent avec un son différent, avec une portée sublimée, presque irréelle !

Marcella, la vieille servante toute en rondeurs, se fige d'un coup. Ses grosses mains boudinées restent à plat dans l'évier rempli de mousse. Sa tête s'affaisse d'un coup sur sa lourde poitrine puis, après quelques secondes, elle se redresse et lève bien haut les yeux au ciel dans une vaine supplique à la Madone des gouvernantes.

Inconditionnelle de Pavarotti, elle a du mal à apprécier à sa juste valeur la musique écossaise. Elle reconnaît quand même que ces mélodies, ces notes venues d'un autre temps, ont le don exceptionnel de vous arracher des larmes avant de vous prendre aux tripes. Mais quand même, au milieu de la Toscane, en été, et à une heure pareille, il y a des choses à ne pas faire !

Faust saute sur le rebord de la fenêtre ouverte par laquelle l'éternel concert des cigales s'engouffre. « *Scotland The Brave* » vient contrecarrer les efforts de ces sympathiques bestioles. Il lorgne sur les restes du petit déjeuner d'un œil connaisseur ; si on ne peut plus roupiller en paix, au moins pense-t-il pouvoir se venger sur ces reliquats alimentaires. En attendant mieux !

Marcella le fusille du regard tout en sortant une assiette de son eau de vaisselle. Au même moment, la sonnette du portail retentit bruyamment, couvrant l'espace de quelques secondes la mélodie entraînante de cette magnifique chanson écossaise.

La gouvernante replonge ses mains dans l'eau de vaisselle. Mais que se passe-t-il aujourd'hui ? Impossible d'avoir la paix !

La sonnerie retentit à nouveau.

— Voilà ! Voilà ! Y a pas le feu ! maugrée-t-elle en s'essuyant les mains au tablier plus ou moins blanc qu'elle porte presque éternellement autour de sa volumineuse taille ; pour autant que l'on puisse appeler cela une taille !

Elle pose un doigt boudiné sur le portier-robot, pèse lourdement sur une touche et le visage d'un homme mûr apparaît. Elle fait une moue interrogative puis presse une autre touche.

— Oui ? fait-elle avec une certaine méfiance alors que les notes de « *The Rebel Piper* » retentissent maintenant avec une force encore insoupçonnée jusqu'à ce jour.

Marcella ferme les yeux !

— Bonjour ! Je suis Alex Maitland. Je dois voir le Signor Nolan de toute urgence.

L'inconditionnelle de Pavarotti fait « Ah ». À cette heure-ci ! Venir jusqu'ici ! Il faut que l'affaire soit importante. Machinalement, elle actionne l'ouverture électrique du portail, puis va jeter un œil inquisiteur sur le chemin qui serpente en contrebas, entre vignes et oliviers.

L'homme surgit de derrière un impressionnant cyprès. Il s'éponge le front avec son mouchoir. Marcella sourit : « Ces jeunes ! Manquent sérieusement d'entraînement ! » se dit-elle en se portant au-devant du sportif en herbe. Des fois qu'il s'effondre ! ...

— Asseyez-vous ! Je vous en prie ! Que me vaut l'honneur de votre visite ? fait chaleureusement William « Will » Nolan.

Le sportif s'éponge le front pour la énième fois avant de s'effondrer dans un moelleux fauteuil crème.

— Un petit remontant, non ?

— Ah, volontiers ! Si vous aviez de l'eau minérale !

— San Pellegrino, cela vous va ?

— Oh ! Parfait !

Nolan sourit en coin, puis appelle Marcella et lui transmet la pressante demande avant de revenir vers son hôte qui reprend petit à petit des couleurs rassurantes. Trois cent cinquante mètres du portail à l'entrée... Mais en pente ! Pente douce certes, mais pente quand même ! Nom de Bleu ! Quel effort !

— Je suis Alex Maitland.

Nolan, bras croisés, reste silencieux. Pas la peine de lui dire qu'il sait qui il est. Il est parfois de bon ton de laisser à son interlocuteur l'impression qu'il est le maître de l'entretien.

— Vous êtes difficile à trouver.

— Pourquoi ? On me cherche ?

— Les gens talentueux se font rares.

— Venez-en au fait.

Maitland l'informe des démêlés entre Russes et Américains en mettant l'accent sur le côté patriotique

que revêt sa demande, ce qui fait sourire Nolan pas dupe de son petit jeu. En effet, il sait déjà ce qu'il va lui proposer.

— Inutile de vous dire que la personne pour qui je travaille est prête à vous payer ce que vous voulez. Votre prix sera le nôtre.

— Je vois, fait le maître des lieux d'une voix neutre tout en prenant le document que lui tend l'homme.

Au même moment, Nolan se surprend à se souvenir de son père. Quelques images fugitives, floues, presque irréelles. C'est tout ! Il se rend compte que cela ne le touche pas vraiment. Il réalise qu'il est incapable d'éprouver une émotion quelconque pour cet homme. Il y a si longtemps, trop longtemps ! ... C'est trop tard ! ... et pourtant, il est là, toujours, partout. Image obsédante s'il en est.

Marcella arrive alors et donne le verre tant attendu. Maitland, bien trop content d'avoir à faire quelque chose pendant ce moment difficile, le prend des deux mains et boit avec avidité, tandis que Nolan déambule dans son salon en prenant connaissance du document.

— Votre réponse ?

— Vous l'aurez.

— J'aurais besoin de la connaître maintenant.

Nolan se tourne vers l'homme de main de l'ancien conseiller privé d'Obama et le dévisage avec un air sarcastique.

— Vous êtes bien pressé.

— La situation l'exige. Vous savez que...

— Dites à monsieur Straumer que je me charge de tout. Au revoir !

Maitland, surpris, semble se décomposer, mais il évolue depuis assez longtemps dans le circuit glauque des affaires secrètes qu'il encaisse le coup et se reprend rapidement. Il salue d'un mouvement du buste et se retire très vite.

Resté seul, Nolan réfléchit en se tapotant le menton avec le document.

Brusquement, il fait demi-tour et s'engage dans un escalier en colimaçons. Très vite aux sous-sols, une certaine fraîcheur le saisit, il compose un code sur un boitier près d'une porte qui s'ouvre en émettant un curieux chuintement.

Une fois à l'intérieur, Nolan active une immense console remplie d'écrans et d'ordinateurs.

Il compose rapidement un numéro de téléphone.

Nord de la Grèce,
province de Thessalie,
monastère des Météores ([119]),
6 minutes plus tard

— Mon frère, un homme demande à ce que vous le rappeliez à ce numéro.

Le prêtre prend le petit morceau de papier et remercie son homologue qui repart en trottinant.

Il vérifie que personne ne le regarde, puis lit le numéro. Il laisse échapper un long soupir d'agacement avant de consulter sa montre.

Rapidement, il s'éloigne et sort son portable sur lequel il compose nerveusement le numéro.

— Vous avez demandé à être rappelé, mon fils. Que puis-je pour...

— *Ça va Victor, laisse tomber. Tu sais très bien que cette ligne est protégée.*

— Déformation professionnelle. Que se passe-t-il William ?

---

[119] Au Nord de la Grèce, près de la province de Thessalie, dans la vallée du Pénée, se trouvent les monastères des Météores, site classé au patrimoine mondial de l'Unesco depuis 1988. Occupés depuis l'Antiquité, ces monastères perchés sur des pics vertigineux, ont commencé à être désertés à partir du 17ème siècle. De nos jours, un seul est encore occupé, c'est le monastère de la Transfiguration. En 1981, John Glenn y tourna des scènes d'un des films de James Bond 007 : « *Rien que pour vos yeux* » avec le défunt Roger Moore.

— *J'ai du travail pour nous. Du lourd, du très, très lourd. Retrouve-moi à Rome ! ... Tout de suite !*

— Endroit habituel ?

— *D'après toi ?*

— Qui ?

— *Un bon paquet de méchants. Le grand patron est un vrai génie. Un Dieu en la matière.*

— Ne blasphème pas, William.

ÉLIMINATION ! …

Italie, Toscane,
bords de la mer Tyrrhénienne,
Principina a Mare,
lundi 11 juin,
10 h 23

Dominique da Prato est en train de lézarder au soleil sur un bout de plage tout proche de l'embouchure de l'Ombrone ([120]). Loin du tumulte suscité par la fusillade, l'homme d'affaires exfiltré par Magenta et ses hommes, espère prendre un peu de repos sur cette place quasi déserte de cette station balnéaire très prisée des Italiens.

La foule estivale n'a pas encore débarqué et pris d'assaut les plages, alors il en profite et, finalement, s'aperçoit que la planque trouvée par Francis n'est pas si mal que ça.

Il laisse dériver son imagination et se sent plus détendu, plus relax. Il y a longtemps qu'il n'a pas ressenti une telle sensation. Seule l'absence de Lucie,

---

[120] L'Ombrone est un fleuve italien, le 2ème de Toscane par sa longueur (161 km). Il prend sa source sur la commune de Castelnuovo Berardenga (monts du Chianti) et se jette dans la mer Tyrrhénienne à quelques kilomètres de Marina di Alberese, au pied du parc de l'Uccellina dans la Maremma au Sud-Ouest de Grosseto.

son épouse, lui pèse, mais il sait que c'est nécessaire, surtout en ce moment. Quand Francis aura réglé cette sinistre histoire, il pourra revenir à Aix-les-Bains, sans peur, sans appréhension.

Il en est là de ses rêveries quand le bruit assourdissant d'un puissant moteur de Zodiac qui couvre soudain le refrain endormant des cigales, le fait se redresser.

Aussi proche, ce n'est pas normal !

Il ne lui faut pas longtemps pour comprendre ce qui se passe. L'embarcation qui transporte quatre hommes armés vient directement sur lui. Le vent lui a heureusement apporté le bruit du moteur.

Da Prato se redresse, prend ses habits et part en courant pour se réfugier dans l'immense pinède qui borde la plage sur laquelle les tueurs viennent de débarquer avec la ferme intention de se débarrasser d'un témoin gênant.

Mais de quoi ?

Malgré sa grande sportivité, l'homme d'affaires est vite rattrapé par les quatre jeunes flingueurs plus agiles que lui. Une courte rafale et c'est terminé.

Dominique da Prato n'est plus !

France, Savoie,
Tresserve,
3 jours plus tard,
jeudi 14 juin,
10 h 11

Il y a foule. L'ambiance est oppressante. Sortie de l'église de Tresserve, en tête du cortège funéraire, Lucie, effondrée mais digne, soutenue par ses enfants, accompagne son époux à sa dernière demeure.

Derrière, une foule énorme suit en silence.

De très nombreux collaborateurs, en larmes, parmi lesquels on peut voir Nathalie Gautron, Brigitte, Christele Lecuyer, Vincent, son ancien bras droit, des personnalités des médias, Guy Cattelan et Robert Médina, de Radio Sorgia, Gilles Moine et Gilles Levesque de la Tribune Républicaine, des élus, comme Paul Rannard, Alain Lambert, Régis Petit, le Maire de Bellegarde-sur-Valserine, Guy Larmanjat, conseiller départemental de l'Ain, et bien d'autres, sont venus rendre un dernier hommage à l'entrepreneur indépendant et homme de bien qu'était Dominique da Prato.

L'émotion est vive.

Le cortège remonte lentement le chemin de Belledonne pour prendre à gauche le chemin de la Thibaude où se trouve le cimetière.

Perdus dans la foule, Francis, Stan et ses hommes, têtes basses, ne peuvent que suivre le mouvement non sans un grand sentiment de culpabilité.

Le conseiller spécial Destivelles, en personne, a tenu à faire le déplacement. Le Commandant Lambert est aussi présent.

Une fois la sépulture en terre, le Maire de Tresserve rend un vibrant hommage à son administré avant de laisser la place à sa veuve qui lance un appel au défunt en l'assurant de son amour éternel. Pour finir, elle annonce qu'elle a décidé de déménager et de mettre en vente la maison familiale. Trop de souvenirs l'empêchent en effet de continuer à y vivre sereinement.

Propriété de Dominique da Prato,
Impasse des Pringets,
12 h 17

Un va-et-vient inhabituel règne dans la maison et le parking. Plusieurs camionnettes de déménageurs stationnent, portes grandes ouvertes. Des employés font la navette entre la maison et les véhicules. Certains y amènent de grosses caisses pleines de couvertures et de cartons pour emballer les souvenirs de toute une vie de labeur mais de joie et de satisfactions. D'autres en sortent des meubles bien protégés.

Nulle rancœur, nulle haine, Lucie a tenu à associer Francis et ses proches collaborateurs à son deuil.

Un apéritif ponctue ce jour de tristesse que Lucie veut rendre joyeux en mémoire de son mari qui l'aurait certainement voulu ainsi. Le temps passe, et il ne reste bien vite que quelques personnes très proches. Les déménageurs reviendront demain.

À l'écart, Stan gratte son oreille à de nombreuses reprises.

— Oui, je t'écoute, Benoît.

— *Ils sont partis. Je te confirme. Ils se sont tirés. Tous les autres ont également confirmé.*

Stan Jourdan ricane largement avant de vite faire disparaître un sourire qu'il juge trop repérable par cette triste journée.

Sans se presser, il s'approche de Francis en train de consoler la veuve.

Sans rien dire, il attire son attention et, d'un très discret mouvement des sourcils, lui transmet un message.

Francis a compris. Il raccompagne Lucie à l'intérieur tout en la gratifiant d'un clin d'œil furtif puis, après s'être assuré que personne ne peut le voir, se dirige à pas pressés vers une énorme caisse solidement fermée.

Vivement, il l'ouvre.

SURPRISE ! ...

— Comment va notre mort ?

Dominique da Prato, en sueur, apparaît alors. Il cligne des yeux.

— Toi et tes plans à la con, alors ! J'ai failli crever mille fois de chaud là-dedans.

— Il faut souffrir pour être beau, raille Stan, foudroyé à la seconde par un da Prato à la limite de l'explosion.

— Oui, je sais, vous, vous êtes naturellement beau, c'est de naissance ! ajoute-t-il tout de suite pour se dédouaner, non sans adopter un prudent repli stratégique.

On ne sait jamais !

Francis intervient.

— Peut-être, mais en attendant, il a marché. Je viens d'avoir confirmation que tes anges gardiens de la mafia ont déguerpi. Ils sont persuadés que tu es mort et bien mort.

— Ouais, eh bien je peux te dire que ça fait vraiment une drôle d'impression d'entendre son propre éloge funèbre. Grâce à ta caméra, j'ai vu la tête de certains comme je ne l'aurais jamais imaginé, d'autres en revanche... Autrement, ça va ? Ma cave vous plaît ?

— Bienvenue dans le monde des vivants ! Mais comme il vaut mieux rester prudent, prends quand même ce Beretta, quinze coups. Ça peut toujours servir.

— Ce n'est pas trop mon truc. Je te l'ai déjà dit.

— Dans le cas présent, il pourrait t'être nécessaire. Tu sais comment faire, au moins ?

— Je t'ai dit que ce n'était pas mon truc, je n'ai pas dit que je ne savais pas m'en servir.

— Quand le feu est là, le diable n'est jamais loin. Alors tiens-moi cette pétoire à portée de main et ne la quitte jamais des yeux.

Da Prato saisit l'arme et esquisse un étrange sourire tout en dévisageant avec insistance Stan qui, timidement, lui fait un petit coucou de la main, avant de se retrancher vers le frigo.

Comme il vient de le penser : on ne sait jamais !

Après s'être rafraîchi, da Prato rejoint Francis et les autres dans son gymnase. Là, personne ne peut les voir. Jean-Philippe Destivelles et Lambert sont aussi présents. Il est temps de faire le point.

— Bien, messieurs, maintenant que vous êtes « mort », cher ami, nous allons pouvoir respirer un peu plus sereinement. J'en profite au passage pour féliciter Lucie, votre épouse qui a parfaitement joué le jeu. Du grand Art ! ...

— Elle ne risque rien, je ne...

— Rassurez-vous monsieur da Prato, elle est très étroitement entourée. Sa sécurité est maximale.

L'homme d'affaires respire fortement, satisfait.

— Il était essentiel de faire retomber la pression, monsieur Magenta a eu une riche idée en vous « éliminant ». Cela a nécessité pas mal de moyens mais l'enjeu en vaut la chandelle.

— Seulement, Dominique, dis-toi bien que ce ne sera qu'un répit. Les hommes qui sont après toi, sont loin d'être des enfants de chœur. On ne les leurre pas aussi facilement. Ils vont faire des vérifications et...

— Justement, tu penses qu'ils vont ouvrir « mon » cercueil ?

— C'est très probable, répond le Commandant Lambert. C'est pour cela que nous avons placé un véritable cadavre, un anonyme que mes services ont dégotté à la morgue. Seul intérêt : c'est votre copie conforme en légèrement moins grand.

— Mais même avec ce subterfuge, ils vont vite comprendre qu'on les a bernés. À nous d'en profiter. Cet interlude nous a permis de reprendre la main et nous allons attaquer pour faire sortir les loups du bois, sinon nous y serons encore l'année prochaine. Nous ne pouvons pas éternellement avoir une épée de Damoclès sur nos têtes.

— À moins qu'ils nous envoient un Exocet sur la gueule. Ces mecs ne font pas vraiment dans la discrétion... Si en plus ils s'aperçoivent qu'on se fout de leurs tronches...

— Stan ! Tu la fermes ou tu retournes à côté du frigo.

Destivelles sourit en coin et reprend.

— Monsieur Magenta a raison. À partir de maintenant, vous ne devez plus sortir de cette maison sans votre déguisement que voici. Vous avez compris ?

Dominique regarde curieusement la panoplie de très vieux monsieur que Lambert lui tend.

— Vous voulez que je mette ça tout le temps ?

— C'est mieux que de rester cloîtré. Bien sûr, ça va vous demander quelques efforts, mais votre vie est à ce prix. Vous voilà le nouveau propriétaire de cette maison ! Bienvenue chez vous, monsieur Delmard !

Da Prato, guère emballé, essaie le faux ventre qu'il trouve tout de suite trop lourd à porter.

— Dix kilos de faux ventre, faux menton, fausses épaules... Putain, quand je pense que je devrais être en Namibie en ce moment !

— L'illusion sera totale quand votre « femme » vous aura maquillé. N'ayez crainte, Mathilde est une experte en la matière.

— Ouais !

— N'est-ce pas dangereux de le laisser dans la même maison ? Les autres ne seront peut-être pas dupes ?

— Quelle meilleure cachette que celle-ci ? Tout le monde la connaît et personne n'ira imaginer que da Prato y soit encore. Pour parfaire la mise en scène, une limousine aux vitres teintées ne va pas tarder à arriver. Elle ira directement au garage. C'est vous qui venez vous installer dans votre nouvelle demeure. Vous ne circulerez qu'avec elle. Elle est blindée et en permanence suivie, aussi bien au sol que par les airs.

— Il aurait pu venir vraiment dans la voiture, grimé ? se risque à dire Francis.

— Trop dangereux. On ne sait jamais. Nos moindres faits et gestes doivent être scrutés au microscope. Enfin, comme monsieur Delmard est un très gros industriel Belge à la retraite, il ne se déplace jamais sans sa cour. Tous les jardiniers, hommes de maintenance, ou de cuisine, tous seront des agents à nous. Enfin, cerise sur le gâteau, dans votre « autre vie » vous aviez le projet de transformer le coin tennis, devenu trop dangereux à cause des racines de votre sequoia dont la circonférence fait dans les quinze mètres, en une piscine couverte avec jardin tropical.

— Oui, et alors ?

— Alors, soyez heureux, monsieur Delmard a décidé de poursuivre les travaux. Inutile de vous préciser que la plupart des ouvriers seront des hommes à nous. On ne pourra pas faire mieux.

— Et que vont-ils faire ?

Avec un sourire entendu, Lambert s'approche de Dominique et dit :

— Confidences pour confidences, en plus de votre nouvelle piscine, nous allons changer toutes les fenêtres de votre salle de sport.

— Qu'est-ce qu'elles ont qui vous dérange ?

— Rien ! Nous allons simplement les rendre indestructibles. On ne sait jamais. En cas d'attaque, votre salle deviendra notre Fort Alamo. Le dernier bastion. Il faudra y tenir le temps que les renforts arrivent.

— Vous croyez ?

— Je ne crois pas, monsieur da Prato, je suis sûr. Question d'expérience.

— Quand on sait comment ont fini les défenseurs de Fort Alamo ([121]), ce n'est guère encourageant, ironise Stan.

— J'admets que l'image est mal choisie, mais, croyez-moi, la salle sera inexpugnable.

— Vous n'avez pas peur de pousser un peu trop loin ? demande Francis.

— Les précautions ne sont jamais de trop, monsieur Magenta, ce n'est pas à vous que je devrais l'apprendre.

Da Prato se regarde dans le miroir, vraiment pas convaincu.

— Je vais avoir l'air de quoi, moi ?

— D'un homme en vie ! répond Francis en le prenant par l'épaule. Fais en sorte que ça dure, parce qu'avec ces temps qui courent...

— Monsieur Magenta a raison. Vous êtes maintenant un heureux retraité qui jouit d'une confortable et belle demeure. Surtout, changer totalement vos habitudes. Il ne faut pas que vous puissiez attirer l'attention plus qu'elle ne doit l'être. Ne cherchez même pas à regarder quel temps il fait dehors. La maison est probablement encore sous surveillance. Vous serez régulièrement ravitaillé par mes « déménageurs ».

— Justement, à ce propos, toute cette mise en scène est-elle réellement bien utile ?

— Avec ce que nous avons en face, il n'y a rien de trop, soyez-en sûr. Je me répète, il est primordial que vous restiez cloîtré ici. Vous en profiterez pour

---

[121] Alamo était une mission religieuse située non loin de ce qui est aujourd'hui San Antonio, au Texas. La Révolution texane qui permit à ce territoire, alors possession mexicaine, de devenir un État américain connu son point d'orgue lors du siège et de la fameuse bataille de Fort Alamo qui dura du 23 février au 6 mars 1836. Les forces mexicaines du Général Santa Anna, fortes de 1 500 hommes, massacrèrent la centaine d'hommes qui luttaient pour les retarder, tandis que le Général Sam Houston organisait son armée. Le 26 avril 1836, les Texans battirent Santa Anna lors de la bataille de San Jacinto, ce qui mit fin à la Révolution.

rassembler tous vos souvenirs de cette fusillade. Il faut absolument que vous vous rappeliez.

— Monsieur Destivelles, je me suis déjà repassé des milliers de fois la scène et je n'y vois jamais rien qui puisse...

— Eh bien ce n'est pas assez. Vous devez avoir remarqué quelque chose. C'est probablement anodin, mais c'est essentiel pour la suite de notre enquête.

Da Prato fixe le conseiller spécial d'un air las. Comment faire ? Il se sent soudain perdu, incapable du moindre raisonnement. Peut-être qu'avec un peu de temps ? ...

— Il en va de la réussite de la seconde phase du plan de monsieur Magenta, insiste Destivelles.

Dominique laisse échapper un long soupir. Il comprend que de toute manière, il n'a pas d'autre choix et c'est surtout ça qui l'insupporte.

— Quelle est-elle ? demande-t-il d'une faible voix.

— Un peu de patience. Il nous faut maintenant nous concentrer sur la récupération de ces documents si sensibles, et au plus vite, car comme vient de le dire monsieur Magenta, les « autres » ne vont pas attendre les bras croisés, et il y a du monde sur la ligne de départ. Mafia, CIA, FBI, anciens du KGB et qui sait combien d'autres « collègues » vont rappliquer par ici, appâtés par un gain qui se chiffre par milliards d'euros. Tous ne vont pas s'avouer battus aussi facilement. Tous veulent la même chose mais pas pour les mêmes raisons. Vous, « mort », leur problème n'en demeure pas moins aussi crucial qu'avant. Il n'a fait que se déplacer. Où sont les documents ?

— Pendant que monsieur Magenta et ses hommes barbotaient dans l'eau en Toscane, poursuit Lambert en lui souriant, nous avons eu le temps de mettre en place un maillage très serré sur Aix-les-Bains et en particulier sur Tresserve, qui nous permettra d'identifier, au mieux, toutes les nouvelles têtes qui débarqueront dans la région. Tous les hôtels, tous les garnis, les chambres d'hôtes sont sous surveillance, comme les gares et les aéroports ainsi que...

— Parce que vous croyez que ces mecs vont aller loger à l'hôtel ?

— Nous tenons à ne négliger aucune option.

— Le Commandant Lambert a raison, dit Destivelles. Nos services viennent d'ailleurs de nous informer qu'un certain Bledsoe, Léo J. Bledsoe vient d'arriver en ville avec toute une équipe.

— Il est de quelle écurie, celui-là ? demande Francis, inquiet.

— CIA ! ([122]).

— Diable, ils n'ont pas perdu de temps.

— Ils n'en ont pas à perdre. La seule inconnue est : que veut-il faire des documents ? Les enterrer ou les étaler au grand jour ? Agit-il pour le compte de Trump, ou son Agence tient-elle à avoir des éléments de première main pour le destituer ? On sait que le président est à couteaux tirés avec ses centrales de renseignement, CIA et FBI en tête. Le torchon brûle, alors toutes les options sont ouvertes ([123]). Mais d'abord, faisons le point sur nos dernières découvertes. Je tiens essentiellement, surtout vous, monsieur da Prato, à ce

---

[122] Voir « *20 heures pour sauver la Terre !* », « *Crash à Seyssel* » et « *L'impossible survivant* ».

[123] Donald Trump accuse les agences de renseignements américaines de comploter contre lui. Au cœur de la polémique : la publication du dossier Steele, présentant ses supposées collusions avec Vladimir Poutine sur fond de rumeur de « *sextape* ». Les relations de Trump avec John Brennan, le patron de la CIA, sont exécrables. Un tweet rageur et une conférence de presse énervée plus tard, Trump a explosé en assimilant quasiment ce dernier et le directeur du renseignement national (DNI), James Clapper, à des Nazis... Premier à réagir, James Clapper a d'abord semblé vouloir jouer l'apaisement, regrettant la fuite tout en rejetant une quelconque implication, mais John Brennan, lui, s'est montré beaucoup plus belliqueux, invitant le magnat de l'immobilier à tourner 7 fois sa langue dans sa bouche avant de « *déclarer publiquement qu'il n'a pas confiance dans les services de renseignements de son propre pays !* ». Les mots choisis restent policés mais, selon un habitué de la « *communauté du renseignement* » de Washington, « *cela ressemble beaucoup à une déclaration de guerre* ».

que vous réalisiez l'extrême dangerosité de la menace qui plane sur nous tous et, surtout, sur votre tête... Raison de plus pour retrouver la mémoire au plus vite. Je vais vous présenter nos principaux adversaires. Il y en a deux très importants : la mafia et le FSB, le successeur du KGB... Nous nous sommes bien compris ?

ÉTAT DES LIEUX ALARMANT ! ...

Destivelles plante un regard lourd de sous-entendu sur l'homme d'affaires qui finit par acquiescer.

— Nous avons, maintenant, la certitude que la mafia sicilienne est en train de nouer des alliances dans le monde entier afin d'étendre la domination criminelle sur toute la planète. Nous avons désormais affaire à une internationale du crime ([124]) aux ramifications tentaculaires et infinies. La Cosa Nostra est présente dans quarante pays, c'est la puissance criminelle numéro 1 de la planète ([125]). La triade Sun Yee On, de Hong Kong, dont dépendait Lee Chung-Wooh, est présente à Macao, en Chine, au Vietnam, en Thaïlande, aux Philippines, en Australie, dans divers pays d'Amérique Centrale et aux Caraïbes, ainsi que dans dix gros centre urbains des États-Unis, au Canada Oriental, en Angleterre, Russie, Espagne, Tchéquie, Autriche, France et aux Pays-Bas. Dans les Balkans, l'implantation solide de la mafia Albanaise est un

---

[124] En février 1999, Princ Dobroshi (né le 2 avril 1964 à Peć, en Serbie), un très important chef de la mafia Albanaise a été arrêté à Prague par la police tchèque. Il est la preuve matérielle vivante de l'internationalisation du crime organisé : sa voiture était Allemande, son pistolet-mitrailleur Croate, son arme de poing avec silencieux Chinoise et son poignard était Tchèque. Depuis 2006, il vit au Kosovo. Il est suspecté de vouloir monter des attentats à Prague, mais nie toute participation ou intention de la sorte.

[125] Authentique.

véritable problème. Elle vole ou détourne les aides matérielles et financières accordées par les donateurs divers et autres organisations internationales ([126]). Ces salopards nuisent considérablement au développement d'une économie solide et prospère. Ils tentent même de contrôler les entreprises stratégiques, comme les compagnies aériennes, les sociétés de télécoms et bien d'autres ([127]). Ils s'opposent par la violence la plus extrême et la corruption à l'instauration de l'État de droit dans les pays côtiers. Pensez donc, la région dispose de près de deux mille kilomètres de côtes avec des ports en eau profonde et de très vastes massifs boisés isolés. Idéal pour tous les trafics louches, surtout de drogue. L'étendue du crime organisé est sans fin. Israël, souvent touché par le terrorisme, se serait bien passé de découvrir que depuis octobre 2002, des infiltrations mafieuses ont commencé à gangréner la classe politique et ses instances de répression. Le crime organisé est devenu une menace stratégique grave pour le pays. Meir Chétrit, ministre de la justice en 2006, a déclaré : « *Il nous faut admettre la présence du crime organisé dans notre pays, dans des domaines comme le trafic de femmes, les stupéfiants et le racket* ». Un éminent criminologue, Menachem Amir, a confirmé qu'en Israël, le crime organisé est : « *Transfrontière, sophistiqué et plus riche que la police* ». Il a aussi ajouté que : « *Le trafic de prostitués est le troisième du monde par la taille* » ([128]).

— C'est effrayant ! Vous êtes sûr de vos informations ? s'exclame da Prato.

— Malheureusement, oui. L'activité de ces mafias - qui se tiennent les coudes - s'étend donc sur toute la surface du globe, elle est soutenue et extensive, alors que dans le même temps, la répression ne les atteint que de façon fort négligeable. Selon le FOPAC ([129]) le

---

[126] Authentique.

[127] Authentique.

[128] Authentique.

[129] FOPAC pour Fonds de Provenance d'Activités Criminelle. C'est un département d'Interpol consacré à l'étude du blanchiment

total connu des saisies d'argent sale n'atteint pas quatre milliards de dollars.

— En comparaison avec quoi ?

— Le seul trafic de stupéfiant planétaire assure un profit de trois à cinq cents milliards de dollars par an ([130]). Alors vous voyez bien que la « saisie » est dérisoire face à ce qu'un tel trafic rapporte. Aux États-Unis, le total des biens matériels ou fonds saisis aux criminels ne s'élève qu'à vingt-cinq pour cent de leur « chiffre d'affaires », dans le reste du monde, ces « confiscations » matérielles sont de l'ordre de dix à quinze pour cent. En Italie, elles ne représentent que zéro, zéro six pour cent du chiffre d'affaires annuel présumé ([131]). Ils doivent bien rigoler ! Voilà pour le volet mafieux. Du côté des Russes, maintenant, nous devons garder un œil tout particulièrement attentif sur les agents du FSB, l'actuel Service Fédéral de Sécurité, héritier du sinistre KGB ([132]). Ils sont extrêmement puissants et terriblement dangereux.

— En quoi le FSB serait-il plus puissant que le KGB ? demande Francis.

---

d'argent criminel. Selon ses conclusions, l'efficacité de la répression ne peut se mesurer que par l'ampleur des saisies, or elles sont infimes.

[130] Authentique.

[131] Authentique. En 10 ans, les confiscations à la mafia sicilienne représentent 5,8 milliards d'euros sous forme d'entreprises, d'hôtels, de restaurants, de cinémas, d'immeubles, supermarchés, entrepôts, avions et commerces divers. Un mafieux s'est vu confisquer 2 500 appartements !

[132] Le KGB a été dissous lors du putsch de Moscou, en novembre 1991. Le FSB, créé en 1995, a pris la relève. Son siège se trouve à la Loubianka de sinistre réputation. Depuis 2008, son patron est Alexander Bortnikov. Tout en coopérant officiellement avec Interpol, elle a des relations « très particulières » avec le crime organisé. Toutes ses demandes d'extradition de soi-disant opposants au régime ont été refusées par les États-Unis, l'Angleterre et Israël. Toutefois, il est curieux de constater que certains de ces opposants ont été retrouvés « suicidés » ou ont été assassinés (Litvinenko, Berezovsky...).

Destivelles ne répond pas, se contentant de laisser la parole au Commandant Lambert, plus compétent en la matière.

— Parce que personne ne le contrôle. Youri Andropov, qui succéda à Brejnev à la tête de l'URSS le 12 novembre 1982 avant de décéder quinze mois plus tard, dirigeait le KGB depuis 1967. Ce n'était pourtant pas, à la base, un officier du KGB, c'était un homme du Parti placé à la direction des services. Vladimir Poutine est le premier officier du KGB à être devenu chef de l'État. Il a placé ses anciens collègues à tous les postes-clés du pays. C'est une première et c'est une réussite. À l'époque, le KGB ne donnait pas de recommandations politiques. Il se contentait de faire des rapports qu'il adressait à une commission politique du Parti. Le FSB fait mieux : il a son département « analyses » dont Sergueï Ivanov ([133]) a longtemps été le directeur-adjoint. Le FSB dispose d'un département «M» qui, lui, contrôle le ministère de l'Intérieur, le ministère des Situations d'urgence et les tribunaux. Le ministre actuel de l'Intérieur est lui-même un ancien Général du FSB. De plus, le FSB a créé son propre système pour contrôler la situation à l'extérieur du pays. Il n'en parle jamais et pour cause... En fait, nous avons aujourd'hui, en Russie, plus de services de renseignements qu'à l'époque soviétique.

— Qu'en pense la population ? Le ressent-elle ? Comment le vit-elle ?

— Le KGB surveillait chaque citoyen. Aujourd'hui, le FSB, lui, agit de manière sélective, mais surveille tous les groupes humanitaires, religieux, écolos, branchés, pseudo-révolutionnaires, ceux qui

[133] Sergueï Borissovitch Ivanov, né le 31 janvier 1953 à Leningrad. C'est un homme politique russe. En août 1998, il est nommé directeur-adjoint du FSB jusqu'en 2001. En 2008, il est donné favori des élections présidentielles, mais un scandale dans l'armée (bizutage du soldat Sytchev) dont il est alors le ministre, l'empêche, curieusement, de se présenter. En mai 2008, il est nommé vice-président du gouvernement de Poutine. Il est remercié le 12 août 2016.

militent pour préserver les forêts ou contre la circulation automobile. Bref, tout le monde ! Tous ceux qui sont susceptibles de se mobiliser ou d'être mobilisés. À ce sujet, ils ont décrété que l'écrivain Édouard Limonov ([134]) constituait une très grande menace, car il possède des techniques pour mobiliser, ce que ne savent pas faire les libéraux. Il est le seul à réunir des gens qui n'ont pas peur d'aller en prison.

— Charmant personnage. Des changements sont-ils envisageables ?

— La population se sent trahie par Poutine. Déjà, elle l'avait été avec l'ancien président, la marionnette de Poutine, Dmitri Medvedev, qui leur avait fait espérer un changement de génération. Alors, maintenant... Les quadras, ceux qui sont plus jeunes que Poutine, savent qu'ils vont devoir encore attendre pas mal d'années avant que cela change, et comme ils ne veulent pas vivre toute leur vie sous la férule d'un Poutine président, ça s'agite un peu partout. Les gens en parlent sur les blogs. Et même la revue glamour « *Afficha* » a sorti dans un de ses numéros une couverture significative de ce mal-être : « *Nous voulons une autre Russie !* ». C'est aussi le slogan de Garry Kasparov. Tout le monde connaît le dicton « *On n'est jamais mieux trahis que par les siens !* ». Poutine devrait se méfier. Aussi, vous pouvez être sûrs qu'il va tout faire pour récupérer ces fichus bon dieu de documents et sûrement pas par la manière douce. Donc, outre la CIA et le FBI, vos deux principaux adversaires sont la mafia et les agents du FSB. Maintenant, dans quelle mesure travaillent-ils en bonne intelligence et jusqu'à quel point, ça... Un conseil

[134] Édouard Veniaminovitch Savenko. Né le 22 février 1943 à Dzerjinsk. C'est un écrivain russe et dissident politique. Sa vie est un vrai roman. Truand à Kharkov, poète à Moscou puis SDF, valet de chambre à New York en 1974, journaliste à Paris en 1980, soldat en Serbie dans les années 1990, il a connu les joies des goulags comme prisonnier politique. Il a été « empêché » de se présenter aux élections présidentielles de 2012. Il a fondé le Parti National-Bolchévique. Il donne de l'urticaire au Kremlin.

cependant, et là, je suis catégorique : si vous leur tombez dessus, dégainez les premiers !

— Donc, Poutine est bien mouillé dans cette histoire de fous !

— Pas si vite, monsieur da Prato. C'est beaucoup plus compliqué que ça. D'abord, malgré toutes les preuves accumulées par Steele, rien ne prouve avec certitude la collusion entre les deux hommes. Il est plus probable que le Kremlin a tenté d'influer sur le résultat des élections et que le nom du vainqueur importait bien peu. Le but des Russes n'était ni plus ni moins que de saper le gouvernement américain, quel que soit le gagnant, Démocrate ou Républicain, dans le seul but de diviser encore plus la très faible et pitoyable attitude Occidentale. Quoiqu'il en soit, Poutine tient à s'approprier ces documents uniquement pour garder la main en toute circonstance. Il a une sainte horreur d'avoir une épée de Damoclès au-dessus de la tête, il doit tout gérer, et c'est ce qu'il fait.

— Devons-nous craindre la mafia russe ?

— Bonne question, monsieur Magenta. En réalité, nos dernières informations en la matière ne nous permettent pas... pas encore, d'établir une relation certaine entre la mafia russe et le pouvoir en place. Cette relation existe, c'est une certitude, mais elle est tellement bien masquée, tellement bien occultée par toute une série de pare-feu qu'il est extrêmement compliqué de la révéler au grand jour. C'est un jeu terriblement dangereux, mortel. Certains analystes arrivent même à se demander s'il s'agit d'une vraie mafia ou simplement d'un « milieu ».

Da Prato ricane.

— Quelle différence, ils utilisent les mêmes méthodes et dans le cas présent, que ce soit la mafia ou le pouvoir russe, ou cet hypothétique « milieu », le résultat est rigoureusement identique : une balle dans la tête.

— L'effondrement de l'URSS, en 1990, reprend Lambert en ignorant la remarque de l'homme d'affaires, a entrainé une explosion de la criminalité sans précédent ([135]) grâce à la conjonction de quatre facteurs et non des moindres. Le facteur légal est le premier : les droits de propriété, en Russie, restent dans le flou total. Plus d'une décennie plus tard, on en est au même point. Mal définis par l'État, peu respectés par les citoyens, ces droits offrent de fantastiques possibilités aux « justiciers privés » agissant, bien entendu, contre monnaie sonnante et trébuchante.

— Et seul le crime organisé qui sait « protéger », corrompre, intimider... tuer si besoin est, est en mesure d'assurer ce rôle.

— En effet, monsieur Magenta. Le second élément est le facteur économique. Lors de l'effondrement du bloc Soviétique, sont arrivés en masse sur le « marché » des milliers de jeunes qui se sont retrouvés au chômage : anciens militaires, anciens policiers, troupes spéciales, et bien d'autres. Rôdés à la violence et à l'usage des armes de guerre, ces « paumés » se sont massivement engagés dans des sociétés de sécurité privées ou dans les services internes de protection de grands groupes et effectuent souvent des « missions » pour les gangs criminels. Le troisième élément est le facteur géographique : l'explosion de l'URSS a grandement favorisé le développement des criminalités nationales : Arméniens, Géorgiens, Tchétchènes, Cosaques, et bien d'autres, se sont engouffrés dans la brèche.

— Et le quatrième facteur ?

— C'est le facteur moral. La fin d'un régime suscite toujours corruption et cynisme, voire criminalisation chez les fonctionnaires de l'État déchu. Dans la nouvelle Russie de Poutine, les officiels vendent ainsi une multitude de « protections », licences, passe-droits, quand ils ne rackettent pas purement et simplement entreprises et particuliers ([136]). Ces « nouveaux criminels » se regroupent en structures centralisées, hiérarchisées et territoriales. Ces sont les

---

[135] Authentique. 4 facteurs ont favorisé cette explosion. Le facteur légal, économique, géographique et moral.

[136] Authentique.

Bratva ([137]), comme celle de Solntsevo ([138]). Elles comptent en moyenne entre mille et mille cinq cents « soldats ». L'une d'elles en dénombre pas moins de neuf mille à Moscou même.

— Quelles sont leurs activités ? J'imagine les « classiques », comme le trafic de drogue, la contrebande, les assassinats divers et variés, le racket et les « protections ».

— Vous pouvez y ajouter le trafic d'êtres humains et d'armes de guerre ainsi que les enlèvements. Mais il y a pire. Ces voyous sont en train de piller les ressources naturelles de leur propre pays et ce, avec l'aval des autorités. Outre le trafic de pétrole et d'uranium, en 2002, par exemple, nous avons découvert la tentaculaire mainmise du crime organisé sur la pêche industrielle, notamment dans le détroit de Béring. Très poissonneux, cet espace maritime de près de trois millions de km^2 produit chaque année la moitié du poisson pêché par les États-Unis et la Russie. Soit environ dix milliards de dollars annuels. Le WWF ([139]) a tiré la sonnette d'alarme en dénonçant le braconnage maritime mafieux dans la région. Fraudes massives sur les quantités pêchées, vendues et exportées, pêche frauduleuse d'espèces contingentées ou protégées. Ce butin rapporterait aux mafias russes près de quatre milliards de dollars par an. Or, vous n'êtes pas sans savoir que les réserves de poissons dans le Pacifique Nord sont en train de s'effondrer ([140]).

— Le gouvernement ne fait rien contre ça ? s'indigne da Prato.

— En juin 2002, le Général Vitaly Gamov, chargé de rétablir l'ordre, a été retrouvé carbonisé dans

---

[137] *Bratva* : fraternités ou brigades.

[138] Quartier de Moscou.

[139] Le WWF pour *World Wide Fund for Nature* (Fonds mondial pour la nature) est une ONGI fondée en 1961. Elle agit dans plus de 100 pays, assurant plus de 1300 projets environnementaux. Ses finances, en 2013, proviennent à 56% des particuliers, 17% du secteur public et 10% des entreprises.

[140] Authentique.

l'incendie de sa maison dans l'île Russe de Sakhaline ([141]).

— Rien ne les arrête, ces salopards. Et pour en revenir à notre affaire ?

— Monsieur da Prato, je conçois aisément que ce déballage d'informations puisse être indigeste et fastidieux, mais comprenez bien qu'il est essentiel que vous sachiez contre quoi vous allez. Effectivement, rien ne les arrête, et rien ne les arrêtera, soyez-en convaincu.

— Ça fait un moment que je le suis.

— La mafia Russe est également devenue experte en piratage informatique.

— Nous revoilà dans l'affaire Trump.

— Pas seulement. C'est pourquoi, il est capital que vous en appreniez un minimum sur cette mafia russe acoquinée avec le pouvoir en place. Le « *hacking* » est une véritable industrie qui touche tous les grands pays développés et toutes les couches de nos sociétés : du particulier aux entreprises, en passant par les organisations gouvernementales, les banques - en particulier les banque *on-line* - les casinos. Ils se gavent grâce au commerce électronique. Ils paralysent, sabotent puis restaurent les systèmes contre rançon...

— On en arrive au vol de données confidentielles et autres informations ultrasensibles, type Clinton.

— Exactement, monsieur Magenta. Nous sommes au cœur même de notre affaire. Et pour que, une nouvelle fois, vous compreniez bien à qui vous avez affaire, sachez qu'en juin 2002, une opération internationale appelée « *Toile d'Araignée* » unissant le

---

[141] Vitaly Ivanovich Gamov, né le 28 mai 1962 à Gorny Gisant (Kazakhstan). Il prend part à la 1ère guerre de Tchétchénie. Il est nommé, à 39 ans, Major-Général. Dans les années 2000, il prend la direction régionale du service des garde-frontières du Pacifique. Refusant de toucher des pots-de-vin, il voit sa maison incendiée au cocktail Molotov (3 bidons d'essence enflammés). Il est mort le 21 mai 2002 en luttant contre l'incendie pour sauver sa femme et son fils. Ce dernier, Ivan, en a réchappé mais pas le Général ni sa femme Larissa. 3 ans après, les incendiaires ont été jugés et condamnés à 4 ans de prison.

FBI, les polices allemande, française, italienne et suisse a permis le démantèlement d'un vaste réseau financier criminel russe. Plus de cinquante arrestations en Europe, dont vingt en Italie, plus des saisies record à New York, Paris, Francfort, Stuttgart et Genève. Par sociétés-écran interposées et par les biais les plus divers - magasins de luxe, vente de bijoux, d'automobiles, de téléphones portables, import-export, trading pétrolier, négoce d'ameublement, de cosmétique, de machines-outils, de prêt-à-porter, d'électro-ménager et bien d'autres domaines, les « blanchisseurs » ont recyclé plusieurs centaines de millions de dollars pour le compte de la *Bratva* de Solntsevo et du gang international de Semion Mogilevich ([142]). Plus de trois cents comptes bancaires ont été gelés, dont deux étaient crédités de plus de quatre millions d'euros...

— Ceci pour que vous sachiez, l'interrompt Destivelles, qu'il faut des moyens énormes pour tenter d'interpeller des types qui n'ont strictement peur de rien. Il va falloir que vous soyez extrêmement prudents.

D'un geste discret, il rend la parole à Lambert.

— À noter que son principal Lieutenant, un certain Vyacheslav Ivankov ([143]), figure légendaire de la

---

[142] Semion Yudkovich Mogilevich, né le 30 juin 1946 à Kiev (Ukraine), surnommé « Seva » ou « Don Intellectuel », est un parrain du crime organisé ukrainien perçu par les agences de renseignement européennes et américaines comme le « parrain des parrains » de la plupart des clans issus de la mafia russe dans le monde. Après s'être distingué dans le crime, il intègre la *Bratva* Solntsevo dont il dirige une importante branche. Depuis les années 1980, il dirige l'une des plus importantes organisations criminelles transnationale de Russie. Ses troupes sont estimées à 250 hommes encadrés par des anciens de la guerre en Afghanistan. Il a créé la société de courtage pétrolier Arbat International basée à Aurigny (paradis fiscal), une des îles Anglo-Normandes. Il dispose de 4 nationalités. Russe, Ukrainien, Hongrois et Israélien.

[143] Vyacheslav Kirillovich Ivankov, né le_2 janvier 1940 à Tbilissi. C'était un membre notoire de la mafia russe qui avait des liens avec les organisations russes de renseignement d'État. Son surnom, « *Yaponchik* » pour « *Little Japanese* », lui a été donné en raison de

mafia russe, a été arrêté le 8 juin 1995, à New York, après avoir rackетté deux hommes d'affaires russes de Wall Street. Il a été jugé coupable et incarcéré en 1996. En juillet 2004, il a été expulsé vers la Russie où il a été assassiné le 28 juillet 2009 à la sortie d'un restaurant, par un sniper qui n'a...

— Jamais été identifié. Ça devient récurrent.

— C'est leur signature, c'est évident.

— Et que s'est-il passé à proprement parler en France dans le cadre de cette opération ?

— Cela n'a rien à voir avec notre affaire.

— Simple curiosité personnelle.

— Les mafieux Russes avaient une holding aux Champs-Élysées, Kama Trade. Longtemps pistée par les hommes de la brigade d'investigations et de recherches financières ([144]), ayant suffisamment de preuves à charge, la police française a décapité ce réseau russe avec treize interpellations. Il s'agit essentiellement de détournements des aides du FMI. En 1999, la *Bank of New York*, s'est retrouvée au cœur d'un scandale financier après la découverte de plusieurs comptes suspectés d'héberger de l'argent indûment perçu du FMI, pour un montant de quatre milliards de dollars. Les fonds arrivaient sans justifications réelles et transitaient à l'époque par la société Benex qui apparaissait toujours dans les comptes de Kama Trade. Ils ont approfondi et le résultat est là. Voilà pour le cours d'histoire.

---

ses traits faciaux faiblement mongoloïdes. Il a été assassiné le 9 octobre 2009 à Moscou.

[144] La BRIF (Brigade de Recherches et d'Investigations Financières) est un service spécialisé dépendant de la SDAEF (Sous-Direction des Affaires Économiques et Financières), un service de la DRPJ (Direction Régionale de la Police Judicaire) de Paris. Ces policiers mènent de nombreuses et longues enquêtes sur les trafics de fausse monnaie transnationaux dirigés par la Camorra Napolitaine, ainsi que les trafics de blanchiments d'argent provenant du crime organisé.

Le Commandant Lambert se tait soudain et écarte largement les bras, signifiant par là qu'il a terminé son exposé et laisse la suite au conseiller spécial.

Destivelles consulte sa montre avant de poursuivre.

— Maintenant que vous avez une vision plus précise, même si embryonnaire, de vos adversaires, que vous savez quelles sont vos menaces les plus sérieuses... ce qui n'en exclut pas d'autres, telles CIA, FBI, MI6 ou d'autres affidés de la mafia, je vais vous exposer le plan de monsieur Magenta. Un plan assez simple dans sa conception, mais qui sera relativement compliqué dans son exécution à cause d'un grand nombre d'inconnues.

MAGENTA ET DA PRATO REPRENNENT LA MAIN ! ...

Francis sourit en remerciant d'une main le conseiller spécial.

Da Prato et Stan ont les yeux rivés sur leur ami. Le premier autant par intérêt que par curiosité, le second avec une certaine anxiété. Par expérience, il sait que toutes les initiatives de son ami et patron se révèlent de dangereuses chasses aux pigeons. Seulement cette fois, Stan a l'impression très nette que les pigeons, ce sont eux.

— Messieurs, j'ai longuement réfléchi à la situation et j'en suis arrivé à la seule conclusion qui m'apparaît logique et susceptible de nous dégager définitivement de ce piège infernal. Il est maintenant clair que mon ami Dominique a vu ou entendu quelque chose qu'il n'aurait pas dû. Ce fait étant confirmé par les rumeurs qu'a enregistrées la DGSE, il ne fait aucun doute que, si nous ne reprenant pas la main tout de suite, cette situation va empirer jusqu'à un point où nous ne pourrons plus rien faire. Il n'y a donc qu'une seule alternative : vendre ce que tous ces criminels recherchent avec tant de hargne.

— Mais nous n'avons rien du tout ! s'énerve da Prato.

Francis sourit malicieusement.

— Toi, tu le sais, moi je le sais, tous ici le savons, mais les autres, là, tous ces voyous, ils ne le savent pas ! Tous sont persuadés que tu détiens ces documents prouvant, probablement, la collusion de Poutine et de

Trump. Finalement, la nature même de ces documents est maintenant secondaire, l'important est de savoir que ces tueurs vont tout faire pour les récupérer.

— J'aime bien ta théorie, mais comment on la prouve, concrètement ? questionne Stan.

— Concrètement, étant donné qu'ils veulent ces fichus papiers, avec l'aide de la DGSE, j'ai fait courir le bruit que « quelqu'un » était très désireux de se débarrasser d'une « marchandise » explosive et que ce même « quelqu'un » était prêt à les lâcher à un bon prix.

— Tu n'as pas peur, toi ! s'exclame da Prato en se passant nerveusement la main dans les cheveux.

— Quand je pense qu'en ce moment je devrais être en Namibie... déplore-t-il.

— Je sais que mon idée n'est pas révolutionnaire. Il est fort probable que les « autres », en face, ne soient pas dupes de ce piège, mais ils ne pourront pas non plus l'écarter totalement. Donc, nous avons encore une chance.

— Tu réalises que par négociation, ces mecs ne comprennent que la loi du flingue. Quand ils auront vérifié l'authenticité, de ce que nous n'avons pas, je le rappelle, ils nous liquideront d'un simple claquement de doigt, et je n'ai guère envie de finir façon bolognaise, moi ([145]).

— Monsieur Jourdan, dit le conseiller spécial sur un ton qui ne souffre aucune remarque. Les forces spéciales du Général Deglenne sont positionnées très discrètement depuis quelques heures dans la région et prêtes à intervenir à la moindre situation critique. Vous ne risquez rien.

— Ça, c'est vous qui le dites. En tant qu'homme politique, vous êtes pathologiquement incapable de dire la vérité, alors excusez-moi, mais vos assurances, vous savez où...

---

[145] Pour faire disparaître ses victimes, la mafia les donne souvent aux cochons. Ces charmantes bestioles sont toujours affamées et garantissent un nettoyage absolument total. On ne retrouve rien du tout du cadavre.

— Stan ! Monsieur Destivelles sait ce qu'il fait et moi aussi.

— Tu aurais pu m'en parler avant, merde ! Tu as l'art de nous envoyer chaque fois dans des coups foireux de chez foireux, mais celui-ci est de loin le plus débile que j'aie jamais entendu de toute ma vie. Meeeerde, et faut que ça tombe sur moi ! ... Mais qu'est-ce que j'ai fait au bon Dieu, moi !

Francis se veut rassurant en s'approchant de son ami.

— Stan, sans toi cette affaire est vouée à l'échec.

— Ah bon ?

— Bien sûr, je ne te cache pas que ça risque d'être un tantinet tangent, très tangent même.

— Un tantinet ! Tu as vu la gueule du « tantinet » ? Tu as de ces mots ! On va se coltiner avec des brutes épaisses dont le job est le flingage à gogo au quotidien, c'est autre chose que les loulous demeurés à qui nous avons eu affaire jusqu'à présent. Là on ne joue plus !

— Mais nous non plus, monsieur Jourdan, nous non plus, réplique Destivelles, stoïque, mains croisées dans le dos.

— De toute manière, il n'y a pas d'autres solutions, précise Francis.

— C'est là qu'est l'os ! ironise quand même Stan que l'assurance désinvolte de l'homme politique agace pourtant au centuple.

Comprenant que, de toute façon, râler ne servira strictement à rien, il se retourne et en croisant ostensiblement les bras, ajoute :

— Bon, alors comment qu'on fait, puisque sans moi cette affaire est vouée à l'échec ?

Alors que l'ambiance commence légèrement à se détendre, au même moment, le téléphone crypté du conseiller spécial résonne longuement.

Destivelles regarde le numéro et jette immédiatement un regard inquiet sur Lambert. Ça n'échappe pas à Francis qui devine tout de suite qu'il vient de se passer quelque chose de grave.

Destivelles porte l'appareil à son oreille.

— J'écoute !

Plusieurs minutes passent durant lesquelles, l'homme du Président hoche mécaniquement la tête tout en lâchant quelques « hum, hum » d'acquiescement. Mais à voir l'expression de son visage, Francis comprend tout de suite qu'un nouvel élément important vient de s'ajouter à la déjà longue liste des indices.

Destivelles referme lentement son mobile, les yeux dans le vide, en réfléchissant à toute vitesse.

— Mauvaise nouvelle ? demande doucement l'enquêteur.

— Ça se pourrait bien... Vous permettez, quelques vérifications à faire.

Sans attendre, il reprend son portable et compose rapidement un numéro auquel on répond tout de suite.

L'entretien est court mais vif. Destivelles râle et compose un nouveau numéro. On répond moins vite.

Le conseiller spécial parle longuement, avec animation, puis se calme en écoutant les explications de son interlocuteur inconnu.

Enfin, au bout de nombreuses minutes, le visage grave, il referme à nouveau son mobile et se tourne vers Francis qui attend des explications.

— Que se passe-t-il ? demande-t-il ?

— Avez-vous déjà entendu parler de la... Troisième Loge ?

LA TROISIÈME LOGE ! ...

— La quoi ?

— La Troisième Loge.

— Qu'est-ce que c'est que ce truc, encore ? demande da Prato, excédé. On n'en a pas assez avec la Cosa Nostra, les Russes, les Amerlocks et j'en passe et des meilleurs ?

Destivelles paraît anéanti. Cette attitude interpelle Francis.

— C'est plus grave encore, n'est-ce pas ? fait-il en s'approchant de l'homme d'État.

— Vous captez vite les choses, vous, ça fait plaisir.

— C'est quoi cette... Troisième Loge ?

— L'Enfer sur Terre ! Voilà ce que c'est ! Russes, Américains, Cosa Nostra, mafia russe ou chinoise réunis, c'est de la roupie de sansonnet à côté de la puissance de nuisance de... de cette Loge... une loge venue du fin fond de l'enfer de la nuit des temps.

— Ah ben, nous v'là bien ! V'là qu'on va se coltiner avec le Diable, maintenant ! persifle Stan en levant la tête au ciel. Ça manquait à notre panoplie !

— La ferme !

— Bon.

— Ce n'est pas le Diable, monsieur Jourdan, c'est pire ! Ce sont uniquement des hommes diaboliquement déterminés et animés d'idéaux très... tranchés.

— Un petit aspect religieux, non ?

— Non, monsieur Magenta. Pas que je sache.

— D'où elle sort cette loge ? À quoi se destine-t-elle ? Quel est son but ? Pourquoi « troisième » ? Où sont les deux premières ?

— Il n'y en a jamais eu d'autres. La Troisième Loge vient de la nuit des temps. Personne ne sait quand elle a été créée, mais elle sévissait déjà durant l'Antiquité. Son but est de rendre la justice. Quant au chiffre « trois », probablement un clin d'œil à une trinité quelconque, comme dans la franc-maçonnerie.

— Diable ! Voilà qui est préoccupant, dit Francis. Si en plus nous avons sur le dos des justiciers du dimanche, la partie va vraiment devenir très serrée.

— Connaissez-vous la Sainte Vehme ?

— Oui, c'est une sorte de tribunal secret essentiellement implanté en Allemagne. Dans les années 1250, si mes souvenirs sont bons ([146]).

— Ils le sont. La Sainte Vehme est une lointaine émanation de la Troisième Loge. Je pensais qu'elle avait définitivement disparu. Il semblerait que non. Cette engeance a fait des émules qui ont réussi, dans le plus grand secret, à gangréner de nombreux pans de la société civile. Elle se serait développée aux États-Unis et aurait décidé, au 20ème siècle, de rendre la justice quand la Justice officielle se serait, d'après elle, montrée trop... clémente.

— Je vois : des illuminés. Les pires.

— Aucune juridiction, que ce soit en Europe ou aux États-Unis, n'a jamais été en mesure de mettre en lumière leurs méfaits. Le cas le plus retentissant est celui de l'assassinat de Lee Harvey Oswald, le 24 novembre 1963, à Dallas.

---

[146] La Sainte Vehme (*Fehmgerichte*). Société secrète d'inspiration chrétienne créée en Westphalie au 13ème siècle. Son but était de contrebalancer l'éparpillement politique par une unité juridictionnelle. Elle rendait une justice expéditive. Son siège se trouvait à Dortmund. Les Chevaliers Teutoniques en auraient fait partie. Elle disparut totalement à la fin du 18ème siècle mais est restée très présente dans les mentalités allemandes du 19ème siècle.

— Oui, je me souviens. Deux jours après avoir assassiné le Président John F. Kennedy et un policier, JD Tippit. Il n'avait même pas encore été jugé.

— Pour la version officielle, oui, mais il n'a été qu'un lampiste dans cette tragédie. Il est prouvé qu'une des balles qui a mortellement touché le Président a été tirée de face. Un tir horizontal. Or, Oswald se trouvait dans un immeuble *derrière* la voiture présidentielle, et il n'a pu effectuer qu'un tir plongeant ([147]). Bref, Oswald a été abattu par un certain Jack Ruby ([148])...

— Il aurait agi sur les ordres de... de la Troisième Loge ?

— Rien n'a jamais été prouvé en ce sens, mais de solides rumeurs affirmaient, et affirment toujours, que c'était un des « exécuteurs » de la Loge. Ces types sont prêts à sacrifier leur propre vie pour atteindre leur objectif.

— Ça promet ! raille Stan. Y a de l'arrêt de mort dans l'air !

— Est-ce que cela remet en cause notre plan initial ?

— Non, monsieur Magenta. Nous sommes obligés de prendre plus de précautions, seulement...

— Seulement ?

— Si les exécuteurs de la Loge sont bien ce qu'ils disent être, je ne pense pas qu'ils s'attaquent à nous.

— Pourquoi donc ? questionne da Prato, bras croisés. Lui, n'est pas aussi optimiste que le conseiller spécial.

— Leur doctrine, c'est l'application stricte de la loi. Plus largement, ils ont pour objectif l'éradication du Mal. Donc, comme nous faisons partie des « gentils », il

---

[147] Authentique. Il n'aurait matériellement jamais pu tirer de face.

[148] Jacob Léon Ruby « Jack Ruby », né le 25 mars 1911, décédé en prison juste avant son second procès, le 3 janvier 1967. Patron d'une boîte de nuit, il arrondissait ses fins de mois en se livrant à des activités illicites. On n'a jamais réellement connu ses motivations. Il est opportunément mort la veille de son second procès durant lequel il affirmait dire la vérité.

est logique qu'ils ne s'attaquent qu'aux « méchants » qui vont nous tomber dessus.

— Ouais ! répond l'homme d'affaires, guère convaincu. Quand il y a affrontement, les balles ne choisissent pas leurs cibles en fonction des camps, elles fauchent tout ce qui se trouve sur leur trajectoire sans aucune distinction. Votre explication est plutôt... légère.

— C'est la seule que j'aie trouvée et j'ai la faiblesse d'y croire. Ceci ne nous empêchant nullement, bien sûr, de renforcer nos défenses et notamment votre protection.

— Comment avez-vous eu connaissance de...

— De par ma position, monsieur Magenta, je suis obligé d'avoir des yeux et des oreilles partout. L'un de mes meilleurs contacts se trouve être actuellement auprès de notre ambassadeur aux États-Unis. Il est également assez proche de Walter Straumer, l'ancien conseiller privé d'Obama. Cela répond-t-il à votre question ?

— En partie. Je connais de nom ce Straumer. Un vieux routier de la politique si je ne m'abuse. Lors des scandales de la Barnett et de l'IGFC ([149]), il a tout particulièrement bien manœuvré pour noyer le poisson qu'il a même permis qu'Obama soit réélu. Et il vous aurait fait des confidences, lui ?

— Non, bien entendu. Cela fait plus de trente ans qu'il évolue dans le milieu de la politique en coulisse, ce n'est pas le genre d'homme à parler à tort et à travers. Nous l'avons à l'œil car ses positions ouvertement anti-Trump nous inquiètent. On le savait antirépublicain, mais pas à ce point. Il y a même des rumeurs qui laissent à penser qu'il mijoterait un sale coup. Nos services ne l'excluent pas. Il est retors, malicieux et minutieux. Il a les moyens et les connaissances nécessaires pour organiser une révolution de palais, comme on dit.

— Je vois, mais si ce n'est pas lui qui vous a mis la puce à l'oreille, c'est qui ?

— Un appel anonyme.

---

[149] Voir « *Arnaque à Genève* ».

— Vous devez en recevoir des tonnes par jour mais celui-là vous l'avez pris en considération. Pourquoi ?

— C'est la deuxième fois qu'il nous alerte. Il avait des arguments disons... très acceptables.

— Nous avons donc une nouvelle « Gorge Profonde » ! ([150]) ironise Francis.

— C'est lui aussi qui nous a signalé l'imminence d'une fusillade à Aix-les-Bains. Malheureusement, nous ne l'avons pas prise en compte.

Francis comprend mieux.

— D'accord, d'où votre empressement à le croire cette seconde fois.

— En effet. Cela explique ma présence.

— Pour résumer, nous voilà avec un mystérieux informateur, très bien renseigné a priori, puisqu'il savait à l'avance qu'il y aurait une fusillade, des mafieux, des Russes, des Américains et un exécuteur qui sort du néant. Ça fait beaucoup de monde... Mais dites-moi, monsieur Destivelles, vous ne trouvez pas qu'il y quelque chose qui ne colle pas dans cette équation aux multiples inconnues ?

— Si. J'ai la même impression que vous. Vous avez une idée à ce propos ?

Le silence inquiet de Francis ne lui suffit pas.

— Je vous ai posé une question.

— J'ai entendu, rassurez-vous.

— Alors qu'en déduisez-vous ?

Francis observe un long silence.

— Oui, fait soudain un da Prato déterminé qui en a assez de se sentir balloté comme un simple fétu de paille dans une histoire de dingue où il apparaît de plus

---

[150] « Gorge Profonde » (Deep Throat) est le nom donné à un mystérieux informateur qui a permis aux journalistes Bob Woodward et Carl Bernstein de faire éclater au grand jour l'affaire du Watergate en 1972 qui a conduit le Président d'alors, Richard Nixon, à démissionner en 1974. L'identité de « Gorge Profonde » n'a été révélée qu'en 2005 à la veille de sa mort. Il s'agissait de Mark Felt, N°2 du FBI au moment des faits.

en plus comme un vulgaire lampiste, mais un lampiste central.

— Qu'est-ce que tu en penses ? Enfin, il y en a marre maintenant. Que se passe-t-il réellement, Francis. J'ai l'impression d'être pris pour un con au milieu d'une sombre histoire qui nous dépasse tous, y compris vous, monsieur Destivelles.

— Tout tourne autour de ces fichus documents. Au point maintenant que je me demande même s'ils existent réellement.

— Ils existent, soyez-en persuadé, corrige Destivelles.

— Soit ! Alors on en revient à leur rocambolesque vol. C'est tellement inconcevable qu'une autre hypothèse m'est venue à l'esprit.

— Une fuite orchestrée, n'est-ce pas ?

— Tout à fait. Partant de là, reste plus qu'à savoir à qui elle profite ! Et à mon avis, on n'a encore rien vu ! Mais ce qui est sûr, c'est que ça va démâter sévère.

L'idée de Francis laisse tout le monde pensif.

Au même instant, le portable du Commandant Lambert sonne. Il décroche rapidement.

— Oui ! Vous avez du neuf ?

Tous les regards se tournent vers lui.

À grandes enjambées, mobile coincé dans le creux de l'épaule, il gagne son PC portable et pianote rapidement dessus avant d'interrompre la conversation.

— Monsieur Magenta, l'une de vos inconnues vient d'être identifiée.

Francis se rapproche alors que Lambert pianote à toute vitesse sur son clavier.

— Regardez ! Je vous présente Wazim, premier lieutenant de Tchernienkov. C'est un Kazakh. Une montagne de muscles, malheureusement dotée d'une cervelle en conséquence. Une de nos patrouilles qui quadrillent la ville l'a repéré avec une bande de cinq ou six gros bras. Ils les ont suivis et ont découvert qu'ils se terrent dans une grosse maison bourgeoise au Nord d'Aix-les-Bains, au-dessus de Savigny, en pleine forêt. Ce n'est pas facile de les surveiller. C'est un coin paumé.

Francis acquiesce de la tête et voit sa petite idée se confirmer.

— C'est malheureusement bien ce que je pressentais. Les loups commencent à sortir du bois. Les uns après les autres. D'ici peu, on va tous les avoir, ici, réunis dans un seul et même endroit. Et tous auront l'exact même but : retrouver au plus vite ces putains de saloperies de documents. Dominique, il va vraiment falloir que tu fasses tourner ta mémoire à plein régime. Ça devient urgent, maintenant, sous peine de voir Aix-les-Bains se transformer en champ de tir. Ces mecs ne feront pas de détail.

Grave, Destivelles prend la parole.

— Jamais autant de voyous ne se seront retrouvés au même endroit en même temps. J'ai bien peur que votre hypothèse ne soit exacte. Si un exécuteur était amené à venir faire un petit tour dans le coin, il aurait du travail. Du pain béni ! Je crains que vous n'ayez raison : nous allons assister à la Saint Barthélemy de la pègre.

— Ce point étant acquis, reste à trouver pourquoi c'est Aix-les-Bains qui a été choisi. Il doit bien y avoir une raison. Si nous la découvrions, peut-être aurions-nous un début de réponse sur l'identité de celui qui se cache derrière tout ça.

— Oui, ça se tient. Il est clair qu'il y a quelqu'un, en coulisse, qui mène le bal.

— Mais qui est ce « quelqu'un » qui manipule tout le monde et, surtout, pourquoi ?

Stan s'approche alors lentement et dit :

— Va falloir prendre des notes, les gars. On a déjà le type de la CIA, maintenant on a Musclor en provenance directe de Russie, manque plus que les rigolos de la Cosa Nostra et... tous les autres ! Eh ben, quand je vais raconter ça à Finette, moi !

L'OURAGAN ARRIVE ! ...

Italie,
Rome
quartier de l'EUR,
lundi 18 juin,
10 h 07

— Je vous en prie, asseyez-vous, signor Lombardi. Que puis-je pour vous ?

Mielleux comme à son habitude quand il accueille un nouveau client, Noferini observe curieusement le vieux monsieur bedonnant et tremblant qui s'installe difficilement face à lui. Il le décortique avec un certain dédain et, en remarquant que son client porte un de ces audiophones d'un autre âge pour malentendant, il prie le ciel et ses saints qu'il ne soit pas obligé de répéter tout ce qu'il va lui dire.

S'il ne lui avait pas été hautement recommandé par une vieille connaissance aux États-Unis, il aurait refusé ce rendez-vous qu'il pressent des plus ennuyeux. Il a autre chose à faire... surtout en ce moment.

Lombardi sourit béatement en cherchant sa serviette. Soudain, il lève les deux bras en l'air et, sous l'air de la confidence, il balbutie :

— Où ai-je la tête ? Je l'ai posée à mes pieds.

— Je vous en prie, répond le mafioso en se retenant de ne pas lever les yeux au ciel. On ne mécontente pas un potentiel client même si complétement gaga.

À cet instant, il pense qu'on a raison de dire que l'argent n'a pas d'odeur.

Que ne faut-il pas faire !

Alors qu'en tremblant le vieil homme se baisse difficilement en parlant de tout et de rien, Noferini en profite pour ranger quelques papiers dispersés sur son large bureau.

Lombardi finit par se redresser toujours aussi lentement en exhibant sa serviette comme un trophée sorti de l'eau.

— La voilà !

— C'est ça. Si vous pouviez aller droit au but, cela nous ferait gagner du temps.

Noferini laisse échapper un long soupir d'agacement.

Il aurait été plus inquiet s'il avait vu ce que le vieil homme, avec une rapidité et une dextérité déconcertante, venait de dissimuler sous son bureau.

25 minutes plus tard

Le vieil homme est parti. Il consigliere entre dans le bureau en ricanant.

— Mais d'où nous sort pareil emmanché ? Jamais vu un type aussi embrouillé dans ses explications.

— Je lui ai dit que nous n'avions pas les compétences pour traiter son problème. Je lui ai donné les coordonnées d'un de nos confrères. Bon débarras, on a vraiment autre chose à faire.

— En effet, dit Zecchinato en s'asseyant.

— Alors, quoi de neuf ?

— Angelo est à Brison-Saint-Innocent. Il est opérationnel. Il est en train de piéger cette Patricia Mollard.

— Enfin, on avance.

Zecchinato consulte sa montre.

— L'heure n'est plus aux finasseries. Ce soir, ce sera terminé.

— Parfait. Comment va-t-il s'y prendre ?

— Très simple. Il va l'attirer dans un coin calme pour la réduire au silence.

— Il faudra un bon prétexte. Tu lui as dit qu'il y avait des privés pour la protéger ?

— Bien sûr !

Via Ettore Majorana,
en bas de l'immeuble de l'avocat

Le vieil homme ajuste son audiophone tout en souriant largement.

— Je savais bien qu'avec mon déguisement ringard, je passerais pour un parfait gugusse… mais j'ai au moins appris que la Mollard n'a plus que quelques heures à vivre.

Le vieil homme accélère le pas légèrement et s'engouffre dans une voiture garée quelques mètres plus loin.

Il s'assoit à l'arrière.

— Alors ? demande le conducteur, un homme assez typé au teint foncé et aux traits grossiers. Il a un âge certain et sa chevelure noire ondulante laisse deviner une origine indubitablement méditerranéenne.

— Une petite merveille ce micro miniature. C'est tellement petit qu'ils ne le trouveront même pas, dit le vieil homme en connectant son émetteur à une tablette électronique.

— Mais Dieu, quelle chaleur sous ce déguisement ! ajoute-t-il en s'épongeant le front.

— Que fait-on, maintenant ?

— Direction la France !

— Déjà ! Je viens à peine d'arriver en Italie !

— Et tu as diablement bien fait ! Nous sommes vraiment venus au bon moment. Démarre ! On va plus précisément à Brison-Saint-Innocent, en Savoie. Si on arrive trop tard, la localité pourrait bien perdre une innocente de plus.

— C'est le moment de prier.

— Que cela ne t'empêche surtout pas de démarrer. File au terrain, nous n'avons pas une minute à perdre. J'appelle le pilote pour qu'il se tienne prêt à décoller quand nous arriverons.

— OK !

— Puis j'alerterai notre équipe là-bas. Tout doit être prêt à notre atterrissage.

— N'oublie pas de contacter le veilleur.

— Rassure-toi, je n'oublie jamais rien.

Océan Pacifique,
îlot de San Cristobal,
au large des Galápagos,
installation des « Veilleurs »,
14 minutes plus tard

— Réveille-toi, on a du boulot !

— Ça y est ? C'est parti ?

— Ouais ! Amène tes fesses !

San Cristobal est un minuscule tas de pierres volcaniques totalement désertique et inhabité. L'îlot a été racheté par le World Wide Fund ([151]) qui y a installé une base permanente pour l'observation des innombrables variétés de volatiles qui viennent s'y reproduire. Elle s'occupe également d'étudier la faune aquatique. En échange de bons procédés, une station météo, pour la version officielle, a été autorisée à s'installer.

Rapidement, les deux opérateurs pianotent à toute vitesse sur leurs claviers. Des diodes de toutes les couleurs clignotent un peu partout tandis que d'impressionnantes lignées de chiffres en rouge défilent à toute vitesse au fur et à mesure qu'ils établissent les nouvelles coordonnées de leur satellite en orbite géosynchrone à trente-six mille kilomètres de la terre.

---

[151] *World Wild Fund* plus connu sous la dénomination WWF. Fondé le 29 avril 1961 à Morges (Suisse). C'est une organisation non gouvernementale qui a pour but la sauvegarde de l'environnement.

Sur un mur, un immense écran vient de s'allumer.

— Détecteur de collision ?

— Enclenché !

— Stabilisateurs ?

— Activés !

— Activation séquence... Neuf secondes... Top !

— Cinq, quatre, trois, deux, une ! Top ! Séquence acquise !

— OK ! Positionnement... D'ici... Sept secondes ! Top !

— Top ! ... Positionnement effectif !

— Coordonnées ?

— Actives !

— Acquisition images ?

— En cours ! Douze secondes ! ... Top ! ... Acquisition verrouillée !

Un des opérateurs s'avance près de l'écran géant et regarde, admiratif, les images qui commencent à s'afficher avec une netteté impressionnante.

— Superbe ! On voit vraiment tout.

— Si un jour on m'avait dit que je verrais Aix-les-Bains d'aussi haut et aussi nettement...

— OK ! Commence à balancer les clichés aux copains en bas. Moi je vais m'en fumer une.

— N'oublie pas les bières en revenant !

LE PIÈGE ! ...

Savoie,
Brison-Saint-Innocent,
lundi 18 juin,
20 h 16

Brison-Saint-Innocent ([152]) mérite bien son surnom de « La Nice Savoyarde ». Grâce à son microclimat exceptionnel, elle jouit en effet d'une situation particulièrement confortable pour la plus grande joie de ses habitants.

Dans sa coquette maison nichée Chemin de la Grotte des Fées, Patricia Mollard ne peut pas s'empêcher d'être inquiète. Sa fille n'est toujours pas rentrée. Elle l'a appelée à plusieurs reprises mais sans succès.

— Détendez-vous, madame, elle aura juste eu un peu de retard, dit Marc, un des agents de « Mondial Protection » positionné par Francis.

---

[152] Fondé aux environs des années 1084. La commune s'appelait à l'origine Saint-Innocent-Brison, probablement en hommage à l'un des 3 papes. Les chroniques officielles citent le village au 12ème siècle. À l'origine, c'était 2 villages et c'est en 1792 que la commune Brison-Saint-Innocent apparaît réellement.

Il tente de la rassurer mais a priori sans grand succès en notant la fébrilité de Patricia qui allume cigarette sur cigarette.

Au même moment, son portable résonne. Elle se jette dessus.

— Oui ma fille ?

— *Maman, j'ai eu un accrochage en revenant. Rien de grave, mais faudrait que quelqu'un vienne me récupérer, la voiture est en piteux état.*

Soudainement souriante, elle lève bien haut son pouce à Marc qui acquiesce de la tête, non sans une certaine inquiétude. Il se lève et s'approche lentement.

— Tu n'es pas blessée ? Où es-tu ? J'arrive tout de suite.

— *Non, tout va bien, rassure-toi. Je suis sur la route de Paris, au passage à niveau après le restaurant « Les Oliviers ». Tu vois ?*

— Parfaitement, ne bouge pas, je pars maintenant.

Sans attendre, Patricia coupe la conversation et se rue sur son sac pour en sortir les clés de sa voiture.

— Une seconde, Patricia, commande Marc en la prenant par le bras. Votre fille emprunte-t-elle souvent cette route ?

Surprise, elle le regarde avec curiosité.

— Non, mais pourquoi voulez-vous que…

— N'y allez pas ! C'est probablement un piège pour vous obliger à sortir de chez vous. Laissez-moi y envoyer un de mes collègues, je…

— Écoutez-moi bien, Marc : que vous me protégiez, je le comprends et je l'accepte, mais que vous vous immisciez dans ma vie privée, c'est hors de question !

— Laissez-moi au moins vous y conduire, je ne peux pas vous laisser partir seule.

Patricia réfléchit quelques secondes puis finit par accepter.

Quelques minutes plus tard, avec Marc au volant et un autre agent assis à ses côtés, Patricia, à l'arrière, se sent finalement plus rassurée.

Rapidement, la Subaru.... Habilement conduite par un Marc attentif au moindre signe suspect, gagne le Chemin des Écoles, puis très vite tourne à droite et prend la route de Paris.

Au niveau du Chemin du Port, Marc délaisse la D48 et part à droite sur la D991. Il prend de la vitesse l'œil sans cesse sur son rétroviseur. Sa hantise ! Voir débouler un véhicule dans son dos.

— Cool ! fait son collègue. On y sera dans quelques minutes et tout va bien...

— C'est une fois sur place qu'on devra ouvrir les yeux.

Longeant le lac du Bourget d'un côté et la voie ferrée de l'autre, la Subaru arrive finalement sur le passage à niveau en épingle à cheveux.

Sur le coup, Marc se demande comment sa fille a pu emboutir quelqu'un à ce niveau, étant donné que tout véhicule est obligé de ralentir drôlement pour franchir le passage ferroviaire.

Instinctivement, il sent l'embrouille, d'autant plus qu'il n'y a aucune voiture accidentée sur place.

— On s'est fait voir !

— Mais où est ma fille ?

À peine a-t-elle parlé qu'une longue rafale d'arme automatique venant de la montagne, crible de balles la Subaru.

Un cri ! L'agent au côté de Marc plonge violemment la tête en avant sur le pare-brise, mort.

Par miracle, au moment où le flingueur invisible tirait, Marc a écrasé le frein pour faire demi-tour.

Manœuvrant comme un as du volant, criant à Patricia de se coucher au fond du véhicule, tout en percutant les voitures immobilisées par l'attaque, Marc réussit à repartir dans l'autre sens sous un feu nourri, mais imprécis.

Le tireur invisible, sortant de sa cachette, dégringole la falaise en hurlant, furieux de voir sa cible lui échapper.

— Restez au sol ! On va s'en sortir ! commande Marc en accélérant à fond, faisant bondir sa Subaru en avant.

Un coup d'œil dans le rétroviseur lui apprend que deux grosses cylindrées, sortants du petit parking qui flanque le lac, viennent de le prendre en chasse.

Plus puissante, la première voiture des agresseurs se rapproche dangereusement.

Marc, arcbouté sur son volant, ne voit pas trop comment s'en sortir. À sa droite, le lac du Bourget, à sa gauche, la montagne. Il ne peut qu'accélérer et foncer droit devant lui.

Il jette un œil dans son rétroviseur, constate que les tueurs se rapprochent encore plus quand, soudain, déboulant à une vitesse hallucinante, il voit une moto fondre sur les flingueurs.

En un éclair, le motard tout habillé de noir, remontant la route en pleine gauche, arrive à la hauteur de la seconde voiture.

— Mais qu'est-ce que ? ...

Surpris, le conducteur n'a pas le temps d'en dire plus. Plusieurs balles de 9mm explosent la vitre et sa tête.

Il s'effondre sur le volant qu'il bloque de tout son poids.

Le sang éclabousse le pare-brise et alors que ses complices, en hurlant, tentent de reprendre la maîtrise du véhicule, celui-ci part soudainement à droite, monte sur le bas-côté, heurte violemment le parapet et plonge dans l'eau.

Le motard est déjà tout près de la première voiture.

— Je ne sais pas d'où sort ce type, mais qu'il soit béni !

Surprise, la première voiture des tueurs perd un peu de terrain. Marc en profite pour accélérer et s'engouffre sur les chapeaux de roues, à gauche, sur la D48. Il espère regagner la villa. Les copains qui sont encore de garde pourront les couvrir.

Mais le conducteur de la première voiture n'entend pas se faire surprendre. Ses complices ont abaissé leurs vitres et arrosent copieusement le motard qui ralentit un peu en se lançant dans une série de zigzags impressionnant d'habilité.

Les tueurs s'acharnent sur Marc. À leur tour, ils empruntent la Route de Paris et talonnent à nouveau les fuyards.

Au niveau du clos des Amandiers, Marc manque renverser trois piétons qui, furieux et médusés, lèvent bien haut des poings vengeurs. Ils détalent quand la voiture des tueurs, moteur emballé, leur fonce dessus.

Un véhicule sortant tranquillement du parking, situé avant le Clos des Figuiers, est littéralement catapulté par la Subaru qui perd son aile droite dans un terrifiant fracas de tôles froissées. Mais il perd aussi un précieux temps.

De partout, les badauds hurlants de peur détalent comme des lapins en voyant, sidérés, ces deux bolides traverser le village à une allure effrayante, renversant tout sur leur passage, expédiant au ciel les poubelles et autres objets du paysage urbain.

Courageusement, une voiture de la police municipale tente de s'interposer au niveau du « Café de la Mairie ». Peine perdue ! Si Marc l'évite, au contraire, les flingueurs lui foncent carrément dessus. Le véhicule des policiers est littéralement catapulté sur la file de voitures garées en talon face au café. Le bruit de la voiture de police tombant et rebondissant sur les autres véhicules est assourdissant.

Des clients, attablés à l'extérieur, giclent dans tous les sens pour éviter les chutes de morceaux de carrosserie qui voltigent dangereusement tous azimuts.

— Dis donc, Patrick ! Voilà de quoi alimenter ton prochain bouquin ! ironise un quidam à quatre pattes dans l'herbe.

Les quatre fers en l'air, mais toujours le verre à la main, Patrick Liaudet, éminent écrivain bien connu, regarde son ami avec un drôle d'air en essayant de retrouver son souffle.

Sans pouvoir répondre, les deux hommes voient alors passer une moto à une vitesse hallucinante.

Plus avant, la Subaru de Marc a rendu l'âme. En tressautant, il s'arrête à droite sur le parking jouxtant la salle Despine. Rapidement, Marc et Patricia s'enfuient vers le petit terrain de sport qui longe le Chemin du Lac.

Juste à temps !

La voiture des tueurs ralentit au même moment en découvrant l'énorme fumée blanche qui s'échappe de la Subaru.

— Là ! Ils sont là ! On les tient ! hurle le chauffeur en freinant à mort.

Soudain, arrivant comme un diable surgi de l'enfer, le motard arrive à sa hauteur et fait feu à plusieurs reprises, explosant les vitres. Une des balles touche sa cible ! Le conducteur, mortellement touché, hurle de douleur en braquant machinalement sur sa droite.

Alors que le motard disparaît tout droit dans un vrombissement de moteur, la lourde limousine allemande fonce droit devant elle, franchit le petit talus et dégringole à une vitesse folle les escaliers en demi-cercle avant de s'encastrer dans l'entrée de la salle Despine, pulvérisant totalement les portes, faisant s'écrouler une partie de la façade dans un vacarme de fin du monde.

Péniblement, tandis que des morceaux de briques tombent de partout, que vrombit le moteur fou de la Mercedes, trois types, hagards, chancelants, en sang, sortent des débris, armes à la main, prêts à tout.

Le premier à sortir, en titubant, chasse la poussière devant lui. Il distingue vaguement une silhouette sur sa droite, du côté du parking.

Son cœur se serre en découvrant le motard tout en noir marcher résolument sur lui en armant son Glock 19.

Le tueur lève difficilement son arme mais bien sûr pas assez vite.

Sans cesser de marcher, le motard lui loge une balle dans la poitrine et une dans la tête, puis se dirige vers le second flingueur qu'il abat aussitôt de la même façon.

Il fait encore quelques pas et braque le troisième et dernier tueur.

Les deux hommes se font face. Le tueur, la tête en sang et une épaule démise, le motard, immobile, le visage caché derrière son casque intégral noir à visière fumée.

— *Per la Madonna*, mais t'es qui ? balbutie le flingueur, haletant.

— Je suis le Rectificateur !

— Le quoi ? ... *Ma Dio Mio*, d'où sors-tu ?

— De nulle part ! Je remets seulement un peu d'ordre dans le chaos mondial. Certaines personnes ne doivent pas mourir. Certains évènements ne doivent pas se produire, et je suis chargé d'éviter qu'ils se réalisent... Je suis le destin ! ... Je suis ton destin !

— *Maledetto* ! Mais pour qui tu bosses ?

— Car quand bien même tu le saurais, tu ne le comprendrais pas ! ... Tu ne l'apprendras jamais !

La première balle de 9mm le touche en plein cœur, la seconde fracasse la tête d'Angelo Venturi.

Sans se presser, le motard replace son arme dans son blouson, fait demi-tour et regagne sa moto.

On n'entend que le moteur emballé de la voiture encastrée dans le bâtiment.

Quand les badauds, les pompiers et les premiers policiers arrivent, le Rectificateur est déjà loin.

NOUVELLE DONNE ! ...

Lundi 18 juin,
villa « *At Home* »,
44 minutes plus tard

Rarement la coquette maison de Patricia Mollard a connu une telle effervescence. Elle grouille de policiers, de secouristes et d'enquêteurs divers.

À l'extérieur, un solide cordon de gendarmes empêche les badauds de s'approcher trop près.

Avertis par Marc, Francis et Stan se sont rapidement rendus à Brison-Saint-Innocent. Grâce à Destivelles, venu également en renfort, ils ont pu traverser le village en émoi sans trop de difficultés. Certaines cartes ont un pouvoir vraiment magique.

— Comment va-t-elle ?

— En état de choc. Elle est sous sédatif, réplique Marc, tandis qu'un infirmier lui pose un bandeau autour de la tête.

— Sa fille ?

— Saine et sauve. On a découvert que la maison avait été piégée. Ces salauds pouvaient tout entendre. Du coup, ils ont monté un faux appel téléphonique en bidouillant un enregistrement avec sa voix.

— Tu as été un peu léger sur ce coup-là, Marc...

— C'est que... quand elle a une idée quelque part, la petite dame, elle ne l'a pas ailleurs !

Francis sourit légèrement.

— Bon en reparlera plus tard. Soigne-toi en attendant. Il y a quelqu'un près de Patricia ?

— Oui, Doudou.

— Doudou ?

— C'est son mari. Tout le monde l'appelle comme ça, ici.

Francis hoche la tête puis donne une tape d'encouragement dans le dos de son agent.

Il est inutile de lui crier dessus, il est lui-même assez mortifié comme ça.

Stan, l'air béat et le nez en l'air, examine les lieux.

— T'as vu, la baraque s'appelle « At Home ».

— Et alors ? fait Francis en s'approchant.

— Va falloir qu'ils changent de nom. Va falloir qu'ils mettent : « At Home Isée ».

Francis le regarde, perplexe, mais en le soupçonnant encore de dégainer l'une de ses réparties pour le moins douteuses.

— Ben oui : « At Home Isée », comme atomisée... Décidément, mon humour restera incompris, je...

— Quand apprendras-tu à faire ce qu'il faut quand c'est le bon moment ? Je te signale qu'on a un mort dans nos rangs. Un peu de décence, abruti !

— Le Franck ! Ouais, mais c'était un intérimaire.

Francis est sur le point d'exploser quand Destivelles, entouré de ses gardes du corps, surgit à point nommé.

À la même seconde, le portable de Stan résonne. Jourdan s'éloigne rapidement.

— Monsieur Magenta, venez, je me rends sur les lieux de la fusillade.

6 minutes plus tard

Avec difficultés, la voiture officielle du conseiller spécial se fraye un passage au milieu de la cohue. La course-poursuite a choqué tous les habitants qui se rassemblent petit à petit non loin de la salle Despine.

Ce n'est qu'un va-et-vient ininterrompu de voitures de police, d'ambulances, de secouristes, de pompiers. Des ordres fusent de partout. On s'interpelle, on repousse des badauds trop envahissants. Plusieurs employés municipaux sont en train de consolider la façade chancelante à grand renfort de madriers sous les regards graves du Maire entouré de tout le Conseil Municipal. Ils sont en plein conciliabules avec les entrepreneurs locaux. La discussion est animée. Ils doivent agir dans l'urgence.

D'un geste léger, Destivelles montre les élus en ajoutant.

— Selon une première estimation de mes services, le montant des dégâts correspond plus ou moins à sept mois de budget de fonctionnement de la commune. Du jamais vu ! Sept lampadaires explosés, treize voitures complètement démolies, quatre panneaux publicitaires vitrés en miettes, et je ne parle pas de la salle des fêtes qui menace de s'effondrer. Huit morts côté méchants, un, malheureusement, chez vous, trois crises cardiaques, heureusement sans gravité, parmi les habitants, et je ne compte pas les innombrables évanouissements et bobos ici et là que ces dingues ont causés en traversant Brison à la vitesse de météores en folie.

— Les hostilités sont donc bien ouvertes, fait Francis en examinant la façade d'où se détachent encore quelques petits morceaux.

— Il faut s'attendre à ce que ce genre de « sport » se répète.

— Raison de plus pour le stopper au plus vite. Rien de neuf suite à l'annonce ? Personne ne s'est manifesté ?

— Non, confirme Destivelles, soucieux. D'un autre côté, elle ne passe que depuis vingt-quatre heures. Il faut leur laisser le temps…

— Sauf que certains ont l'air plus pressés que d'autres. Du côté de ce Wazim ?

— Il est sous étroite surveillance. S'il fait un pet de travers, on le saura avant même qu'il ne le fasse.

— Bledsoe ?

— Idem !

— Ouais ! Ce n'est guère rassurant de savoir qu'il y a en ville des types armés comme des porte-avions prêts à en découdre. Inutile de vous rappeler que ce ne sont pas des intérimaires du crime.

Les policiers de la scientifique s'affairent autour de la Mercedes encastrée dans l'entrée.

Quelqu'un arrive enfin à stopper son moteur mais c'est pour laisser la place à l'avertisseur qui se déchaîne avant, heureusement, d'être coupé à son tour.

Destivelles ne cesse de brandir sa carte officielle et arrive enfin près des trois cadavres.

Un légiste est près de l'un d'eux.

— Alors Serge ? questionne le conseiller spécial.

— Je viens juste de commencer, Jean-Philippe, n'attends pas de moi que je fasse des miracles. Je peux cependant te dire que la première balle a été tirée dans le cœur, de face... idem pour la tête. Les deux tirs à bout portant et à une ou deux secondes d'intervalle... l'œuvre d'un perfectionniste particulièrement rapide... et qui ne tremble pas ! Ton flingueur, c'est le genre à dépuceler une mouche, en plein vol, à cinquante mètres, sans lui froisser les ailes. Même chez Medrano on ne voit pas ça. Non, ce n'est pas un amateur du dimanche, ooouh là, là, loin de là !

Le Commandant Lambert arrive en petites foulées.

— Du nouveau ?

— Rien monsieur. Ce motard, c'est le diable. Il a surgi de nulle part pour disparaître dans le néant. Tout ce que j'ai pu glaner comme renseignements, c'est qu'il était grand, vêtu d'une combinaison noire, qu'il portait un casque intégral avec visière fumée, qu'il chevauchait une grosse cylindrée japonaise et qu'il a nettoyé la route en l'espace de quelques minutes.

— Même description de mon côté, ajoute Francis. Marc n'a rien vu venir. Mais ce qui est certain, c'est que sans son intervention, lui et madame Mollard y laissaient leurs peaux.

— Exact, dit Lambert. Il s'en est pris uniquement aux « soldats » de la Cosa Nostra.

— Vous êtes sûr qu'il s'agit bien d'eux, Commandant ?

— Affirmatif, monsieur Magenta. Le macchabée qui est sur votre droite, là-bas, c'est un certain Angelo Venturi. Nos services le connaissent bien. C'était le flingueur attitré du patron de la Cosa Nostra, un avocat romain...

— Noferini !

— Vous le connaissez ?

— On a eu des mots.

— Et vous êtes encore vivant ? Estimez-vous chanceux, monsieur Magenta. Très chanceux.

Lambert consulte son calepin.

— On a retrouvé une bagnole pleine de méchants dans le lac : quatre morts.

— Et quatre ici ! ajoute Destivelles. Ce motard ne peut être que l'exécuteur de cette Troisième Loge.

— Une vraie tornade ! précise Lambert.

— On connaissait la tornade blanche, maintenant on a la tornade noire ! ironise Stan avant de se faire rudement recadrer par Francis.

— À la prochaine, je t'éjecte !

Le regard glacial qu'il pose sur Jourdan est explicite.

— Comment a-t-il fait pour arriver au bon moment ? questionne à voix haute l'enquêteur que tout cela intrigue beaucoup.

— Il devait surveiller les moindres faits et gestes en permanence.

— Cela demande une grosse organisation et de nombreux complices. Donc, il a une planque dans le coin et... cela pourrait...

— Pourrait ? Oui, terminez votre raisonnement.

— C'est peut-être ça l'intérêt d'Aix-les-Bains ! ... Et si j'ai raison, cela implique que celui qui tire les ficelles en coulisse est aussi à l'origine de la fuite des documents.

— Intéressant ! Développez, fait Destivelles, attentif.

— Si cette... Troisième Loge... a bien pour objectif d'éradiquer le « Mal », alors tout s'éclaire. Il lui faut réunir un maximum de « méchants » dans un lieu qu'il connaît et dans lequel il peut évoluer en toute sérénité. Il les attire sur *son* terrain pour mieux les chasser !

— Aix-les-Bains !

— Exact ! Mais pour les faire venir, il ne suffit pas de leur envoyer simplement des Bristols, il faut un puissant motif.

— Les documents impliquant le Kremlin dans l'élection de Trump !

— Toujours exact. Ça veut dire que la Loge a aussi des hommes en Russie qui ont organisé la fuite.

— Et la fusillade ?

— Ça n'a peut-être pas dû se passer comme « ils » l'avaient prévu ? Allez savoir !

— Donc, l'exécuteur viendrait finir le boulot mais de façon... voyante ! Fini les fioritures... Votre théorie est séduisante, Magenta.

— Il y a un élément sur lequel nous n'avons pas vraiment planché.

— Lequel ?

— Sur les trois agresseurs du restaurant « *Lamartine* », un est mort, mais les deux autres ? On sait qu'ils ont pris la fuite. Malgré les importants moyens mis en œuvre, on ne les a jamais retrouvés.

— La police a pensé qu'ils avaient eu le temps de disparaître...

Francis sourit malicieusement.

— Parce qu'elle les a cherchés trop loin. Réflexe logique ! Mais, à la lueur de ce que nous venons de découvrir, je suis certain qu'ils appartiennent à la Loge et que leur repaire est tout proche. Pendant que les forces de l'ordre les cherchaient au diable Vauvert, ils étaient tranquillement planqués dans un coin très discret, non loin... d'Aix-les-Bains !

— C'est machiavélique !

— Non, c'est démoniaque !

— C'est un truc énorme, mais qui se cache derrière ? demande Destivelles, troublé.

Pourtant, il n'est pas né de la dernière pluie. Il lui en faut beaucoup.

— Vous avez raison. Qui peut avoir assez de moyens pour organiser, planifier, et financer une telle opération ?

— Revenons-en aux bonnes vieilles méthodes de flics ! Qui a le meilleur intérêt ? À qui profite le crime ?

— À quelqu'un qui veut faire tomber Trump ?

— C'est ce que j'ai pensé au début, comme vous, monsieur Magenta, mais alors pourquoi organiser toute cette mise en scène ? Elle compte tellement d'inconnues que c'est vraiment prendre beaucoup de risques pour pas grand-chose.

— C'est vrai, « il » n'a qu'à attendre les résultats des enquêtes fédérales en cours ([153]). Une procédure d'*impeachment* n'est pas à exclure.

— Non, alors pourquoi un tel barouf ? C'est inutile.

— Oui, monsieur Destivelles, c'est inutile, sauf... sauf si le but poursuivi est différent.

— La destitution de Trump ne serait pas le mobile ?

— Peut-être n'est-elle que la conséquence ? Un but secondaire ? Le premier étant l'éradication de masse des « méchants ». Cet objectif atteint, tout s'écroule derrière comme un vulgaire château de cartes...

— Dans lequel se trouvent Trump et tous ses petits copains.

— Un journaliste qui est resté plusieurs mois à son contact pour écrire un livre ([154]) sur lui, a dit : « *C'est un idiot entouré de clowns* ». Dans ces conditions, ceux qui agissent en secret n'ont qu'à attendre qu'il tombe de lui-même. Ils ne font finalement qu'accélérer le mouvement en dirigeant cette opération « nettoyage ».

---

[153] Le procureur spécial, Robert Mueller, est en charge de cet épineux dossier depuis mai 2017. « *Il doit être jugé pour ce qu'il fait autant que pour ce qu'il est !* ».

[154] Il s'agit de « *Fire and Fury* ». Le « *Feu et la Fureur* » du journaliste Michael Wolff, chez Robert Laffont.

Destivelles réfléchit puis sourit largement.

— Votre théorie me plaît. En attendant, je vais diligenter de nouvelles recherches concernant ces deux flingueurs et on va également s'intéresser de plus près au cadavre du troisième tueur. Peut-être avons-nous loupé quelque chose d'intéressant ? Il faut faire une nouvelle autopsie.

— L'idéal, ce serait de mettre la main sur l'un des deux flingueurs.

— Les miracles existent, la preuve ce soir même, et...

Des gendarmes surgissent alors pour faire évacuer tout le monde. Une énorme dépanneuse est en train de reculer. On va tenter de sortir la Mercedes des ruines de la salle Despine.

Alors que le conseiller spécial recule avec Francis et Stan, Lambert surgit en courant cette fois-ci.

— Que se passe-t-il ?

— Je viens d'avoir une info de taille.

— Vérifiée et confirmée ?

— Affirmatif !

— On vous écoute.

— Un certain Alex Maitland vient de débarquer en ville... C'est l'âme damnée d'un certain... Walter Straumer.

— L'ancien conseiller privé d'Obama ! s'exclame Stan, stupéfait. Une fois, il est chez les Républicains, une autre il est chez les Démocrates. Ce mec a retourné tellement de fois sa veste qu'il ne sait même plus où se trouve la doublure. On le donne même gagnant aux prochaines élections présidentielles tellement il magouille comme un as. Il a ça dans le sang, le mec.

— Et magouilleur de première avec Noferini, dans le trafic de pierres précieuses en provenance... d'Afrique du Sud, ajoute Lambert.

— Où sévit le clan Palazzolo, l'un des plus grands mafieux, dit Stan.

— Oui, un « pote » de Noferini.

Francis et Destivelles se regardent d'un air entendu.

— Tout se recoupe, laisse tomber, satisfait, le conseiller spécial.

— On sait d'où vient le coup, maintenant, conclut Francis, rassuré.

— C'est comme aux Galeries Lafayette, il se passe toujours quelque chose ! ne peut s'empêcher de dire Stan qui n'en revient pas avant de battre précipitamment en retraite en croisant le regard incendiaire de son patron.

Le sourire de Destivelles s'efface soudain.

— Une petite seconde, il y a un « hic » dans votre raisonnement.

— Lequel ?

— Si ce Straumer est à la manœuvre, quel est son intérêt de s'attaquer aux hommes de son partenaire en affaire ?

Francis frappe lentement dans ses mains, faisant mine d'applaudir.

— Bonne question !

— Auriez-vous une bonne réponse ?

— Très possible !

— Je suis tout ouïe !

— Straumer voudrait s'émanciper d'un partenaire qu'il juge probablement devenu aussi encombrant que trop gourmand, que cela ne m'étonnerait pas. Il veut tout rafler !

— Quand je vais raconter ça à Finette, moi !

Francis foudroie du regard son adjoint, mais celui-ci qui, habituellement, fait le pitre, reste impassible et lui lance même un clin d'œil.

Surpris, l'enquêteur s'approche, hésitant entre colère et résignation.

— Qu'est-ce qui se passe encore ?

— J'ai un truc pour toi.

— À propos de quoi ?

— Lee Chung-Wooh.

Le visage de Francis s'illumine soudain.

— Tu as trouvé quelque chose ?

— Ouais. Un vrai coup de bol. Je viens d'avoir le tuyau et la confirmation, à l'instant, au téléphone. Tu te souviens que tu m'avais demandé de fouiner dans la...

— Oui, oui, oui, et alors ? Tu as trouvé quoi ?

— Eh ben, figure-toi que ce mec possédait une grande baraque à... Aix-les-Bains même.

— Non ! Ça c'est du bon boulot. Où ça ?

— Elle se trouve en pleine forêt Chemin Honoré de Balzac, au-dessus d'Aix-les-Bains, juste après le quartier Saint-Pol. Un coin peinard, tranquille.

— Comment tu l'as dénichée ?

— Coup de pot. En fait, cette baraque appartient à une femme, une certaine Irène de Blankafort Von Weinigen. J'ai trouvé ça curieux. Un Asiatique avec une « De la porte qui coince », c'est comme voir Françoise Hardy épouser Paul Stanley, le chanteur des *Kiss* ([155]). Bref, j'ai fouillé plus loin et, en réalité, cette dame est la présidente d'une obscure fondation de recherche basée à... Genève, qui ne recherche... rien du tout. Y a juste une plaque sur la porte et que dalle derrière. Un énorme paravent pour blanchir le fric. L'un des principaux donateurs de cette fondation se trouve être un consortium de Hong Kong qui est dirigé par... je te le donne en mille comme en cent.

— Lee Chung-Wooh.

— *Yes*, ma poule !

— Va falloir aller faire un tour dans cette bicoque.

— C'est déjà en cours.

— Ah !

— Je te connais comme si je t'avais fait, alors j'ai chargé le Gascon et Stéphanie d'aller y traîner leurs guêtres. Fouille totale !

— Génial !

— C'est qui le plus beau, là ?

— Ça va, commence pas non plus. Tu as fait ton boulot, y a pas de quoi non plus t'ériger une statue.

---

[155] *Kiss* est un groupe de Hard-Rock américain, formé en 1973. Très populaire notamment grâce à ses maquillages, ses costumes extravagants et ses effets spéciaux dont la célèbre très grande langue de Gene Simmons, le bassiste. C'est l'un des groupes les plus vendeurs de toute l'histoire de la musique. 30 disques d'or, 9 de platine et 10 multi-platines uniquement pour les USA. Le groupe aligne plus de 150 millions de disques vendus dans le monde.

— Rabat-joie ! Je resterai un éternel incompris.

Francis en profite et dit avant de partir dans un fou-rire inarrétable.

— N'oublie pas que dans le mot incompris, il y a le mot « pris » !

— Aaaah, c'est malin ! Ah ça, c'est vraiment malin !

MONTALCINO, FIN DE PARCOURS ! ...

Italie,
Toscane,
mercredi 20 juin,
9 h 18

Les paysages de la Val d'Orcia sont magnifiques mais, surtout, ils sont restés intacts depuis des temps infinis. Cette zone essentiellement agricole se glorifie de ses collines sans fin, ondulantes comme des vagues lascives, et verdoyantes comme des marées de verdure où le tournesol s'affiche sans retenue sur des dizaines et des dizaines d'hectares en rivalisant avec les cascades de vignes d'où, depuis des temps immémoriaux, les hommes cultivent et produisent les vins renommés de Brunello.

Par la SP14 en provenance de Paganico après avoir délaissé la SS223 ([156]), le convoi de trois voitures peut accélérer, car la circulation est soudainement devenue plus fluide. Il faut dire que peu de monde emprunte cette SP14 à moins d'avoir une bonne raison de le faire, d'autant plus que le temps est exceptionnel.

Un soleil puissant écrase impitoyablement la région.

---

[156] SS pour *Strada Statale* (route d'État), et SP pour *Strada Provinciale* (route provinciale).

Les quatre occupants de la voiture du milieu ne s'en préoccupent pas, la climatisation leur permettant de jouir d'une température parfaite.

Le *capo dei capi*, l'avocat Paolo Noferini est particulièrement inquiet. Il ne cesse de marteler l'accoudoir central de sa main droite.

— Je n'arrive toujours pas à comprendre comment Angelo a pu se laisser avoir. C'est... c'est totalement incompréhensible.

— Ce qui est incompréhensible, c'est qu'un mystérieux tueur l'a abattu de deux balles, ajoute, l'air grave, « *Il Consigliere* », Renzo Zecchinato qui a sa tête des mauvais jours.

— Espérons que Zanardi sera plus bavard et pourra nous éclairer sur la situation. J'ai la sale impression qu'elle nous échappe de plus en plus à chaque seconde qui passe.

— *Questo figlio di puntana* nous aura fait courir, mais nous avons fini par le coincer. Entre les mains expertes d'Ernesto, il parlera très vite, ce n'est qu'une simple question de temps.

Noferini se rassure ainsi en espérant encore pouvoir redresser la situation, une situation qui lui échappe de plus en plus depuis que son flingueur numéro un a été descendu de deux balles et que son contact en Russie est aux abonnés absents.

— Nous y serons dans combien de temps encore ? demande, légèrement excédé, Zecchinato.

Noferini regarde le paysage pour se situer.

— Nous venons de laisser San'Angelo In Colle, nous entrons dans la petite forêt. D'ici quelques minutes, nous prendrons à droite pour rejoindre l'annexe de l'Abbazia di Sant'Antimo ([157]). Nous pourrons respirer un peu mieux, nous sommes à presque mille neuf cents mètres d'altitude.

---

[157] L'Abbaye de Sant'Antimo est d'architecture romane. Fondée par Charlemagne en 813. Certaines parties ont été construites par un sculpteur français appelé « le Maître de Cabestany » dans la seconde moitié du 12ème siècle.

Quelque part, sur la même route,
pas très loin derrière

— *Veilleur à Rectificateur, écart de mille huit cents mètres entre vous et la dernière voiture des méchants. Je vous envoie les images... vous me recevez clair et net sur votre moto ?*

— Rectificateur à Veilleur. Aucun parasite ! C'est parfait, j'accélère pour me rapprocher à un kilomètre.

Le motard pousse sa manette des gaz. La moto fait un bond en avant.

Quelques secondes plus tard, le mystérieux motard appelle son équipe de soutien.

— Rectificateur à Pisteur 1, il y a une petite départementale parallèle à la SP14. Vous la situez ? ...

— *Localisée !*

— Parfait, prenez-là à la prochaine bifurcation. On va se les faire en tenaille. Le convoi de Noferini roule à quatre-vingt-cinq kilomètres à l'heure, il atteindra le prochain croisement dans moins de huit minutes. Je lui serai alors tombé dessus pour le démembrer. Vous, prenez-le en étau et bloquez la première voiture au bazooka. Je lance le décompte.

— *Pisteur 1 à Rectificateur ! OK ! Lancez !*

— Il ne faudra pas vous rater, n'oubliez pas que je dois encore dégager Zanardi de son inconfortable position. Tout est question de timing.

— *Vous pouvez compter sur nous !*

— Top !

La puissante moto s'arrache du bitume et rattrape presque le convoi des mafieux. Soudain, elle disparaît à droite, en contrebas dans un champ.

Dans la voiture qui ferme la marche,
75 secondes avant l'interception

— Il y a trois secondes, j'avais un motard en visuel derrière nous. Je ne le vois plus.

— Et alors ? Sûrement un gars du coin qui aura pris une route traversière. Regarde plutôt devant, c'est comme ça qu'arrivent les accidents.

À peine le garde du corps a prononcé cette parole qu'une masse sombre surgit soudain sur sa droite en remontant la pente.

— *Porca Miseria, ma...*

La rafale d'arme automatique ne leur laisse aucune chance. Criblée de balles, la voiture part à gauche dans une série de zigzags hésitants avant de partir en tonneau. Un des passagers est expulsé de la cabine.

Dans la limousine de Noferini,
52 secondes avant interception

— *Per Dio ! Cosa diavolo succede ?* s'écrie Zecchinato en se tournant.

— Un motard vient de liquider la voiture suiveuse ! hurle le chauffeur.

— Accélère ! ordonne Noferini. Double Alfredo ! Qu'il s'intercale entre nous et ce... ce diable ! Qu'il nous protège !

30 secondes avant interception

Au même moment, à environ cinq cents mètres, un Van surgit de la droite et s'immobilise presque au milieu de la route dans un formidable crissement de freins. Un homme surgit aussitôt du toit ouvrant.

Dans la voiture de tête,
16 secondes avant interception

— *Ma cosa fa, questo cretino ?* hurle Alfredo, le chauffeur qui, instinctivement, freine à mort.

Erreur fatale !

À la même seconde, le tireur actionne son RPG-7. La roquette fend l'air pour toucher de plein fouet la première voiture qui explose littéralement, propulsant des myriades de débris métalliques, s'éparpillant dans tous les sens dans un bruit effroyable de tôles déchiquetées.

Derrière, c'est la panique totale. Le chauffeur de la limousine freine à mort, part en travers.

4 secondes avant la fin

— Non !!!!! Accélère ! Pars à gauche ! Entre dans la forêt ! hurle Noferini, tétanisé de peur, qui entend déjà le vrombissement de la moto se rapprocher inexorablement.

Le chauffeur obéit mais trop tard. La moto est déjà sur lui. La rafale est courte mais mortelle. Le conducteur hurle de douleur et s'effondre sur son volant, entraînant la limousine entre quelques petits arbres avant de s'encastrer violemment dans un énorme pin.

Le moteur s'emballe. Noferini tente de sortir. Il met un pied par terre.

Soudain, un homme en noir s'immobilise devant lui.

— Tu as le bonjour de Lombardi !

Noferini titube en s'épongeant le front. Il ouvre grands les yeux, semblant réaliser quelque chose.

— Tu ne comptes plus dans ce monde ! Tu as perdu !

La première balle le touche en plein cœur, la seconde lui explose la tête.

Le Rectificateur se penche alors et abat de la même manière Zecchinato, encore sonné par le choc

— Interception terminée ! Pisteur 1, nettoyez le terrain, je file à l'annexe.

— OK ! On se retrouve au point de recueil.

— Rectificateur à Veilleur, comment est la situation sur zone ?

— Comme prévu, Rectificateur. La reconnaissance thermique note uniquement trois présences. Deux bougent. Probablement les gardiens, mais une à l'étage et

l'autre dans les sous-sols, non loin de la troisième qui est totalement immobile.

— C'est Zanardi. Parfait ! Merci, je fonce !

Annexe de l'abbaye de Sant'Antimo

D'un œil morne et sans vie, Ernesto, le bourreau de la Cosa Nostra, observe attentivement sa proie qui souffre le martyre.

Ayant pratiquement toujours vécu dans l'ombre de son maître, tout comme Venturi, ce molosse colosse est complètement analphabète et à la limite de la débilité mentale. Au contact de son maître, il a pris goût à tuer et s'est rendu compte qu'il était très doué pour ce genre d'activité.

Son passe-temps favori est de torturer les pensionnaires du sous-sol de cette vieille annexe de l'Abbaye de Sant'Antimo. Éloignée de tout, ils peuvent toujours gueuler, personne ne les entendra et puis, jusqu'à présent, aucun « client » n'est venu se plaindre du service, alors ?

Sa meilleure trouvaille est très simple et garantie sur facture : il accroche un hameçon de pêche au gros, style bonite, requin ou espadon, à la langue du « client » puis, en faisant passer le solide fil de nylon par-dessus une poutre, il tire doucement jusqu'à ce que l'infortuné soit sur l'extrême pointe de ses pieds.

Après, s'il ne parle toujours pas, c'est l'extase, la jouissance complète et absolue.

Le pied d'acier bleu, quoi !

Pour l'heure, Zanardi sue sang et eau et voit le moment où il ne pourra pas rester encore longtemps dressé sur la pointe de ses orteils qui deviennent de plus en plus douloureux. Mais en imaginant qu'à cet instant sa langue serait arrachée purement et simplement, il trouve encore les ressources nécessaires pour tenir en espérant... en espérant quoi ?

— Tu sais que tu es plus résistant que beaucoup ! Si, si, si ! Et ça me fait plaisir.

Un bruit sourd le fait soudainement lever la tête.

Inquiet, se hâtant lentement, le bibendum monte les escaliers qui relient les sous-sols à la réserve. Il ouvre violemment la porte et voit son collègue, gorge tranchée, se vider de son sang.

— Coucou !

Surpris, Ernesto regarde qui lui parle et trouve devant lui un type en combinaison de moto, casque intégral visé sur la tête.

— Mais que...

La première balle le touche au thorax, la seconde lui vide le peu de cervelle qu'il possède.

Le bruit du corps d'Ernesto qui débaroule les escaliers résonne sous les grandes voûtes.

Immédiatement derrière, le Rectificateur descend à son tour, tous les sens aux aguets.

Il vérifie rapidement les lieux puis s'approche de Zanardi.

— Vous étiez mal barré, Zanardi.

Vivement, le Rectificateur lui retire délicatement l'hameçon qui meurtrit douloureusement sa langue et aide le mafioso à s'assoir.

— Tenez ! dit-il en lui tendant une boîte de Kleenex.

Zanardi le remercie d'un long hochement de la tête.

— Je savais qu'il ne m'aurait pas laissé tomber, bredouille-t-il en se taponnant la bouche. Vous êtes arrivé juste à temps.

Soudain, le Rectificateur contourne l'homme et lui attache les mains derrière le dossier de la chaise.

— Mais que... balbutie difficilement Zanardi.

— Rectification ! Vous êtes toujours mal barré ! Question : pourquoi jouez-vous en solo ?

— Je ne comprends pas, je...

— Mauvaise réponse.

— C'est... c'est... D'Acunto qui...

— Encore une mauvaise réponse, et laissez les morts en paix. Vous défausser sur un mort, seriez-vous réellement un lâche ? Vous devriez avoir honte.

Tout en pissant le sang par la bouche, le mafioso observe l'homme qui lui fait face. La visière fumée de son casque l'empêche de voir son visage mais, petit à petit, il commence à avoir peur.

— Mais qui êtes-vous ? Ce n'est pas... ce n'est pas « lui » qui vous envoie ?

— Vous deviez seulement organiser une grande loterie avec comme appât les documents que notre agent au Kremlin a eu toutes les peines du monde à se procurer. Qu'est-ce qui vous a pris de vouloir les négocier à votre compte ? Vous vouliez les racheter pour mieux les revendre, n'est-ce pas ? Vous ignorez totalement la destination finale de ces papiers. Vous n'êtes qu'un minable ! On a été obligé de réagir en catastrophe, hélas les agents de notre antenne d'Aix-les-Bains ne sont pas rôdés à ce type d'exercice. Résultat : un lamentable gâchis ! Sans compter que tous les autres, Russes, Américains, mafieux divers et autres connards du même genre rappliquent maintenant pour s'emparer de ces papiers. Comble d'ironie, ils ont disparu, et vous mettez la vie de gens innocents en péril.

— Il y a une montagne d'argent à se faire. Je vous en offre la moitié. Et un tiers de plus pour me débarrasser de Noferini. Il veut ma mort.

— Je sais. J'entends tout ce qui se passe chez lui.

— Libérez-moi ! Vite, le temps presse. Il ne va pas tarder à venir voir le résultat de mon... interrogatoire.

— Il ne viendra plus !

— Vous... vous l'avez descendu ?

— Je l'ai rectifié, oui... Tout comme je vais le faire avec vous, maintenant.

— Noooooooooon ! ...

La première balle l'atteint en plein cœur, la seconde lui éclate la tête qui se répand derrière en une longue traînée de couleur bizarre pendant que son corps sans vie s'effondre au sol à la renverse.

ANALYSES CROISÉES ! ...

Suisse, Genève,
siège de « *Mondial Protection* »,
mardi 26 juin,
17 h 37

Depuis des heures, il règne une activité fiévreuse dans le bureau de Francis Magenta, mais l'atmosphère reste lourde.

Jean-Philippe Destivelles est rentré à Paris en laissant aux autorités locales des consignes très strictes, notamment de fermer les yeux sur certains évènements qui risquent très prochainement de rompre la tranquille quiétude des habitants.

Francis examine les rapports à la loupe, les uns après les autres, depuis l'aube, tout comme le Commandant Lambert, resté tout exprès pour l'épauler dans cette périlleuse mission.

Il n'est jamais agréable de présenter en permanence son flanc afin de pouvoir riposter efficacement. Ce genre de situation est la pire que Magenta connaisse et il l'exècre par-dessus tout. Il préfère, et de loin, l'offensive.

Être contraint à attendre sans pouvoir rien faire le rend agressif et impossible à vivre. Stan en a fait les frais en poussant un peu trop loin le bouchon de la mauvaise foi.

Mais à force de jouer aux cons, ne dit-on pas que l'on finit toujours par gagner ?

— À l'avenir, si tu m'adresses la parole pour autre chose que la météo, je te brise ! Dehors !

Pour l'heure, Francis est concentré sur le dossier « Lee Chung-Wooh » et se demande ce que le Gascon et Stéphanie vont bien pouvoir trouver comme infos intéressantes.

Quand on parle du loup, Jean-Georges appelle au même moment.

Francis décroche vivement.

— Du nouveau ? demande-t-il d'emblée.

— *On sort de la baraque de l'Asiatique. On y est depuis hier soir. Cette foutue maison est un véritable labyrinthe sans te parler du système de sécurité particulièrement sophistiqué avec capteurs thermiques et tout le toutim qu'on a fini par dénicher au sous-sol derrière une porte blindée. Trois plombes pour l'ouvrir et…*

— Alors, vous avez quelque chose ?

— *Chou blanc. On a tout retourné, de fond en comble, on n'a rien trouvé d'intéressant. Il est manifestement évident que la bicoque a servi d'entrepôt pour de louches trafics, mais à part ça, que dalle.*

— Ce n'est pas possible ! Un type qui fait installer un tel attirail de protection ne le fait pas pour éloigner simplement les zonards du dimanche. Il doit y avoir quelque chose.

— *Et moi je te confirme qu'il y a que dalle. On a même ouvert le coffre : il est aussi vide que le crâne d'un fonctionnaire des impôts.*

— Merde ! Vous avez vraiment tout retourné ?

— *Affirmatif ! Si jamais tu as le temps d'y aller, tu découvriras une grande bâtisse abandonnée. Tout est fermé. Il y a un paquet de chambres et de salles de bains. Un immense couloir aussi long qu'un quai de métro. Jamais vu un truc pareil et…*

— Abrège ! Vraiment rien d'anormal ? Pas de second coffre ? Pas de pièce cachée ? Pas de double fond ?

— Désolé de te décevoir. Si jamais le bridé cachait quelque chose, ce n'est sûrement pas dans cette maison. Nous rentrons.

— OK ! laisse tomber Francis, dépité.

Il attendait tellement de cette fouille.

— Mauvaise nouvelle ? demande Lambert.

— Hein ? Euh, non, non !

Vexé, Francis attrape le dossier « Russie » et se concentre dessus, cherchant à voir un peu plus clair dans le jeu trouble de Poutine quant à son implication dans les élections présidentielles américaines. Il espère déceler un ou deux indices propices à l'aider à démasquer celui qui semble tirer les ficelles depuis le début de toute cette affaire avec une redoutable efficacité doublée, il le sent, d'une jubilation extrême.

En face de lui, Lambert est plongé dans l'étude des derniers rapports des patrouilles très discrètes, qui quadrillent Aix-les-Bains.

Francis lève la tête et le regarde quelques secondes, hésitant à le déranger.

— Je peux vous poser une question ?

— Je vous en prie, faites. Si je peux vous répondre...

— Vous êtes un expert sur tout ce qui touche la Russie. J'ai beau tourner et retourner le problème dans tous les sens, je n'arrive pas à trouver la moindre accroche qui me permettrait d'avancer. À chaque fois, je retombe sur de nouvelles pistes, de nouvelles questions, de nouvelles interrogations et...

Lambert se redresse et ricane longuement, semblant même heureux de faire un « *break* ».

— C'est ça la Russie ! Vous êtes dans le pays de l'opacité la plus totale mais, surtout, la plus maîtrisée. La réalité politique dans cet immense pays est bien différente des clichés habituels. Si le pouvoir de Poutine est absolument indéniable, il est très largement assujetti à quelques grandes figures du pays...

— Comme ce Tchernienkov, j'imagine.

— Comme lui, oui. Ces figures, ces clans, se livrent un combat sans pitié où les intrigues sont dignes de celles de la cour des Médicis. Entre les conseillers dans l'ombre, les *siloviki* ([158]), qui passent leur temps à se déchirer dans des luttes d'influence sans fin, les fidèles serviteurs ([159]) seigneurs inamovibles et homme d'affaires ([160]) qui, en région, tiennent leurs fiefs d'une main de fer, et les hommes nouveaux ([161]) qui se pressent aux marches du pouvoir, Poutine est restreint à un véritable jeu d'échecs. Un jeu de massacre ([162]). Les rivalités personnelles y sont nombreuses, les alliances, souvent surprenantes, les conspirations, multiples, et tout ça se joue au quotidien et à guichet fermé. Poutine est, par bien des aspects, une vue de l'esprit, mais celui qui, actuellement, apparaît vraiment et est en train d'essayer de faire renaître l'Empire Soviétique, est certainement plus fascinant et peut-être plus terrifiant encore.

— Ce n'est guère encourageant ce que vous dites.

---

[158] Siloviki pour « les Faucons ». Ils sont 4. Sergueï Choïgou, ministre de la défense. Un pur et dur. Alexandre Bortnikov, directeur du FSB (services de sécurité). Sergueï Narychkine, directeur du SVR (renseignement extérieur). Nikolaï Patrouchev (secrétaire du conseil de sécurité). À part Choïgou, tous les autres sont d'anciens du KGB.

[159] Ils sont aussi 4 : Sergueï Ivanov (représentant spécial du Président). Sergueï Lavrov (ministre des affaires étrangères). Alexeï Koudrine (conseiller économique). Dmitri Medvedev (premier ministre et ancien président). C'est la marionnette de Poutine. Il est accusé d'enrichissement illicite.

[160] Ils sont 5. Igor Setchine (Rosneft. Il est très craint. C'est l'éminence grise de Poutine). Iouri Kovaltchouk (Rossiya Bank, surnommé « le banquier de Poutine »). Arkadi Rotenberg (SGM Pipelines et travaux publics). C'est le prof de judo de Poutine. Guennadi Timchenko (Volga group). Citoyen russo-finlandais, Chevalier de la Légion d'Honneur. Et Vassili Tchernienkov, patron de l'agroalimentaire et très proche de Poutine.

[161] Ils sont également 4. Anton Vaïno (chef de l'administration présidentielle). Alexeï Dioumine (Gouverneur de la région de Toula. Ex garde du corps de Poutine). Anton Alikhanov (Gouverneur de la région de Kaliningrad). Maxim Orechkine (ministre du développement économique).

[162] Authentique.

— C'est pourtant l'exacte réalité. Poutine est un guerrier, un chef... un Tsar ! N'oubliez jamais que c'est un ancien officier supérieur du KGB qui n'a qu'un but, un seul et unique objectif : rétablir la grandeur de l'Empire Soviétique. Que croyez-vous qu'il essaie de faire avec l'Ukraine ? Il a déjà baisé la communauté internationale en annexant purement et simplement la Crimée, vous pensez qu'il va s'arrêter là ? C'est pire qu'un objectif, c'est une véritable obsession. Et il ne reculera devant rien pour y arriver. En Russie, les élections présidentielles peuvent s'appeler plébiscite, acclamation, cérémonial, tout ce que vous voulez, mais en aucun cas « élection présidentielle ». Cela fait dix-huit ans qu'il se maintient au pouvoir par la ruse, la force, la violence, la tricherie et la magouille. Il détient le record de longévité après Brejnev ([163]). Les prochaines élections qui se profilent à l'horizon ne sont qu'une mascarade. Le résultat est déjà connu d'avance.

— Vous allez dire que je pose une question idiote...

— Il n'y a pas de questions stupides, il n'y a que de sottes gens.

— Pourquoi un tel acharnement ?

— Pour pouvoir rétablir l'Empire Soviétique. Le KGB, ça laisse toujours des traces... et des mauvaises. Mais pour ça, il a absolument besoin de s'affranchir de cette épée de Damoclès que les États-Unis représentent à ses yeux.

— Donc, pour vous, il est bien à l'origine des magouilles qui ont influencé le cours des élections américaines ([164]). Le procureur spécial enquête

---

[163] Léonid Brejnev est resté au pouvoir de 1964 à 1982.

[164] Le fils de D. Trump, ainsi que Jared Kushner et Paul Manafort (ancien chef de campagne de Trump), aujourd'hui inculpé, ont eu un rendez-vous à la Trump Tower avec 3 russes, dont l'avocate proche du Kremlin, Natalia Veselnitskaya, qui avait des informations compromettantes sur Hillary Clinton. L'ancien stratège de la Maison-Blanche, Steve Banon, aujourd'hui remercié par Trump, a affirmé qu'une telle rencontre était assimilable à une trahison.

notamment sur des prêts sollicités par Kushner auprès des Russes.

— Je suis au courant. L'enquête tourne sur une affaire de blanchiment d'argent. La Deutsche Bank a été sommée de fournir les documents concernant les « curieuses » opérations immobilières du gendre. Ça porte sur des centaines de milliers de dollars ([165]). Ce qui est surprenant, mais qui démontre une fois encore, malheureusement, l'amateurisme de Trump, c'est que la Maison-Blanche reste sur un attentisme étrange alors que le tsunami se consolide jour après jour avant de s'abattre sur lui.

— Cela peut s'expliquer, Commandant. Trump et toute son équipe ne s'attendaient pas à gagner les élections ([166]), c'est pourquoi faire des affaires avec les Russes ne lui apparaissait pas idiot. Au contraire, comme il était certain de se faire battre par la Clinton, il pensait que cela l'érigerait au rang de « martyr » comme il disait : « Crooked Hillary », et que cela serait bénéfique pour son *business*. Une sorte de tremplin. Michaël Flynn, conseiller à la sécurité nationale, a omis de dire qu'il avait touché quarante-cinq mille dollars de la part des Russes pour un discours qu'a tenu Trump ([167]).

— Cela fait beaucoup de « rapprochements » financiers entre Trump et les Russes. Or, quel est le meilleur moyen pour tenir quelqu'un par les... roubignolles, si ce n'est le fric ? Les Russes ont berné tout le monde et tiennent Trump comme un chien en laisse. Ils n'ont qu'à tirer dessus pour qu'il aboie ou la ferme. Il leur est redevable.

— Vous êtes vraiment persuadé que Poutine manœuvre en coulisse ?

— J'en suis certain. En favorisant l'élection de l'autre guignol ([168]), cet irresponsable qui crie sur tous

---

[165] Authentique.

[166] Authentique.

[167] Authentique.

[168] De notoriété publique grâce au témoignage d'un employé de la Maison-Blanche atterré : « *Donald Trump ne lit rien, même pas une page de mémo, ni des argumentaires politiques. Il se lève au milieu*

les toits qu'il n'en a rien à faire de l'Europe, qui veut même sortir de l'OTAN, Poutine pense pouvoir avoir les mains libres avec l'Europe. Tant que les Américains risquent de se mêler des affaires européennes, Poutine ne bougera pas un poil, mais dès qu'il aura écarté ce danger en s'appuyant sur Trump, je ne donne pas cher de la communauté européenne qui est, dans tous les domaines, totalement incapable de parler de la même voix. Je suis sidéré que tous ces gouvernants soient à ce point autistes et n'aient pas encore compris que la seule chose que respecte Poutine, c'est le rapport de force. Équation simpliste s'il en est, mais parfaitement réaliste, alors les beaux discours des sauveurs de l'humanité, hein, merci, bien ! ... On se croirait revenu en 1938, ou Chamberlain disait qu'Hitler était un *gentleman* en brandissant bien haut l'accord obtenu à Munich. On connaît la suite.

— Vous parlez d'écarter le danger. Pensez-vous possible que la dernière stupidité économique en date décidée par Trump lui ait été dictée par ses... « employeurs » ?

— Vous faites allusion à sa volonté de lever des barrières douanières sur l'acier et l'aluminium ?

— En effet. Plusieurs points me choquent... Ils me choquent tellement que, même si Trump est un abruti, il n'est quand même pas totalement dénué de tout bon sens pour ne pas se rendre compte qu'il travaille contre son propre pays. Ça m'hallucine.

— Je me suis posé la même question. D'un point de vue strictement économique, cette décision est une absurdité totale, car les premiers impactés par cette

---

d'une réunion avec des leaders mondiaux parce qu'il s'ennuie. Son premier cercle est identique, notamment Jared Kushner, son gendre, un enfant gâté qui ne connaît rien ». Il y a pire : Trump critiquait ouvertement Obama de prendre trop de vacances. Début août 2017, Trump avait déjà pris 53 jours de congés depuis son investiture en janvier 2017, alors que sur la même période, Obama n'en avait pris que 15. Les frais de loisirs de Trump à la Maison-Blanche approchent, pour sa 1ère année, ceux de Barack Obama pour la totalité de ses 2 mandats.

idée saugrenue, ce sont les entreprises américaines et, plus largement, tous les travailleurs américains ([169]). D'ailleurs, tous les dirigeants du monde sont montés au créneau en parlant, tous, pour une fois, d'une même voix ([170]). Déclencher une guerre économique maintenant, est suicidaire. C'est du perdant, perdant.

— Qu'en penses Destivelles ?

— La même chose. Il est très inquiet. Il s'est entretenu longuement avec Junker ([171]) au téléphone pour étudier les possibilités de riposte, et on en est là pour le moment. Ce qui est grave, c'est que cela peut entraîner une surenchère. « Tu mets des barrières, alors moi aussi », et ainsi de suite. Un jeu terriblement dangereux, pour tout le monde. En revanche, d'un point de vue politique, cela a plus de sens.

— Je vois où vous voulez en venir, Commandant. Trump, comme à son habitude, gueule plus fort que tout le monde, fait monter la pression exprès pour ensuite, en coulisse, demander une négociation sur « autre chose ».

— Exactement. D'ailleurs, il est symptomatique de constater que le seul leader mondial à ne pas s'être joint à la levée de boucliers, c'est... Poutine ! ... Vous imaginez la suite ?

---

[169] Authentique. C'est mathématiquement incontournable comme 2 et 2 font 4. Le départ de Gary Cohn, le conseiller économique de Trump à la Maison-Blanche, en est le signe évident. Cohn était la caution libérale et modératrice du Président et avait l'écoute attentive de Wall Street. Son départ est symptomatique d'une dérive dangereuse.

[170] Authentique. Canada, France, Allemagne, Chine, Union Européenne, Australie, Japon… et même le FMI. Tous ont condamné cette décision irresponsable.

[171] Jean-Claude Junker est né le 9 décembre 1954 à Redange-sur-Attert (Luxembourg). Il est président de la Commission Européenne depuis le 1er novembre 2014. Il est impliqué dans le scandale financier des Luxembourg *Leaks*, concernant des centaines de montages et d'avantages fiscaux favorisant des multinationales afin qu'elles échappent au fisc des pays européens.

— Tout à fait. Le but du Tsar étant la reconquête de l'ex-Empire Soviétique, créer la zizanie entre les partenaires européens et les États-Unis est tout bénéfice pour lui.

— Exactement, vous avez tout compris.

Lambert se ferme soudain comme une huître en regardant le néant.

— Dites donc, vous en avez gros sur la patate.

— Non, je suis simplement réaliste, tout comme je suis certain que l'implication du nouveau Tsar ne pourra jamais être prouvée. C'est ça la Russie ! Poutine a la vérité élastique comme la morale.

— C'est joliment dit...

— Mais il oublie qu'un homme seul est toujours en mauvaise compagnie.

— Oh, oh, oh, Serions-nous d'humeur philosophe aujourd'hui ?

— Non, je suis un poil triste devant cet énorme gâchis. J'en ai assez de devoir toujours couvrir les arrières de dirigeants aussi volontairement aveugles que parfaitement lâches.

PARLER FAIT DU BIEN ! ...

— Je vous croyais tout dévoué à monsieur Destivelles ?

— Je le suis, soyez-en certain. Lui, au moins, est un homme d'État, un vrai. Ce n'est pas un homme politique, si vous saisissez la nuance. Lui pense toujours en termes de « pays », de ce qui est bon pour les Français. Alors, oui, je le suis comme d'autres autour de lui, hélas trop peu, malheureusement.

— C'est ce qu'il m'a semblé découvrir en lui. Il est intègre et c'est tellement rare de nos jours.

— Oooooh oui, je sais, faire des réformes, agir concrètement, faire avancer « la machine », ça demande des efforts, ça coûte, mais c'est ce que tout le monde désire ! Vivre en paix mais en faisant bien comprendre à qui que ce soit que l'on n'est pas prêt à se laisser marcher sur les pieds... comme maintenant. L'Europe est devenue une carpette sur laquelle tous les traîne-savates du monde viennent essuyer leurs godasses. Tous ces « sans papiers » viennent chez nous en toute connaissance de cause, en sachant pertinemment qu'ils violent les lois françaises tout en se servant, ensuite, de cet alibi pour réclamer la régularisation de leur situation. Ils étalent la violation de nos lois pour revendiquer leurs régularisations. C'est un comble ! Et nous que faisons-nous ? Nous sourions et trouvons encore le moyen de chercher une explication alors que la très grande majorité de ces personne ne font rien d'autre que l'apologie de la violation de nos propres lois ([172]).

— Vous ne poussez pas un peu loin le raisonnement ? On ne va quand même pas laisser ces gens crever dans les rues ?

— Non, mais quand vous savez que certains retraités Français vivent dans la pauvreté et n'arrivent pas à s'en sortir, alors qu'ils ont cotisé toute leur vie, il y a de quoi se poser de très sérieuses questions ([173]). Il est plus que temps de prendre des mesures, certes humanitaires, mais tout en nous protégeant. Pourquoi croyez-vous qu'ils viennent plus facilement chez nous qu'en Corée du Nord ? Il en va, maintenant, de la survie même de notre système social car on assiste totalement les gens en se substituant à eux. Ces organismes

---

[172] Authentique. Ils ont accès aux soins gratuits grâce à l'AME (Aide Médicalisé d'État), ils ont droit à la CMU (Couverture Maladie Universelle) et obtiennent ainsi la carte vitale. Leurs enfants sont accueillis gratuitement dans nos écoles. Certains réussissent à obtenir pour eux ou pour leur femme l'AAH (Allocation Adulte Handicapé)… sans jamais avoir travaillé, et demandent la nationalité française pour circuler plus facilement et faire venir des membres de leur famille qui ont besoin de se faire opérer sans jamais avoir cotisé.

[173] Au niveau des retraites, Bercy est en train de concocter de nouvelles ponctions et prépare le « billet de sauvegarde » à hauteur de 1 157 € que pourra toucher toute personne débarquant en France sans avoir cotisé ni même travaillé. Si elle a 65 ans elle touchera 709 € de retraite et 1 157 € si elle est en couple. C'est plus que la pension moyenne de nos agriculteurs ou d'une majorité de nos commerçants et artisans. Ce dispositif stupéfiant est décrit noir sur blanc dans le livre d'accueil « Vivre en France » diffusé par le ministère de l'immigration et donné aux nouveaux arrivants. Ajouté à cela que la CNAV verse des pensions à l'étranger sans aucun contrôle réel, notamment à des morts en Algérie, ce qui a été dénoncé par la Cour des Comptes, on constate que le système français de retraite est une cible de choix pour tous les arnaqueurs de tous bords. Sources : AGIRC – ARRCO.

« d'aides » font tout à la place des gens alors qu'ils devraient plutôt aider ces mêmes gens pour qu'ils le fassent d'eux-mêmes. L'assistanat mène à l'irresponsabilité et à l'esclavage. Nous ne nous en rendons pas compte, mais nous en sommes là. Une fois que les peuples auront été mis à genoux, doucement endormis dans une illusoire impression de bien-être béat, rien n'empêchera un dictateur en puissance de nous museler comme jamais les hommes ne l'auront été. Regardez ce qui se passe en Chine : Xi Jinping vient d'être élu Président à vie en modifiant la Constitution ([174]). Même Mao n'y était pas arrivé. Ça commence !

— Il y a quand même encore des contrepouvoirs !

— Des vues de l'esprit, monsieur Magenta. Des pures vues de l'esprit. Jusqu'en octobre dernier, certains membres étaient des proches de l'ancien chef du parti, Jiang Zemin. Plusieurs factions communistes y étaient donc représentées, ce qui maintenait un semblant de débat au sein du parti unique. Mais le bureau a été renouvelé à l'automne, notamment en raison d'un âge limite de soixante-huit ans pour y siéger. La majorité des membres est désormais acquise à Xi Jinping. Vous voyez le tableau ? ... Vive la dictature !

— Je sens une vive colère rentrée.

— Pas vous ? Vous ne voyez pas cela tous les jours ? Moi si ! ... Pour en revenir à nos traîne-savates en France, à qui croyez-vous que profite cette arrivée

---

[174] Authentique. Xi Jinping, est né le 15 juin 1953 à Pékin. Il est le fils de XI Zhongxun, l'un des « 8 immortels » du parti communiste chinois. Ancien vice-président de l'Assemblée Populaire et ancien vice-Premier ministre, écarté du pouvoir par Mao lors d'une purge en 1962 avant d'être réhabilité. Son fils Xi est surnommé « Dada XI » (Tonton Xi) ou « le Prince Rouge ». Depuis le 14 mars 2013, il est le président de la République Populaire de Chine. Depuis peu, faisant sauter tous les verrous qui l'empêcheraient de devenir Président à vie, il a écarté tous ceux qui pourraient le gêner et a réussi à modifier la Constitution en ce sens. Son seul opposant dangereux, Sun Zhengcai, 54 ans, a été mis en examen en février dernier pour corruption. Depuis, répression et censure augmentent dangereusement. La Chine est devenue une dictature.

massive de pseudo réfugiés pour une grande majorité ? À qui profite de cette manne humaine ? Le crime organisé ! Pour lui, c'est une aubaine exceptionnelle qui se traduit par la prostitution, la mendicité, le trafic d'êtres humains et d'organes. Alors, en extrapolant, vous réalisez l'immense intérêt que Poutine peut avoir en faisant de Trump sa marionnette ? Ces trafics pourraient être multipliés par dix, vingt, voire cent, si une « alliance » mafieuse entre les deux pays voyait le jour. Une manne qui se chiffre par milliards de dollars chaque année ([175]), et que faisons-nous ? Rien, comme d'habitude. Les campagnes présidentielles sont toutes les mêmes : belles promesses ! On va tout casser ! On va renverser la table ! Et au final ? ... Rien, il ne se passe jamais rien et les mêmes continuent à se gaver sur le dos du pays. Alors, voyez-vous monsieur Magenta, je ne suis pas loin d'apprécier ce mystérieux exécuteur.

— C'est curieux, j'ai presque la même impression. D'après vous, à quoi la devons-nous ?

— Avant tout à notre lassitude. J'ai lu il y a quelque temps sur Facebook une petite blague bien sympathique. Elle disait : « *Il fait tellement froid que j'ai vu un socialiste avec les mains dans ses propres poches !* ».

Francis sourit en ricanant.

— En effet, c'est plutôt rigolo.

— Cela prête à rire au premier degré, mais en y repensant, on peut dire cela de n'importe quel homme politique, de droite ou de gauche. Alors à ce moment, on ne rit plus, on en pleure, car cette plaisanterie est symptomatique d'un mal, d'un cancer, d'une lèpre qui nous gangrène, qui est en train de détruire totalement des pans entiers de nos civilisations jour après jour : la corruption généralisée !

— Ce n'est pas totalement faux.

— C'est entièrement vrai. Le crime organisé est à deux doigts de dicter sa loi à tous les acteurs économiques de l'Europe et du reste du monde. Ne parlons pas des politiques, eux, il y a bien longtemps

---

[175] Authentique. Voir « *La voix de l'assassin* ».

qu'ils ont changé de camp et qu'ils sont devenus leurs dévoués vassaux aux ordres.

— Vous êtes dur.

— Mais réaliste. Et croyez-moi, j'en ai tellement vu que vous seriez surpris.

— J'ai, moi aussi, été confronté à ce monde pourri.

— Je sais, Sir Philipps, au sujet de l'or perdu de Tcherkassy ([176]).

— Vous êtes bien renseigné.

— C'est un peu mon métier.

— À réflexion idiote ! ...

— Je suis comme vous, monsieur Magenta. J'en ai assez de devoir avaler des couleuvres à longueur de journée, alors quand j'entends ce que certains policiers disent lors de congrès, notamment Willy Bruggeman ([177]), je cite : « *L'Europe combat une criminalité organisée unifiée dans ses objectifs et ses méthodes avec quarante codes pénaux différents et autant de forces de police et d'appareils judicaires qu'il y a de pays en cause. Là réside le secret de la progression et de la réussite du crime organisé* », je ne peux que comprendre cet exécuteur, sans pour autant accepter ses méthodes qui, si elles perdurent, ne peuvent que nous ramener aux temps des barbares. Se subsister à la loi est toujours tentant, mais ce n'est jamais une solution pérenne.

— Je partage votre opinion, Commandant. Quelques réajustements me semblent cependant nécessaires. Dans un monde où corruption, favoritisme, copinage, magouilles et passe-droits sont devenus un principe de vie et de travail pour beaucoup, où malheureusement, nous avons baissé les bras et admettons, comme si de rien n'était, ces pratiques suicidaires comme allant de soi, il fallait s'attendre à ce qu'un exécuteur se dresse pour faire le travail que le politique a depuis longtemps renoncé à faire.

---

[176] Voir « *La route de Tcherkassy* » et « *Le mort de la Semine* ».

[177] Au congrès d'Europol le 21 novembre 2001.

Lambert se tait, se sentant soudain mieux, comme libéré d'un fardeau que sa position l'empêchait de prendre.

— Nous nous éloignons de notre sujet.

— Nous sommes en plein dedans, monsieur Magenta, au contraire. Je suis comme vous, cet exécuteur m'intrigue, tout comme j'éprouve une certaine sympathie à son encontre. On peut au moins lui rendre cette justice : il a des couilles au cul et est déterminé à éradiquer le mal.

— J'avoue volontiers qu'il ne manque pas d'un certain savoir-faire, seulement...

— Seulement, nous différons sur la méthode utilisée.

Francis sourit en coin, un petit rictus qui en dit long. C'est l'hôpital qui se fout de la charité, pense-t-il.

Il le pense si fort que Lambert s'en aperçoit.

— Oui, je sais à quoi vous faites allusion. Seulement nous, nous agissons pour le bien du pays et parfois, cela nécessite de prendre de graves décisions.

— Vaste débat !

— Peut-on sincèrement lui reprocher d'avoir choisi celle de la violence ? poursuit le Commandant sans relever. Je suis comme vous : je ne le pense pas. Mais il y a pire : le fait que quelqu'un se substitue à l'État est gravissime car, non seulement cela trahit une défiance croissante envers nos gouvernants et pourrait donner des idées à beaucoup d'autres, et c'est la porte ouverte à tous les justiciers du dimanche avec toutes les conséquences que cela entraîne, mais démontre aussi, et surtout, la très grande faiblesse de nos institutions. C'est comme cela que la Rome Antique a disparu.

— Vous êtes décidément très philosophe.

Lambert prend une grande inspiration en souriant largement avant de partir soudainement dans ses pensées, l'air sombre.

Francis l'observe attentivement pour tenter de se faire une idée plus précise de l'homme.

Quand ils ont été présentés par Destivelles, Lambert lui a d'emblée paru sympathique, de par sa personnalité, nette, affichée et, surtout, par son professionnalisme qui se distingue au premier coup d'œil.

À l'évidence, il adhère aux thèses de Destivelles et il est clair que l'intégrité est une de leurs motivations principales, outre le fait de se dévouer au service total de l'État. C'est si rare que cela mérite d'être cité. Francis apprécie ce genre d'homme qui, quelque part, lui correspond.

Cependant, par expérience personnelle, il s'est tout de suite tenu sur ses gardes car, quand on a affaire aux zélés serviteurs de l'État, il y a toujours anguille sous roche. Ces gens-là ont le double don de manier la langue de bois et l'hypocrite irresponsabilité avec un art consommé de la manipulation. N'en sachant pas plus sur eux, mieux valait observer une certaine neutralité.

Puis, au fil des jours, à son contact presque quotidien, l'enquêteur a fini par apprécier l'homme en qui il se trouvait une certaine ressemblance sur beaucoup de points. La confiance grandissait tout comme une certaine forme d'amitié se tissait.

Alors que Lambert se soit laissé aller à des confidences strictement personnelles, cela ne l'étonne pas vraiment, tout en le surprenant quand même. Un homme dans sa position se doit, en toutes circonstances, de garder un devoir de réserve. Il n'a pas le droit d'étaler au grand jour ses états d'âmes. C'est ce point particulier qu'apprécie Francis. Il l'apprécie d'autant plus que cela vient d'un homme habitué au secret.

Il en est honoré. C'est une marque de confiance.

À ce moment, Francis se rend compte de la chance insolente qu'il a, lui, d'avoir son libre arbitre contrairement à Lambert. Ça coûte cher, très cher, mais il sait que cela n'a pas de prix : c'est le fil rouge de sa vie entière, professionnelle et personnelle.

En même temps, Francis réalise que s'épancher ainsi est aussi symptomatique d'un malaise grandissant au sein de nombreux organismes officiels. Il arrive toujours un moment où la pression est si forte, si présente, qu'il y a danger d'explosion. Si ceux « d'en haut », éloignés de tout, qui ne voient les choses et le monde que d'un seul côté de la lorgnette, ne parviennent pas à comprendre, pour d'obscures raisons de politique « globale », ou refusent de prendre en compte, pour des raisons d'incompétence patente, ce que les hommes de terrain leur rapportent quotidiennement, les obligeant ainsi à avaler toujours plus de couleuvres et à se sentir abandonnés, la marmite va finir par exploser.

Francis se frotte le bout du nez tout en se mettant à jouer distraitement avec un crayon.

Ce n'est plus qu'une question de temps avant qu'elle n'explose. Une simple question de temps !

Situation inquiétante s'il en est dans notre beau pays.

POUR EN REVENIR À NOS MOUTONS ! ...

— Toutes nos belles paroles ne nous avancent pas à grand-chose, dit soudain Lambert, surprenant Francis qui sort de sa rêverie éveillée.

— Si nos raisonnements mènent aux mêmes conclusions, reste le plus dur à faire : localiser et mettre sous les verrous un... un homme qui, en se substituant à la loi, devient semblable à ceux qu'il pourchasse.

— Je suis d'accord avec vous, Commandant. D'après vous, pour le compte de qui travaille-t-il ?

— Par élimination dans cette affaire, je ne vois que ce Straumer. Il a les moyens, les finances nécessaires et, surtout, un puissant mobile.

Francis est plus circonspect.

— C'est ce que je pensais également, mais à y bien réfléchir, il se pourrait parfaitement que ce soit quelqu'un d'autre, un pur, un dur, un déçu du mode de fonctionnement actuel de notre monde, qui soit derrière tout ce cirque. Comme Straumer, il doit avoir les moyens et les finances pour planifier une telle chasse aux voyous. C'est probablement quelqu'un de haut placé, de très haut placé, cependant, ce qui, à mon sens, le différencie de Straumer, c'est qu'il agit de manière désintéressée. Si l'ancien conseiller privé est aux commandes, c'est pour prendre les rênes du pouvoir, aussi bien politique que criminel. « L'autre » agit uniquement au nom de la justice.

— Un idéaliste ?

— L'idée est séduisante, non ?

Amusé, Lambert sourit en coin.

— Bien sûr, puisqu'elle rejoint votre passion : la justice !

— Plus sérieusement, qu'en pensez-vous ?

Lambert reste mutique quelques secondes.

— Qu'est-ce qui vous rend si affirmatif ?

— La façon dont Noferini, le *capo di tutti capi* et son *Consigliere*, Zecchinato, ont été abattus. Une véritable attaque-commando. Le gars qui a fait ça n'y est pas allé avec le dos de la cuillère. Il se contrefout éperdument des répercussions dans les rangs même de la Cosa Nostra. Il ne visait qu'à éradiquer deux êtres malfaisants parmi les plus malfaisants sur terre avant de passer à autre chose.

Francis s'interrompt, le regard vide.

— On dirait que ça vous embête ?

— Quelque part, oui, j'aurais aimé moi-même présenter la facture à cette ordure, mais bon... Certains hommes, comme notre exécuteur mystérieux, n'ont pas eu les mêmes scrupules que moi. Je voulais la tête de Noferini grâce à la justice...

— Elle a quand même été rendue, non ?

Francis dévisage le militaire.

— Vaste sujet. Où est la frontière entre le choix de la violence et l'application stricte de la loi ? ...

— Nous en débattrons plus tard, si vous le voulez bien, pour le...

— En tout cas, dans le cas qui nous préoccupe, l'exécuteur a atteint un second objectif : Cosa Nostra décapitée, les seconds couteaux vont se faire une guerre sans pitié pour prendre la place vacante, mais c'est tout bénéfice pour nous : pendant qu'ils s'étriperont dans la joie et la bonne humeur, ils ne viendront pas nous les briser ici... du moins je le crois. C'est mon côté naïf.

— Bien raisonné. Mais vous avez raison, il ne faut pas baisser notre garde. Il faut continuer de faire comme s'ils étaient prêts à nous attaquer. Ils ont déjà connu des périodes de transitions, après quelques purges sauvages, ils réussissent toujours à s'entendre. *Business is business !* Pour en revenir à votre exécuteur, celui qui l'emploie est, comme vous l'avez souligné, une sorte de Robin des Bois qui se croit investi d'une mission sacrée. Des types dans ce genre, il y en a beaucoup, et celui que nous cherchons ne va évidemment pas le crier sur les toits, et encore moins l'indiquer sur sa carte de visite. On en revient à votre ami da Prato. Si seulement il pouvait se rappeler de quelque chose, cela nous permettrait de mettre enfin la main sur ces fichus documents. On y verrait probablement plus clair. Et il y a urgence. Pour le moment l'astuce n'a pas été éventée, mais elle ne durera pas éternellement. Quelques rapports m'ont indiqué des mouvements suspects autour du cimetière et de la maison de « monsieur Delmard ». La supercherie sera vite découverte.

— La Cosa Nostra étant, je l'espère, définitivement hors course après l'éviction musclée de Noferini et Zecchinato, qui reste-t-il en course pour venir reluquer du côté de chez mon ami Dominique ? Les Russes ? La CIA ? Ce Maitland ?

— Les trois !

— Aïe ! Effectivement, ça devient urgent de les devancer. Où en est exactement la surveillance de tous ces voyous ? Rien de nouveau ?

— Comme vous le savez, ils sont tous logés ([178]) et on ne les quitte pas des yeux une seule seconde de jour comme de nuit. Pour le moment, ils se contentent de faire des reconnaissances, mais cela ne va pas durer. Quand ils auront évalué la situation et repéré les forces en présence, soyez certain qu'ils fonceront dans le tas.

— Espérons que notre leurre les attire.

— Il y a des chances, je voulais justement vous en parler. Je te le tiens d'un de nos informateurs. Les Russes sont entrés en contact avec nous.

— Enfin ! Vous savez qui c'est ? Ce Wazim ?

— On est en train d'analyser sa voix manifestement masquée, mais on va réussir à l'identifier. C'est probablement lui. Il a fait une offre.

— Quel prix il propose ?

---

[178] Dans le jargon policier, cela veut dire que la « cible » est localisée.

— Dix millions de dollars !

— Mazette ! Ils y tiennent à ces documents. Qu'est-ce que vous avez répondu ?

— Qu'on étudiait la question. Mais ne vous bercez pas d'illusions, que ce soit dix, cent, ou même cent mille, les Russes n'ont de toute manière aucunement l'intention de payer. Ce qu'ils veulent, c'est récupérer les papiers et vous effacer purement et simplement. En tant que « vendeur », vous êtes beaucoup trop gênant. Ce sera à vous de jouer et de vous montrer... convaincant !

— Et à vous d'être particulièrement... réactif ! Ce sera une question de minutes, si ce n'est de secondes. Si vous n'intervenez pas rapidement au moment de notre transaction bidon, je suis mort.

— Ne vous inquiétez pas. Tout se passera bien.

— Il a probablement donné un délai ?

— Trois heures de réflexion, pas une de plus.

— Ils sont pressés de conclure.

— Il n'y a qu'une seule inconnue qui m'ennuie, et elle est de taille.

— Laquelle ?

— Que va faire notre exécuteur ?

— Je ne l'oublie pas, mais, très franchement, ce n'est pas lui qui me fait le plus de soucis. Je reste persuadé que je ne suis pas une « cible » pour lui.

— Ça, c'est votre avis, et il est purement gratuit. Quand on sera en pleine bagarre, soyez sûr que personne ne fera de détail. Les Russes tenteront tout pour récupérer ces papiers... Et je ne parle même pas des autres « acquéreurs » potentiels. On discutera après quand on ira aux résultats.

— Je n'oublie pas non plus cette option.

Lambert apparaît très soucieux.

— Qu'y a-t-il encore ?

— Cet exécuteur.

— Eh bien ?

— On n'a pas fini d'avoir des surprises avec lui.

— Cela ne m'étonne pas. Vous savez pourquoi ? Parce qu'il joue en dehors de toutes les règles, il ne fait rien comme tout le monde. Il suit sa propre logique qui est pour nous... illogique quelque part. Son logiciel est tragiquement simple mais, paradoxalement, il nous reste hermétique, parce qu'il peut frapper n'importe où, n'importe comment, contre n'importe qui, à condition que ce soit un « méchant ».

— Ça, c'est clair, mais quelle est sa définition du « méchant » ? C'est là toute la question. À partir de quand, ou de quoi, décide-t-il que vous êtes un... « méchant » ? S'il ne suit que sa propre logique, dieu m'est témoin que je suis démuni face à un tel type.

— Il n'appartient à aucun manuel de guerre ni de police. Il est aussi imprévisible que redoutablement efficace, et c'est ce qui en fait une terrifiante arme de guerre. Quand un type comme lui n'agit pas « normalement », il est très difficile de le neutraliser.

— Oui, vous avez sans doute raison, mais j'ai du mal à envisager la possibilité qu'il nous « laisse tranquille ».

— Autrement, vous savez où il se planque ce mystérieux redresseur de torts ? Je reste persuadé qu'il a un repaire dans les environs. Du côté des deux flingueurs du restaurant, des nouvelles ? Et pour le cadavre ?

— Malheureusement non. On a beau tout retourner, tout vérifier, suivre les moindres bouts de pistes, ce type est un véritable fantôme. Quand il passe à l'attaque, c'est tellement fulgurant que nous n'avons même pas trouvé un seul témoin capable de nous fournir une description, ne serait-ce que sommaire, de la moto. Impossible même de savoir la marque. Ce type est un courant d'air, un vrai fantôme. Quant aux trois autres, on continue de chercher.

— Cherchez plus vite alors.

— Je ne peux pas aller plus vite que la musique. Tous nos services sont mobilisés en vingt-quatre sur vingt-quatre, nous avons des heures et des heures de vidéosurveillance à visionner, et des tonnes de témoignages à vérifier. Ce n'est pas à vous que j'apprendrai que c'est un travail de fourmi particulièrement fastidieux. Il nous faut du temps.

— C'est ce qui va nous manquer le plus.

— Je sais, je sais. Ce dont je suis certain, c'est qu'il va certainement frapper à la vitesse de l'éclair et en faisant un maximum de dégâts. Si seulement on pouvait avoir une idée de sa prochaine cible. Wazim et ses Russes ? CIA ? Maitland ? ... ou Dominique da Prato ?

LES RUSSES PASSENT À L'OFFENSIVE ! ...

— En parlant de lui, est-ce que toutes les mesures de sécurité sont bien prises ? s'inquiète Francis.

— Rassurez-vous, les hommes du Général Deglenne veillent au grain. Votre ami ne risque rien... enfin rien... s'il arrêtait de sortir et de profiter de la limousine pour se rendre dans les meilleurs restaurants d'Aix-les-Bains, on serait plus serein et cela compliquerait nettement moins sa protection. Vous n'imaginez pas les trésors d'imagination que doivent déployer les hommes chargés de sa sécurité à chaque fois qu'il décide d'aller manger un morceau en ville. Cet homme me donne le tournis. Je pense d'ailleurs l'obliger à restreindre ses sorties.

— N'en faites rien. Vous courez le risque d'ouvrir un nouveau front, genre Stalingrad... mais en pire !

— Et ça vous amuse !

Francis sourit.

— Je vous avais prévenus. Dominique n'est pas le genre de type à rester cloîtré chez lui en attendant que ça se passe. D'ailleurs, il adore se promener avec votre limousine, lui qui n'a plus que trois points sur son permis... et puis ne lui avez-vous pas inventé une nouvelle identité ?

— Bien sûr, mais ce n'est pas une raison pour se donner en spectacle. S'exposer inutilement est une pure folie, il risque de s'en prendre une.

— Il est monsieur Delmard, où est le problème ? Il agit en tant que tel. D'ailleurs, s'il était resté en permanence chez lui, c'est cela qui aurait immanquablement attiré l'attention. Ne me dites pas le contraire.

— Évidemment. D'ailleurs nous craignons aussi que, durant l'une de ses escapades gourmandes, des personnes mal intentionnées ne se glissent chez lui, histoire de vérifier deux ou trois petites choses, si vous voyez ce que je veux dire.

— Inutile de vous demander si le nécessaire a été fait en ce sens ?

— Inutile en effet. À chaque fois, mes hommes repassent derrière pour vérifier qu'aucun micro ou caméra indiscrète n'a été posé. Et croyez-moi, ce n'est pas une sinécure.

— Très franchement, Commandant, même si je comprends aisément vos réticences à le voir se promener en ville, c'est toujours mieux que de le laisser mijoter chez lui à tourner en rond comme un lion en cage. On voit bien que vous ne le connaissez pas !

Irrité, l'officier s'apprête à répondre quand son portable sonne.

— Lambert, j'écoute !

— *La « cible » vient de sortir de chez elle.*

— Encore ! Il va où cette fois-ci ?

— *Au restaurant le « 59 », rue du Casino.*

— OK ! Procédure habituelle.

— *Compris.*

— Tenez-moi informé au moindre signe suspect.

— *Entendu, Commandant.*

— Votre ami vient de sortir pour dîner, dit l'officier en consultant sa montre qui indique déjà 19 heures 28. Le « 59 », vous connaissez ?

— Oui, c'est une des « cantines » préférées de Dominique. Un cadre magnifique : salle élégante aux tons rouge et orange, avec pierres apparentes. La cuisine de son très talentueux chef, Rémi Campanella, est créative autant que festive. Les plats favoris de la « cible » sont : le poisson du marché juste poêlé avec fenouil, orange, lentilles et bouillon de légumes. Le bœuf confit une nuit entière aux blettes rôti avec crème de mascarpone et pesto de roquette, ou encore la selle d'agneau d'Irlande rôtie.

— Magenta, qu'est-ce qui vous prend ? Excusez-moi, mais on n'en a rien à cirer des menus car…

— Je sais, c'est simplement pour que vous compreniez bien qu'un épicurien raffiné comme Dominique n'est pas le genre d'homme que vous allez obliger à bouffer des surgelés enfermé chez lui.

Lambert tique.

— Pas bon, ça. Si nous connaissons cet élément, les autres aussi doivent le connaître. C'est dangereux.

— Il n'y a pas que Dominique à se rendre dans ce restaurant. Il est réputé. Normal que monsieur Delmard y aille aussi… et il n'y a pas que Dominique qui aime ce genre de plats.

— En toute logique, oui, mais ça ne me rassure pas pour autant. Votre ami joue avec le feu. Et à ce petit jeu, on finit toujours par se brûler.

Les deux hommes se dévisagent et se lèvent brusquement presque en même temps.

— On ferait bien d'y aller ! ordonne Lambert en prenant son blouson de toile.

— C'est exactement ce que j'allais vous proposer.

Francis fait sauter les clés de sa voiture dans ses mains quand le portable de l'officier sonne à nouveau.

— Lambert j'écoute !

— *Commandant, les Russes veulent vous voir ainsi que monsieur Magenta au Col du Chat, au point de vue, tout de suite. Ils veulent conclure maintenant.*

— Tergiversez ! Dites que nous ne sommes pas d'accord sur le prix proposé. Inventez n'importe quoi, mais bordel de merde, gagnez du temps.

— *OK !*

— Que se passe-t-il ?

— On est en train de se faire baiser. Les Russes veulent conclure maintenant et nous voir, tous les deux, tout de suite.

— Où ?

— Au Col du Chat. Arrivés au point de vue, on doit prendre un sentier forestier à droite, poursuivre sur cinq cents mètres et stopper quand on apercevra leur bagnole, feux de détresse allumés.

— C'est au diable Vauvert. Carrément à l'opposé d'Aix-les-Bains. Vous avez le plan ?

— Oui, j'ai jeté un rapide coup d'œil. C'est totalement désert et en pleine forêt. L'endroit idéal pour se faire calibrer… et enterrer.

— Ça m'aurait étonné aussi que ce soit en pleine ville. C'est astucieux. Pendant qu'ils nous bloquent là-haut, ils ont les mains libres pour enlever ou abattre Dominique. Ils gagnent sur tous les tableaux.

— Bien imaginé, en effet ! Ils coupent nos forces en deux.

— En tout cas, ils n'ont peur de rien. Agir ainsi en début de soirée…

— Ces documents sont d'une importance vitale pour eux. Ils ne vont pas faire dans le détail.

— Et impossible de prévenir Dominique sans foutre en l'air sa couverture. On ne peut pas courir ce risque, même s'il est possible qu'elle soit effectivement éventée…

— D'autant plus que le simple fait de le prévenir serait comme le désigner du doigt. Nous sommes coincés !

— Il reste quand même les hommes du Général Deglenne.

— On ne peut plus compter que sur eux.

— Nous avons encore une petite chance : si les Russes avaient su que notre marché était un leurre, ils s'attaqueraient directement à Dominique. En jouant les deux chevaux gagnants, ils sont sûrs de gagner, mais ne savent pas lequel est le bon. C'est là-dessus qu'il faut jouer, sur cette incertitude. Rien n'a fuité chez nous ?

— Monsieur Magenta, vous avez affaire à des hommes surentraînés dont le passe-temps favori est de monter justement ce genre d'arnaque. Alors je ne peux rien vous garantir à ce niveau. Ne soyez pas étonné s'ils vous calibrent d'entrée de jeu. D'ailleurs, vous-même aviez évoqué cette possibilité lors de la présentation de l'opération.

— Vous avez raison. Je vais rameuter mes hommes pour qu'ils aillent protéger Dominique. Nous, nous allons voir ces Russes.

Ajoutant le geste à la parole, Francis active rapidement son portable.

— Gascon !

— *Oui, Francis ?*

— Tu files tout de suite à Aix-les-Bains. Restaurant le « 59 ». Mission : protection immédiate de da Prato. Faites gaffe ! Les Russes vont certainement s'en prendre à lui. Ça va chauffer sévère ! ... Attention, d'autres salopards risquent aussi de s'inviter à la fête. Surveillez tout !

— *OK, on y va... heu... Je fais quoi avec Stan ? Il est comme il est mais c'est une sacrée gâchette, et s'il faut s'expliquer avec les rouges, je préfère l'avoir avec moi. Il ne sera sûrement pas de trop.*

— Fais comme bon te semble.

— OK ! *Les hommes de Deglenne ? On les aura avec nous ou...*

— Ils seront là aussi, rassure-toi. Tu sais comment les contacter. Sois synchrone avec eux. Je compte sur vous tous.

L'enquêteur raccroche en disant à l'attention de Lambert.

— Allons-y !

— Un instant, il y a quelque chose qui cloche.

— Quoi donc ?

— L'équipe que j'ai placée en surveillance autour de la planque des Russes n'a pas donné signe de vie. J'ai bien peur que...

Ajoutant le geste à la parole, Lambert essaie de contacter ses hommes à plusieurs reprises, malheureusement, ils ne répondent plus.

— Putain de merde ! Ils ont du se faire avoir. Changement de programme, monsieur Magenta, nous n'allons pas attendre que les Popovs nous rentrent dedans, nous allons directement éradiquer ce nid de voyous en espérant les surprendre à temps. Légitime défense ! J'envoie déjà une équipe des forces spéciales pour sécuriser et verrouiller le périmètre.

— Vous avez raison, Commandant. Du même coup, ça évitera sûrement aux habitants d'Aix de vivre une nuit de cauchemar.

— Espérons-le !

— Pour le rendez-vous, que faisons-nous ?

— On va y aller, on ne sait jamais. Ils veulent la bagarre, et bien ils vont l'avoir !

— OK, je suis de votre avis, il faut en finir.

Aussitôt, Lambert donne ses ordres.

NETTOYAGE PAR LE VIDE ! ...

Savoie,
au-dessus de Savigny,
croisement Chemin du Retour,
Sentier du Singe,
20 h 09

Bien malin qui pourrait deviner que, non loin de ce croisement, se trouve, perdue au milieu des bois, une vaste demeure austère.

Un curieux aurait été très surpris de voir le va-et-vient permanent qui règne à l'intérieur et dans le jardin très boisé, mais surtout parfaitement clos.

À l'étage, plusieurs hommes de type oriental vérifient leurs armes automatiques. Rien ne doit se mettre en travers de leur chemin et cela repose essentiellement sur leur puissance de feu.

— Юрий, дай мне еще три зарядных устройства !

— Иди сам ! ([179]).

Au rez-de-chaussée, trois autres Kazakhs sont en train de s'affairer autour de puissantes voitures. Aucune ne doit tomber en panne.

---

[179] - Youri, passe-moi trois autres chargeurs !
- Va les chercher toi-même !

Allant d'un groupe à un autre, un costaud aux allures de bagnard donne des ordres.

— Пусть все будут готовы, мы должны неукоснительно сльедоватьпльану Вазима, мы уходим через семь минут. Установите свои часы Синяя команда со мной, в сторону : Col du Chat. Красная команда : направльение ресторана « 59 ». Цельь : Da Prato. Польное униутожение цельи. Чдальите все, уто может помешать нашей миссии. Все находя тся на частоте 13. Контакт постояный. Мы встречаемся в льетном кльубе Voglans. Самольёт не бует ждать. Будьте вовремя. Никто не останется позади, так что стрельяйте первым. Оставьте все свои. Я хочу все ваши льичные документы. Удальильи льи вы все сльеды идентификации с одеждой ? Вы не дольжны быть идентифицированы француэами каким-льибо образом ([180]).

Dehors, alors que la nuit tombe de plus en plus rapidement sur la forêt, à quelques dizaines de mètres seulement de la demeure, un homme en combinaison et cagoule noire, scrute attentivement ce qui se passe aux alentours.

Sur un genou, parfaitement dissimulé derrière un épais buisson, il baisse lentement ses jumelles infrarouges et parle doucement dans son micro-oreillette.

---

[180] - Que tout le monde se tienne prêt, nous devons scrupuleusement suivre le plan de Wazim, nous partons dans sept minutes. Réglez vos montres. Équipe bleue : avec moi, direction le Col du Chat. Équipe rouge : direction le restaurant « 59 ». Objectif : ce da Prato. Élimination totale de la cible. Pas de quartiers ! Dégagez tout ce qui pourrait entraver notre mission. Tout le monde se cale sur la fréquence 13. Contact permanent On se retrouve à l'aéro-club de Voglans. L'avion n'attendra pas. Soyez à l'heure. On ne laisse personne de vivant derrière nous, alors soyez les premiers à tirer. Laissez-moi tous vos papiers. Je veux tous vos documents personnels. Avez-vous supprimé toutes traces d'indentification possible grâce à vos habits ? Les Français ne doivent pas pouvoir vous identifier.

— Rectificateur à Veilleur, je viens d'endormir les trois Français. Comment est la situation sur zone ?

— *Veilleur à Rectificateur. La reconnaissance thermique nous indique la présence de douze hommes à l'étage et de trois autres méchants au rez-de-chaussée.*

— Seulement quinze ? Vous en aviez pourtant repéré trente lors des premières observations. Vous ne voyez pas les autres ?

— *Négatif, Rectificateur. Je confirme la présence de seulement quinze Russes.*

Le Rectificateur ne répond pas, cette information ne lui plaît pas. Où sont passés les quinze autres ? Seraient-ils partis avant qu'il n'arrive ? Hypothèse parfaitement plausible, mais alors où sont-ils allés ?

L'homme a bien une petite idée, mais il n'a pas le temps d'approfondir son raisonnement.

— *Veilleur à Rectificateur, Ça bouge drôlement à l'intérieur. Le départ semble imminent.*

— OK ! Alors on ne va pas attendre qu'ils sortent, on va les surprendre dans le nid. Il est grand temps d'intervenir... définitivement ! ... Je passe à l'attaque. Signalez-moi tous les mouvements.

— *Compris, Rectificateur ! Bonne chasse !*

L'homme en combinaison noire ajuste ses jumelles infrarouges avant de grimper à un arbre à la vitesse d'un chat. Très vite, il s'avance en rampant sur une branche très longue. Arrivé à un certain point, surplombant le mur d'enceinte, il se redresse légèrement et se laisse tomber au sol.

Il atterrit en roulé-boulé et court très vite vers l'arrière de la maison.

Une fois tourné l'angle, il se plaque contre le mur, vérifie rapidement les alentours, puis bondit sur la terrasse arrière et commence à se hisser sur le mur. La construction est ancienne et les prises entre les pierres de grosse taille sont aisées.

Quelques secondes plus tard, à peine essoufflé, le Rectificateur bascule par-dessus la rambarde de la grande terrasse couverte, et s'agenouille près de la porte-fenêtre. Il écoute attentivement, identifie plus ou moins l'emplacement de ses cibles, puis s'approche de la base de la porte-fenêtre et y colle un pain de semtex.

L'explosion vrille l'air, surprenant les Russes dont trois tombent au sol pour ne pas se relever, criblés de morceaux de bois et de verre.

Les autres réagissent très vite mais une silhouette noire surgit alors par le trou béant laissé par la porte-fenêtre qui finit de tomber au sol dans un fracas épouvantable.

Arrosant sans discontinuer avec son pistolet-mitrailleur, le Rectificateur abat ses adversaires les uns après les autres.

Ils tombent en hurlant de douleur.

— Je vous souhaite une très bonne nuit, messieurs ! ... Un repos éternel !

L'attaque n'a pas duré plus de deux minutes.

Rapidement, le Rectificateur achève ses victimes d'une balle dans la tête avant d'enclencher un nouveau chargeur dans son pistolet-mitrailleur et de se précipiter vers l'escalier.

De là où il se trouve, il entend les Russes du rez-de-chaussée, grimper les marches quatre à quatre.

Le Rectificateur recule dans l'ombre, arme lentement son pistolet-mitrailleur et attend l'arrivée des trois Russes.

À peine ont-ils tourné la dernière volée d'escaliers qu'une longue rafale les couche au milieu d'une explosion de plâtre et de morceaux de bois qui deviennent autant de projectiles mortels.

Alors que la rafale résonne encore dans l'exiguë cage d'escaliers, la fumée retombe légèrement. Le Rectificateur sort soudain de la pénombre, observe le résultat de son tir, puis laisse son chargeur tomber au sol dans un bruit métallique glacial. Aussitôt, à une vitesse hallucinante, il enclenche un troisième chargeur et descend lentement les marches. Il sort son arme de poing et achève les trois agresseurs d'une balle dans la tête, avant de disparaître comme il est venu.

4 minutes plus tard

— *Noir-4 à Noir-leader. Nous serons sur zone d'ici huit minutes. Nous venons de quitter le Chemin de la Grotte des Fées. Un motard vient de nous croiser. Il filait à toute vitesse.*

Lambert et Magenta se dévisagent.

— Vous pensez comme moi ?

— Et comment ! ... Noir-leader à Noir-4, ce motard, dans quelle direction se dirigeait-il ?

— *Aix-les-Bains ! Et plein gaz !*

L'officier consulte Magenta du regard.

— Il va au restaurant ! dit simplement Francis.

— *Commandant ! Nous continuons ?*

— Affirmatif ! Maniez-vous, mais j'ai bien peur que vous n'arriviez chez les Russes que pour compter les cadavres. Il doit y en avoir trente. Tenez-moi informé au plus vite !

— *Compris.*

— Terminé !

Lambert repose son micro tandis que Francis accélère encore avec cette sale sensation d'être en dehors du coup.

— Je ne sais pas vous, mais j'ai la désagréable impression d'être un poil en retard sur le tempo. Cet exécuteur va dézinguer tout ce qu'il trouvera sur sa route.

— Prévenez mes hommes et ordonnez à Dominique de sortir de ce piège à rat. Tout de suite ! Qu'il invente n'importe quel prétexte, mais qu'il sorte immédiatement de ce restaurant. Dehors, on a une petite chance de l'exfiltrer sans trop de casse. À l'intérieur, par contre...

Sans attendre, Lambert saisit son micro et appelle ses hommes. Il a bien conscience que c'est une affaire de secondes.

— Mathilde de Noir-leader ! *Break ! Break !* Sortez immédiatement du restaurant !

— *Noir-leader de Mathilde ! Bien compris. On décroche et...*

À la même seconde, Lambert entend le bruit reconnaissable d'une fusillade.

— Nom de Dieu ! Mathilde ! ... Mathilde ! ...

Impuissant et médusé, l'officier ne peut qu'écouter le staccato discontinu et effrayant d'un fusil-mitrailleur mêlé aux explosions sourdes de meubles, de cris, d'appels, puis l'assourdissant bruit cristallin d'une baie vitrée pulvérisée.

De rage, il lance son micro qui pend au bout de son cordon torsadé.

— Trop tard ! « Ils » sont déjà là !

— Mais qui, si les Russes sont au tapis ?

— On verra plus tard !

Lambert reprend le micro.

— Noir-5, Noir-7, Noir-8 et 9, de Noir-leader, convergez sur le restaurant, je répète : convergez sur le « 59 » immédiatement ! Feu à volonté ! Dégagez da Prato par tous les moyens ! Rendez-compte !

— *Noir-leader de Noir-7 ! Nous sommes au contact ! Très vive opposition ! Je répète : très vive opposition ! Armes automatiques ! Quinze hommes lourdement armés. Des Russes !*

— Mathilde ?

— *Au tapis !*

— Da Prato ?

— *Indemne ! Les Russes ont attaqué le restaurant par la terrasse, sur la rue Despine. Mathilde s'est interposée quand l'un d'eux a tiré sur da Prato. Ce diable d'homme a eu la présence d'esprit de se jeter sous la table et a réussi à atteindre la limousine en se frayant un chemin à coup de Beretta alors que le restaurant prenait feu ! Un vrai coup de bol ! Ça flinguait de partout ! Jamais vu un mec courir aussi vite dans la rue du Casino ! Ce type a le cul bordé de nouilles !*

— Où est-il ? Protégez-le au maximum !

— *Négatif !*

— Comment ça « négatif » ?

— *Il a pris le volant de la limousine et s'est tiré en direction de l'Avenue du Grand Port, probablement pour rejoindre le carrefour des Hôpitaux. Il va certainement essayer de regagner sa baraque. Six rouges nous bloquent pour le moment, on ne peut pas le rejoindre. Les neuf autres Russes lui sucent la roue comme des morpions ! Deux bagnoles et trois motos !*

— Nom de Dieu ! Il faut absolument vous interposer. Dégagez-vous et rattrapez-le ! Exécution !

— *OK ! On vous avertit dès que c'est fait.*

Lambert coupe la communication.

— Mais nom de Dieu, d'où sortent-ils ceux-là ? rugit-il.

— Votre Wazim a probablement scindé ses troupes en deux groupes pour frapper simultanément. Le premier est chargé de s'en prendre à Dominique, le second devait nous occire au Col du Chat.

— Pourquoi dites-vous « devait » ?

— Parce que si les gars des forces spéciales ont croisé notre motard, je suis prêt à parier jusqu'à ma chemise, qu'une fois dans le repaire des Russes, ils n'y trouveront que les cadavres des quinze autres. *Cillit bang* est en action !

— Déduction logique ! Ce qui veut dire que nous n'avons plus besoin d'aller à ce rendez-vous à la con.

— Exact ! répond Francis en braquant résolument à gauche pour faire demi-tour en catastrophe au niveau du restaurant « La Pause du Chat ».

Francis se déporte totalement sur sa droite, juste en face du Restaurant « *Le Panoramic* » et fait un demi-tour sur les chapeaux de roues. Mais emporté par sa vitesse excessive, il ne peut éviter la cabine téléphonique qui explose en mille morceaux.

— Vous m'arrangerez ça, n'est-ce pas ? dit-il légèrement ironique.

— Ce n'est pas vraiment mon rayon !

— Direction : Tresserve ! dit-il en accélérant à fond.

— Vous avez raison. Je vais tracer la balise de la limousine. On saura au moins où il se rend avec exactitude… pour le dernier acte !

— Pour le dernier acte, répète Francis. En espérant que ce n'est pas trop tard.

Au même moment, c'est son portable qui résonne dans l'habitacle. Rapidement, il active le haut-parleur.

— Francis, j'écoute !

— *C'est moi, Stan ! Oh putain ! Ici, ça décoiffe sévère. On est arrivé un poil trop tard pour protéger da Prato. On n'a pu que le couvrir pendant qu'il courait en direction de la limousine. Il vient de se barrer et...*

— Oui, je sais. Quelle est la situation ?

— *Sérieuse résistance. Je suis avec les forces spéciales. Ça dégomme dur. Les charlots d'en face ne font pas dans le détail. La rue est transformée en champ de bataille. Y a des bagnoles qui crament ici et là. Le restau est mort. Le bâtiment de deux étages a pris feu ! Les flammes lèchent dangereusement la boutique « Esprit », juste en face. C'est quand même dingue, dans le temps, les mecs flinguaient depuis leurs voitures, façon Al Capone, maintenant, ils entrent dans les restaurants. Les temps changent et...*

— Je n'ai que faire de tes remarques. Où es-tu ?

— *Dans un recoin, sur l'Avenue des Fleurs. Les gars des forces spéciales ont établi un poste de premier secours et leur PC dans le restaurant le « QG ». Marrant, non ? ... PC, QG, marrant !*

— Le Gascon ?

— *En bas de la rue. Il s'est planqué dans le salon de coiffure Didier Pijolet, soufflé par une roquette. La vitrine a disparu dans la rue, en mille morceaux. La rue du Casino est couverte de perruques.*

— Les Russes ?

— *Ils ont bloqué la rue et tirent sur tout ce qui bouge. On tente de les déborder par les rues adjacentes, mais ces mecs connaissent leur job, il faut...*

— Laissez ce boulot aux gars des forces spéciales ! Avec le Gascon, retirez-vous de cet engagement, essayez de rattraper Dominique, il va sérieusement avoir besoin de vous. Exécution !

— *OK ! On file !*

COURSE-POURSUITE ! ...

Savoie,
Aix-les-Bains,
mardi 26 juin,
20 h 38

Arcbouté sur le volant de la limousine, tous les sens en éveil, Dominique da Prato vient de débouler sur le carrefour des Hôpitaux et, sans se soucier de la circulation, s'est littéralement jeté au milieu de la cohue des voitures, entraînant un véritable carambolage. Il tente de distancer ses poursuivants qui se rapprochent dangereusement.

Il a repéré trois motos dont une avec deux types dessus, et une grosse berline de marque allemande juste derrière. Peut-être même une seconde voiture. Il lui semble avoir aperçu au moins deux gars à l'intérieur de la première, mais sans certitude, tant tout va trop vite. Et avec la lumière scintillante des réverbères, la vision est loin d'être aisée.

Pied au plancher, il dévale la D1201 pour gagner le Boulevard Maréchal de Lattre de Tassigny en prenant des risques insensés, car si son véhicule est blindé, une chance, cela le rend malheureusement difficilement manœuvrable. Heureusement, Dominique adore conduire et, sans se l'avouer, il commence à apprécier de pouvoir faire ce que tout automobiliste, un jour, a rêvé de faire : conduire sans se soucier du code de la route !

Qui n'a jamais rêvé de se prendre pour Steve Mc Queen dans Bullitt ([181]) ?

— De toute manière, elle est blindée, se dit-il comme pour se justifier. Si ça cogne, je suis peinard !

Une rafale terriblement précise griffe la carrosserie du côté gauche au moment où il atteint le rond-point au niveau de « Chausséa » et « Cycles 73 » lui faisant réviser son appréciation. Le bruit des impacts le saisit d'effroi. Il n'est pas habitué à ce genre de sport.

Il réagit au quart de seconde et braque à fond à droite, sortant de la route pour grimper sur le trottoir jouxtant le Boulevard du Maréchal de Lattre de Tassigny.

Avertisseur bloqué, pleins phares, il fait dégager les piétons qui flânent en goûtant cette exquise douceur d'une soirée d'été... calme !

En hurlant de peur, ils s'égaillent comme des volées de moineaux éperdus. La moto, elle, est restée sur la chaussée et s'est portée à sa hauteur. Le pilote reste concentré sur sa course, tandis que son passager arrose copieusement et sans discontinuer la limousine, sans se soucier le moins du monde des dégâts collatéraux qu'il occasionne. Aucune des voitures garées le long du trottoir n'est épargnée. Vitres, rétroviseur et pièces métalliques diverses zèbrent le ciel dans un bruit d'apocalypse accompagné par les sirènes antivol. La vitrine de « La Panière » est littéralement pulvérisée. La seconde moto colle à la limousine et son pilote tire

---

[181] *Bullitt* est un film policier américain réalisé par Peter Yates en 1968. Avec dans les rôles principaux, le regretté Steve Mc Queen, Robert Vaughn, Jacqueline Bisset et Robert Duvall. Ce film a été un énorme succès et il est très connu pour la scène de course-poursuite à travers les rues de San Francisco. C'est la première du cinéma. Elle reste encore à ce jour une des scènes les plus influentes de l'histoire du cinéma. À noter que Steve Mc Queen a refusé d'être doublé durant cette scène. C'est lui qui est vraiment au volant. La musique est de Lalo Schifrin (Mission Impossible).

comme un forcené sur la lunette arrière, espérant probablement pulvériser le verre.

Dominique da Prato a instinctivement rentré la tête dans les épaules, mais il garde son sang-froid et se concentre sur sa conduite malgré les impacts répétés qui labourent littéralement la carrosserie. Anxieux, il se demande où est le troisième motard.

Son cœur se met à battre la chamade et, par associations d'idées, il pense bêtement aux résultats de ses dernières analyses et de la conclusion de son toubib : « *Ce n'est pas brillant ! Il vous faut du repos !* ».

Là, il est servi au-delà de ses espérances !

— Quand je pense que je devrais me la couler douce en Namibie !

Donnant un brusque coup de volant, da Prato rejoint la chaussée en se faufilant entre deux véhicules non sans emporter l'arrière de l'un d'eux dans un bruit de tôles martyrisées, mais obligeant ainsi le motard à rétrograder en catastrophe, surpris par la manœuvre.

Quant à celui qui lui colle derrière, totalement surpris aussi, il n'a pas le temps de suivre et freine instinctivement à mort avant de se renverser dans un étourdissant bruit de métal. Sa course se finit dans une explosion colorée de fruits et légumes en défonçant les étals d'« Au Marché de Provence », dont les gérants, voulant profiter d'une soirée estivale, ont décidé de faire une vente nocturne. Les vendeurs et les clients s'égaillent de partout en hurlant de peur. Une borne incendie explose, délivrant une colonne d'eau impressionnante.

Le gigantesque geyser d'eau sort du sol à la façon d'un volcan en éruption et noie immédiatement la chaussée et les environs immédiats.

L'alarme du magasin de primeurs vrille l'air ambiant. C'est assourdissant.

— Un salopard de moins ! rugit da Prato en frappant le volant de contentement tout en actionnant les essuie-glaces. Mais où est le troisième ?

Pour compliquer la tâche des deux tueurs à moto qui le collent de trop près, Dominique se lance dans une série de zigzags acrobatiques, envoyant dans le décor d'innocents conducteurs surpris par l'apparition fantomatique de cet énorme bolide noir.

— C'est sûr que, cette fois-ci, je perds les trois derniers points qu'il me reste sur mon permis ! Mais j'ai une bonne excuse ! dit-il à voix haute pour se donner du courage en évitant une Clio d'extrême justesse.

Soudain, son cœur se serre à un point qu'il n'aurait jamais soupçonné : face à lui, à contresens, une moto vient de surgir sur sa gauche, déboulant du Boulevard Lepic comme un météore, et fonce résolument sur lui.

— Voilà le troisième salopard ! s'exclame-t-il.

Que faire ?

Il n'a pas le temps de trouver une parade, le motard inconnu vient brusquement d'accélérer et le remonte déjà sur la gauche à une allure météoritique sans se préoccuper le moins du monde de lui.

Dominique ne comprend pas. Qui est ce dingue qui remonte la rue à contresens ?

Que cherche-t-il ?

D'où sort-il ?

Mais il lui semble le voir soudain sortir une arme automatique juste avant de disparaître derrière le mur d'eau.

Il n'a pas le temps de se poser plus de questions. Sans comprendre, il aperçoit dans son rétroviseur le motard inconnu croiser les deux tueurs et les arroser à ce moment d'une très courte mais mortelle rafale.

La moto des tueurs part sur la droite, se couche dans un geyser d'étincelles et vient heurter violemment un camion stationné non loin. Les deux occupants sont littéralement propulsés en l'air avant de retomber au sol, morts.

Quant au mystérieux motard, il a disparu alors que, derrière, c'est l'enfer sur terre. Les deux berlines allemandes freinent à mort, entraînant derrière elles un carambolage dantesque. Une odeur de caoutchouc brûlé s'élève, immédiatement accompagnée du sifflement suraigu des radiateurs crevés, rapidement couronnée d'un énorme panache de fumée blanche.

La troisième et dernière moto des Russes a braqué à mort sur sa gauche pour poursuivre le motard inconnu qui a filé par la rue Alice Eymard, avant de très vite revenir sur sa cible première, rameuté par radio par un Wazim fou furieux.

Dominique da Prato est désormais bien loin devant.

Tapant du poing sur le toit de sa Mercedes, Wazim rameute ses hommes en repoussant quelques conducteurs intrépides, fâchés et gueulant en brandissant des constats à l'amiable.

Soudain, une Audi A8-D3 noire s'arrête en catastrophe sur la voie de gauche, juste après la librairie « Le Beau Livre », obligeant les automobilistes venant, eux, dans le bon sens à s'éparpiller dans tous les coins.

Stan et le Gascon en sortent et, en hurlant à la petite troupe qui s'est formée autour du carambolage de dégager, se mettent à tirer sur Wazim et ses hommes empêtrés dans des discussions à n'en plus finir avec les différents conducteurs accidentés qui, déjà, s'engueulent entre eux dans une foire d'empoigne devenue totalement indescriptible.

La riposte est immédiate et les gens, incrédules, stupéfaits, détalent à toutes jambes en hurlant de terreur.

Les balles sifflent de partout. D'autres zèbrent le bitume, arrachant des petits geysers d'étincelles qui ne font qu'accélérer la débandade des automobilistes.

Stan se jette au sol et vise posément les pneus de la Mercedes. Le Gascon en fait autant. Leurs tirs sont efficaces : les deux berlines semblent tout à coup s'affaisser sur elles-mêmes alors que deux Russes tombent pour ne plus se relever.

— *Siktir !* ([182]) éructe Wazim en propulsant rudement au sol un conducteur qui se demande ce qui se passe.

---

[182] *Siktir.* Insulte kazakh qui signifie grosso-modo : « *Va te faire baiser !* ».

Le Kazakh se rue dans sa voiture tandis qu'un autre extirpe violemment l'épouse du propriétaire pour prendre sa place.

Derrière, les Russes survivants en font autant et s'engouffrent dans la BMW X-6 qui démarre sur les chapeaux de roues sous le feu terriblement précis des deux privés, debout maintenant, qui leur courent après.

Le Gascon a rengainé son arme de poing pour les arroser au riot-gun.

Effets dévastateurs garantis !

Aussitôt, Stéphanie, au volant de l'Audi, démarre en trombe et, grâce à une forte accélération, se porte à la hauteur des deux hommes qui s'engouffrent tout de suite à l'intérieur. Stan a encore les jambes dehors que la belle Angevine arrache déjà sa puissante cylindrée du bitume à une allure infernale.

— Tu peux pas attendre que je sois dedans, non ? Tu l'as encore fait exprès !

— Tu manques d'exercice ! Faut arrêter les banana-split !

L'hilarité du Gascon en train de recharger son riot-gun est étourdissante.

— Très drôle ! En attendant, fonce ! Faut qu'on se rattrape le da Prato, sinon, c'est Francis qui va nous dézinguer.

IL EST DANGEREUX DE ROULER TROP VITE ! ...

Aix-les-Bains,
Boulevard Jean Charcot,
le long du lac,
21 h 32

En effet, loin devant, s'éloignant toujours plus des sirènes de police et de pompiers qui finissent de sortir les habitants de leur torpeur estivale, sans demander son reste, refusant de chercher à comprendre ce qui vient de se passer, da Prato a profité de l'intervention in extremis de ce motard surgi de l'enfer pour accélérer et mettre beaucoup de distance entre lui et ses agresseurs grâce à la grande ligne droite du Boulevard Jean Charcot.

Il commence à respirer mieux et sent, petit à petit, ses muscles se détendre. Regardant sans cesse dans ses rétroviseurs, le moral remontant en flèche, Dominique avale la D1201 à une allure folle, dépassant la guinguette festive de « Mamie Jane » et le restaurant « Taj Mahal ».

En souriant, bien conscient d'avoir frôlé la mort de très près, il saisit machinalement le Beretta que Francis lui a donné, et le regarde furtivement sans trop quitter des yeux la route en se disant que son ami n'avait finalement pas tort.

L'arme lui a réellement sauvé la vie.

Par associations d'idées, il se demande où peut bien se trouver l'enquêteur en ce moment même.

Le bruit assourdissant d'une moto lancée à pleine vitesse le tire de sa rêverie. Un rapide coup d'œil dans le rétroviseur lui suffit pour apercevoir la troisième moto des Russes. Elle s'approche dangereusement et, sur cette voie rapide, da Prato sait qu'il a peu de chance de lui échapper. À droite, le lac du Bourget. À gauche, les rares intersections ne laissent pas beaucoup d'espoir de fuite réelle, surtout avec le gabarit de sa limousine.

Dominique accélère en se rendant bien compte que, cette fois-ci, ce n'est qu'une simple question de secondes.

Mais où est Francis ? C'est maintenant qu'il aurait vraiment besoin de lui.

Plusieurs voitures le croisent. Il délaisse le restaurant « le Kyoto » sur sa gauche et caresse l'espace de deux ou trois secondes l'idée d'emprunter la promenade du bord du lac, à quelques dizaines de mètres devant lui, sur sa droite, mais il abandonne très vite cette option qui ne ferait que repousser l'inéluctable de seulement quelques secondes. D'abord, il devrait défoncer les barrières de protection en bois et, de plus, avec sa limousine hors taille, il ne pourrait probablement pas y circuler à l'aise, alors que le motard, lui...

Il en est là de ses réflexions, lorsqu'arrivé à la hauteur du « Château de Bonport », alors que le motard va le talonner, une voiture pleins phares, aveuglant sciemment la limousine et le motard, arrive en face et braque résolument et brusquement sur sa gauche, traversant le terre-plein central sans se soucier des dégâts.

Dominique sent son cœur sortir de son corps. La voiture lui fonce dessus. Il n'a pas le temps de réagir que le mystérieux véhicule le frôle à une allure vertigineuse.

Ses yeux étincellent sous le brusque assaut lumineux.

Ne comprenant plus rien à rien, Dominique, sans ralentir, suit dans le rétroviseur la voiture foncer délibérément sur la moto.

La collision frontale est inévitable.

Freinant à mort, le motard, totalement pris au dépourvu, complétement aveuglé, ne peut éviter l'obstacle métallique.

Le choc est d'une violence extrême. Percuté de plein fouet, le motard gicle dans l'air alors que la moto est littéralement broyée.

Le pilote bat des bras de manière désordonnée alors que ses jambes semblent animées par leur propre vie, pour venir s'écraser lourdement sur le bitume, comme une vulgaire marionnette à laquelle on aurait soudainement coupé les fils.

Le casque intégral ricoche à plusieurs reprises sur la chaussée, tandis que le chauffeur de la voiture sort tranquillement pour observer le résultat de son intervention.

On n'entend que le bruit du casque rouler au sol qui finit par s'encastrer dans les solides rondins de la barrière en bois séparant la route de la voie piétonne.

Satisfait, l'agresseur remonte à bord et reprend son chemin comme si de rien n'était dans un curieux bruit de ferraille mutilée.

L'esprit en ébullition, encore sous le choc de ce qui vient de se dérouler sous ses yeux en l'espace de quelques secondes, Dominique ne sait plus quoi faire, se sentant perdre pied, s'enfonçant dans une confusion inextricable qui le terrorise d'un coup.

Qui est ce type ?

D'où sort-il ?

Comment savait-il qu'il était précisément pourchassé par ce motard ?

Jamais il ne pourrait imaginer qu'à plus de trente-deux kilomètres de la terre, un satellite suit tous ses mouvements avec une précision diabolique, transmettant ses images en temps réel à l'équipe du Rectificateur plus imprévisible que jamais.

Dominique se concentre malgré tout sur sa conduite, mais il éprouve de très grandes difficultés, car le visage tordu de douleur de Mathilde qui s'est interposée entre le Russe et lui reste imprimé dans son esprit. C'était son job, mais ça fait quand même quelque chose de savoir que, s'il est encore en vie, c'est grâce au désintéressement total et à l'abnégation de quelqu'un dont il ne sait strictement rien.

La fatigue et le stress commencent à faire leurs effets et le roulement permanent des questions qui se bousculent dans sa tête sans discontinuer, ne font qu'aggraver sa sensation de profonde détresse.

Il est temps que tout ça s'arrête.

Très vite, il rejoint la bifurcation au niveau du Chemin des Cochets et tourne à gauche sur les chapeaux de roues pour s'engouffrer à toute vitesse dans le Chemin du Lac en direction de Tresserve.

Dans quelques instants, il sera à l'abri dans sa maison. Là, les gars de Destivelles pourront le protéger efficacement au cas, malheureusement très probable, ou ses agresseurs viennent terminer leur sale boulot. Mais en même temps, il éprouve une grande sensation de bien-être doublée d'une lassitude extrême, en pensant que d'autres vont se charger de lui.

Ses nerfs commencent à lâcher.

Il est à bout.

Il est temps d'arriver !

Grand temps !

Au-dessus de Savigny,
Sentier du Singe,
planque des Russes,
21 h 43

— Noir-4 à Noir-leader !

— *Je vous écoute.*

— La zone est totalement sécurisée, Commandant. Nous sommes à l'intérieur de la planque des Russes. Je ne sais pas ce qu'il s'est passé ici, mais ça a dû être épique. Il n'y a que des cadavres. Une explosion a pulvérisé l'entrée arrière. Manifestement, les Russes ont été surpris. Aucun n'a survécu. Je ne sais pas qui a fait ça, mais ce doit être un drôle de paroissien. C'est l'enfer sur terre qui est passé par ici !

— *Combien de morts ?*

— Quinze ! Douze à l'étage et trois au rez-de-chaussée. Tous achevés d'une balle dans la tête.

— *Vous avez des nouvelles de l'équipe de surveillance ?* demande Lambert avec appréhension.

— Affirmatif, mon Commandant. Nous les avons retrouvés tous les trois…

— *Ils sont ?…*

— Négatif ! Ils sont tous indemnes mais dans le coltard complet. Notre infirmier est en train de s'occuper d'eux. Ils portent chacun la trace d'une piqûre dans le cou. Ils ont manifestement été endormis. Probablement un puissant sédatif. On en saura plus après les analyses.

— *Grâce à Dieu ! Enfin, une bonne nouvelle.*

— Attendons instructions !

— *Rejoignez Tresserve au plus vite. On va avoir besoin de vous d'ici peu.*

— OK, Commandant ! Nous faisons mouvement. Temps estimé : dix-huit à vingt minutes.

— *Activez !*

Lambert coupe la communication.

— Combien de temps ? demande-t-il en raccrochant son micro.

— On sera chez Dominique dans neuf à douze minutes, répond Francis en débouchant à tombeau ouvert de la D1201A au niveau du carrefour des Rochettes pour s'engouffrer, à gauche, sur la D1201, par Terre Nue et La Grande Molière.

— OK ! Ne lambinons pas. On a déjà assez perdu de temps avec cet accident routier à la Croix Verte. Si ce putain de camion n'avait pas eu la mauvaise idée de se mettre en travers du pont sur la Leysse… Pour le moment nous ne faisons que courir après l'incendie.

— Votre arme vous démange ?

— Un tantinet.

Francis sourit en accélérant résolument. Il comprend l'officier on ne peut mieux, car il est dans le même état d'esprit. Il se fait l'impression d'être témoin de tout un tas d'évènements mais qui s'enchaînent tellement vite qu'il ne sait pas lequel suivre. C'est frustrant. Et Dieu sait à quel point Francis a horreur d'être le témoin impassible d'une situation qui lui échappe de minute en minute.

La sonnerie de son portable résonne. Il enclenche machinalement le haut-parleur sans détourner son regard de la route.

— J'écoute !

— *C'est Stan !*

— Alors, où en êtes-vous ?

— *Les Russes nous ont échappé mais on a bousillé leurs caisses. Ils sont à bord d'une BMW X-6 crème.*

— Félicitations ! Je vous paye à quoi faire ?

— *Ben c'est que ça...*

— Tes explications ne m'intéressent pas. Vous êtes où ?

— *À la sortie d'Aix, au niveau du cinéma « Les Toiles du Lac »...*

— Et Dominique ?

— *On n'a pas pu le rattraper, mais il n'a pas pu aller ailleurs que chez lui. Y a des mecs de Lambert dans sa villa...*

— Tu enfonces des portes ouvertes, bravo !

— *On sera chez lui d'ici une quinzaine de minutes.*

— Par où se sont tirés les Russes ? Combien sont-ils ?

— *Ils ont filé par la D991. On les a perdus au niveau de la gare du Revard et...*

— Les détails ne m'intéressent pas, je viens de te le dire. Combien sont-ils ?

— *On en a mis deux au tapis. Doit en rester sept.*

— Rappliquez à la villa au plus vite et essayez d'être efficaces ! Tout va se jouer là-bas !

Francis coupe la conversation, furieux.

— Décidément, ce n'est vraiment pas notre jour.

L'INTRIGANTE MAISON DE LEE CHUNG-WOOH ! ...

Aix-les-Bains,
quartier Saint-Pol,
Chemin Honoré de Balzac,
22 h 17

Entre Saint-Pol et le Biollay, le long du Chemin Honoré de Balzac, une verdoyante et luxuriante forêt donne ce cachet unique et tranquillisant dont rêve tout habitant quand il ouvre ses volets : la nature !

Juste avant le Chemin de l'Ermitage, sur la gauche quand on vient d'Aix-les-Bains, il y a un petit sentier de terre qui s'enfonce tout droit dans les bois.

On n'entend rien, rien si ce n'est le bruit agressif et puissant d'une moto qui vient.

Celle-ci arrive à bonne vitesse, ralentit et emprunte le chemin sur quelques dizaines de mètres avant de stopper derrière une voiture, tous feux éteints.

Le motard descend de sa monture, enlève son casque intégral et se dirige droit vers le conducteur qui a abaissé sa vitre.

— Alors Rectificateur, tout se passe comme prévu ?

— Tout se passe comme prévu.

— On est dans les temps. Toujours décidé ?

— Côté baraque, du nouveau ?

— Que dalle. Elle est aussi abandonnée qu'une femme moche, sale et méchante. Ma belle-mère, quoi !

— OK, Pisteur-2, j'y vais ! Je prends le matériel dans le coffre. Tout repose sur toi maintenant.

— J'ai bien peur que cette mission soit impossible. C'est prendre un gros risque que de tenter de s'introduire dans cette maison. Lee en a fait une vraie forteresse.

— Toi et ton équipe avez fait toutes les reconnaissances nécessaires, alors ça devrait aller, répond le motard en enfilant sa cagoule noire.

— Comment penses-tu entrer ? Tu vas te faire parachuter ?

— Non, je vais jouer à l'écureuil, comme d'habitude... J'adore !

Sans attendre de réponse, le motard ajuste une jumelle infrarouge sur sa tête et s'enfonce dans le noir.

Au bout de six minutes seulement...

— Rectificateur à Pisteur-2, je vais entrer dans les lieux d'ici trois minutes. Je passe par les toits comme prévu. Une fois à l'intérieur, tu seras mes yeux. À toi de me guider.

Avec une habileté remarquable, le Rectificateur se laisse tomber du haut d'un arbre qui surplombe la vaste demeure silencieuse plongée dans le noir.

Parfaitement ajustée, sa corde d'alpiniste le mène jusqu'à la fenêtre qu'il avait repérée lors d'une précédente reconnaissance.

— Rectificateur à Pisteur-2, brouille-moi les fréquences, le temps que j'entre.

— Pisteur-2 à Rectificateur, OK, mais pas plus de quatre minutes.

— J'en ai besoin de trois ! Active ton bazar !

Avec des gestes aussi précis que rapides, il découpe un morceau de verre, glisse sa main gantée à l'intérieur et ouvre la fenêtre. À peine ouverte, il s'engouffre à l'intérieur et pulvérise de la mousse polyuréthane ([183]) sur le boitier d'alarme, bloquant ainsi le déclenchement de la sirène.

---

[183] La mousse Polyuréthane

Il consulte sa montre. Son action a nécessité trois minutes et vingt-huit secondes.

22 h 41

— Pisteur-2, je suis dans la place. Guide-moi. J'espère seulement que tes plans ne sont pas obsolètes.

— *Je suis plus fort à ce petit jeu-là qu'à celui de tirailler dans un restaurant comme l'autre jour. Et je tiens les plans d'un copain architecte. Aie confiance ! Pour l'instant tu es invisible. Tu vas pouvoir accéder au local de surveillance qui se trouve derrière une porte métallique que tu trouveras au fond du couloir, derrière une tenture rouge.*

— OK ! J'avance... Ça y est je la vois.

— *Parfait ! Ce qui nous intéresse est au sous-sol. L'endroit est hyper protégé. Mais d'abord, déconnecte le réseau de veille du local de surveillance. On ne sait jamais.*

— OK ! Je suis devant ta porte métallique. Il y a un code ?

— *Le jour de Noël et l'année.*

— C'est tout ?

— *Ouais ! Vraiment pas professionnel.*

Dix-sept secondes plus tard, le Rectificateur ressort du local de surveillance.

— OK, c'est fait. Maintenant ?

— *Escaliers de droite. Couloir de gauche. Tout droit sur douze mètres puis tu verras une porte blindée avec boitier digital codé.*

— C'est là que j'utilise ton barnum ?

— *Mon* « barnum », *comme tu dis m'a été fourni par les meilleurs hackeurs qui soient en ce moment. Alors ne dis pas ça, tu vas les vexer.*

— Je suis à sept mètres de la porte.

— *OK, vas-y !*

— J'y suis !

— *OK, plaque le* « krackeur » *sur le boitier codé et lance la procédure de recherche. Tu vas voir défiler les chiffres sur l'écran digital. Quand ils s'arrêteront, tu n'auras plus qu'à composer le code que la bécane te donne.*

— OK, ensuite ?

— Une fois à l'intérieur, tout de suite sur ta droite, au milieu d'une jungle de câbles et de fils électriques, ouvre le boitier gris, en bas de la colonne électronique, et applique scrupuleusement le protocole que je vais te dicter. Si tu te plantes, tu seras immédiatement détecté par un discret, mais très efficace réseau de capteurs thermiques quand tu iras au second sous-sol, là où il y a le coffre de Lee. Le vrai, pas le leurre.

— Je présume que la température et le taux d'hygrométrie de cette salle son maintenus à un niveau constant.

— Tout juste, mais quand tu auras tout désactivé, pas de soucis.

— On le trouve où ton escalier ? Je ne vois rien autour de moi.

— Quand tu ressorts du local, presse le bouton « alerte incendie » par deux fois. Une paroi va s'ouvrir. Enfile-toi dedans. L'escalier est en colimaçon.

— OK Mère-poule !

22 h 59

— J'arrive au second sous-sol. Quelle porte ?

— Au bas de l'escalier, sur ta gauche, tu verras une porte blindée avec...

— Un boitier codé !

— Affirmatif ! Procède com...

— Comme pour l'autre porte, oui je sais, j'ai compris.

— Une fois à l'intérieur, le coffre est droit devant toi.

— OK ! Toujours pas de mouvements suspects ?

— Négatif ! Je ne détecte aucun déplacement. Tu es totalement seul dans la baraque.

Le « krackeur » accomplit docilement son travail. Le code de la porte est rapidement neutralisé, et le Rectificateur pénètre dans une salle voutée.

Juste en face de lui, le coffre n'attend que son bon vouloir.

Rapidement, il colle de nouveau son petit objet diabolique de technologie dessus, lance la recherche et attend quelques longues secondes, le temps que l'appareil qui fonctionne comme un *live listing* et un débogueur détecte la bonne suite de chiffres en *breakant* à chaque bon numéro de la combinaison.

— Bingo ! lâche-t-il en entendant un petit bruit très court mais fort significatif.

Aussitôt, le Rectificateur ouvre la lourde porte blindée et en sort une liasse de documents qu'il examine rapidement.

— Enfin ! dit-il, triomphant.

— Enfin, oui ! entend-il soudain dans son dos.

Malgré son entraînement, il ne peut s'empêcher de sursauter en se tournant d'un coup.

— Ça fait un petit moment que je vous attends ! Dès que j'ai entendu le bazar en ville, j'ai tout de suite compris que ça ne pouvait qu'être vous. Je savais que vous viendriez ici, donc…

— Comment avez-vous fait…

— Pour entrer ? Très simple. Je suis aussi doué que vous à ce petit jeu, et pour le piège thermique, une simple tenue légèrement mouillée a suffi pour faire baisser ma température corporelle. Parfois, les gens vont chercher midi à quatorze heures quand ils ont les solutions sous les yeux. Personne ne pouvait me repérer, et maintenant que vous avez désactivé le réseau thermique, sortir sera un véritable jeu d'enfant.

— Sale petit crâneur de merde !

— Je prends ça comme un compliment.

— Cessez de pointer cette arme sur moi, c'est dangereux de jouer avec ce genre d'engin, surtout quand on n'a pas les compétences pour s'en servir.

L'homme sourit en coin.

— Bien essayé, mais vous n'arriverez jamais à me déstabiliser. Vous souhaitez donc revoir les termes de notre arrangement ?

— Il n'y a plus d'arrangement.

— Nous sommes d'accord sur ce point. Monsieur Straumer n'a pas fait tout ceci en vain et il savait que vous seriez tenté de le doubler, d'où ma présence. Fin de partie ! Donnez-moi ces documents !

— Négatif ! Nous, nous les voulons pour faire le Bien et faire triompher la justice, vous c'est pour éliminer tous les candidats potentiellement capables d'empêcher votre patron d'être élu et, en particulier, le clan Clinton. Vous ne valez pas mieux que les voyous qui rêvent de dominer le monde. Alors il est hors de question de vous laisser la voie libre.

— Vous compliquez les choses. Je crains que, dans ces conditions, la nuit pour vous ne s'arrête ici.

— La nuit n'est pas finie, Maitland... Quand je vous disais que vous n'aviez pas intérêt à me menacer... Vous avez oublié la sécurité de votre arme...

Machinalement, Alex Maitland baisse les yeux. Au même moment, il comprend qu'il vient de se faire avoir comme un bleu, mais il est trop tard. Le Rectificateur est déjà sur lui.

Deux minutes plus tard, l'homme de main de Walter Straumer git au sol, mort, cou brisé.

Le Rectificateur a disparu. Le coffre est ouvert, mais vide !

DERNIER ACTE ! ...

Savoie,
Tresserve,
impasse des Pringets,
domicile de Dominique da Prato,
mardi 26 juin,
23 h 46

La nuit est maintenant bien installée sur Aix-les-Bains. Une oreille attentive pourrait entendre au loin les sirènes des voitures de police qui sillonnent sans cesse la ville thermale en alternance avec celles des ambulances et des pompiers.

C'est une nuit d'indicible terreur !

La fusillade au restaurant le « 59 » a entraîné un incendie gigantesque que les soldats du feu ont, heureusement, réussi à circonscrire mais sans toutefois l'éteindre complètement. Coup de chance, aucune victime n'a été déplorée. Les occupants ont pu être évacués juste à temps et dans une cohue plus ou moins maîtrisée.

Plusieurs magasins voisins sont plus ou moins totalement détruits, comme les boutiques « André » et « La fée Maraboutée » ou la pharmacie faisant l'angle avec les rues du Casino et Despine. En face du « 59 », de la boutique « Esprit », il ne reste que l'enseigne qui pend dangereusement. Les façades des bâtiments sont criblées d'impacts de balles de tous les calibres. De sérieuses réparations vont devoir être engagées. Le Maire et tout le conseil municipal s'est déplacé et il découvre, médusé, l'ampleur des dégâts. Journalistes et paparazzi tournent déjà comme des charognards, à l'affût du scoop bien croustillant qui fera exploser l'audimat.

Les secours ont installés un poste de premier secours sur la petite esplanade, rue de Genève, à hauteur de « Routegorge lingerie ». Quelques mètres plus haut, le café « Chez Fanny » a ouvert ses portes et la patronne distribue de solides remontants à qui en a besoin.

Quant aux différents carambolages, ils ont causé un bazar indescriptible, rendant la circulation dans la ville extrêmement problématique.

Les policiers et les gendarmes, sur les nerfs, ont un mal fou à faire régner un semblant d'ordre. Ça hurle de partout, ça s'interpelle, ça s'insulte, et même les pompiers ont un mal fou à faire leur boulot, surtout pour enrayer la gigantesque inondation causée par l'explosion de la borne incendie.

Sans compter le son suraigu des dizaines de sirènes antivol des nombreuses voitures accidentées que personne, jusqu'ici, n'arrive à stopper.

Heureusement, une section des hommes du Général Deglenne, dûment mandatée, est venue à la rescousse en expliquant, très sommairement et de façon discrète, les origines de ce vaste capharnaüm. Cela a atténué quelque peu le désarroi des forces de l'ordre sans toutefois les rassurer complétement, peu habituées qu'elles sont à être confrontées à ce genre de situation apocalyptique.

Règlement de compte à Aix-les-Bains !

Du jamais vu !

Cependant, la vue des nombreux hommes en tenue militaire a rassuré la population.

L'armée est là, ça va mieux !

Mais à Tresserve, on est loin de tout ce tremblement qui révolutionne la vie des Aixois. On serait même comme dans un autre monde.

La limousine a été rapidement cachée dans le garage souterrain de la villa de Dominique, quant à l'homme d'affaires, éreinté, épuisé, en proie à un début de crise de nerfs, il dort en paix, aidé par quelques calmants dispensés par le toubib des services spéciaux, en se sachant particulièrement bien protégé par les hommes de Destivelles qui ont été avertis des péripéties qu'il a vécues.

Pour l'heure, tout est calme.

Pour l'heure, seulement...

Dans le jardin, deux hommes en armes font les cent pas, tous les sens en éveil, prêts à riposter en cas d'attaque musclée. Les Russes ont démontré être particulièrement déterminés à effacer l'homme d'affaires par tous les moyens. Ils ne s'arrêteront pas là et certains d'entre eux, dont leur chef, ce Wazim, sont encore dans la nature.

Et c'est sans compter les invités de dernière minute !

Le Commandant Lambert ne cesse de vérifier son dispositif, alternant avec les fréquents échanges radio qu'il a avec les forces spéciales, dispersées ici et là. Un solide cordon rapproché de sécurité aussi discret que très efficace a été établi autour de la villa.

— Des nouvelles de Noir-4 ? rugit-il.

— Coincé à Aix, mon Commandant. Les dépanneuses bloquent les boulevards un peu partout. C'est un vrai merdier !

— Qu'ils se débrouillent comme ils le veulent, je ne veux pas le savoir. Je les veux ici, tout de suite !

Lors d'une rapide réunion, Lambert a proposé l'exfiltration immédiate de da Prato mais, de l'avis unanime, il s'est rangé à la majorité. Il faut en finir une fois pour toutes, car exfiltrer Dominique n'apporterait rien d'autre que de déplacer le problème.

À l'écart, Francis et le Gascon vérifient leurs armes, attentifs au moindre bruit suspect. Quant à Stan, même avec une main sur son arme, il est en train de faire un sort aux dernières tranches de jambon curieusement oubliées dans le frigo sous le regard réprobateur du chat. Stéphanie, la belle Angevine, monte la garde devant la chambre de Dominique.

Seul, Cactus, semble s'amuser de cette agitation. Il déambule tranquillement, allant d'un groupe d'hommes à un autre avec la sérénité et l'assurance désinvolte qui sied à tout maître des lieux.

C'ÉTAIT BIEN TROP CALME ! ...

01 h 38

La roquette pulvérise une partie de la façade de la villa. Le balcon que Dominique comptait bien rénover sera à reconstruire en totalité. Juste en avant, le plan incliné qui protège le Range Rover blanc, flambant neuf, s'effondre, entraînant une petite partie du toit dans un bruit de fin du monde.

Aussitôt, le crépitement des mitraillettes alterne avec le staccato très reconnaissable des fusils mitrailleurs. Les Russes ont mis le paquet et, survoltés, hargneux, semblent bien décidés à en finir une bonne fois pour toutes.

Ils ne supportent pas l'échec.

De partout, des hommes en armes affluent, s'interpellant, hurlant des ordres tout en ripostant vivement.

Dans la maison, c'est la panique.

— Putain ! Mais comment ont-ils fait pour entrer dans la propriété ? s'exclame le Gascon en armant son Riot-Gun.

— Ce n'est pas le moment de se poser la question, crie Francis en poussant en avant Dominique, entouré de Stéphanie.

Stan, en tête, ouvre la marche, prêt à faire feu sur le premier Kazakh qui aurait la mauvaise idée de l'empêcher de passer.

— On va se barricader dans la salle de sport, comme il a été prévu ! commande Francis en hurlant. Laissons faire les forces spéciales, c'est leur *job*. Tous autour de Dominique.

Un vrombissement étourdissant fait tourner la tête de tout le monde. La dernière moto des Russes, celle qui s'était renversée dans les fruits et légumes, vient de surgir par-dessus le mur, à l'endroit le moins élevé, près du portail.

Le motard survole une pergola qui ploie sous le poids de Kiwi, et atterrit lourdement devant l'entrée de la maison sous le feu nourri des hommes des forces spéciales dissimulés en contrebas, au niveau de la petite maison d'hôte protégée par une haie de noisetiers du plus bel effet.

Soudain Francis s'immobilise.

— Je ne comprends pas. Pourquoi attaquent-ils ainsi, bille en tête ? C'est de la folie ! Ils connaissent certainement notre dispositif. Dans ces conditions, ils doivent bien savoir que tout combat frontal est voué à l'échec, ils n'ont aucune chance… sauf…

— Sauf ?

— Sauf si cette attaque n'est rien d'autre qu'une diversion pour faciliter l'infiltration de Wazim et quelques-uns de ses hommes, bien déterminés. Je suis sûr qu'ils vont entrer par l'autre côté, par le bas de la propriété, au niveau du tennis, là où la végétation est plus dense.

— Je suis arrivé à la même conclusion, s'exclame Lambert, grimaçant, une épaule en sang, en surgissant du bas de l'escalier.

Stéphanie examine rapidement la blessure de l'officier. C'est pas beau à voir.

— Je m'en sortirai, rassurez-vous. Pensez plutôt à protéger da Prato. Filez dans la salle de sport, je m'occupe de vous couvrir, je rameute quelques hommes et je cours au tennis. Je vous rejoins dès que possible. Filez ! C'est un ordre !

Lambert fait demi-tour et disparaît dans la cuisine. Des coups de feu résonnent, tout proches.

L'ennemi n'est pas loin.

— Gascon ! Stan ! Ouvrez la marche ! ordonne Francis.

Sans attendre, les deux hommes s'engouffrent dans l'escalier. Jean-Georges attend que Stan soit arrivé au pied de l'escalier pour suivre.

— C'est tout bon ! Vous pouvez descendre ! Vite !

Alors que les balles commencent à siffler autour d'eux et que la fusillade s'intensifie dangereusement au goût de Francis, da Prato et Stéphanie surgissent dans le dégagement. Protégé d'un côté par Stan et de l'autre par le Gascon, le duo disparaît dans l'étroit escalier donnant directement dans la salle de sport, Francis sur leurs talons.

— Surtout n'allumez pas ! commande-t-il. Guidez-vous sur les lumières du jardin et les Led de veille des différents appareils. Si jamais on nous voit, on est morts ! Notre seul atout, c'est l'obscurité et l'immobilité totale.

Francis s'assure que ses ordres sont bien exécutés, puis à l'attention de ses deux adjoints :

— Décrochez ! hurle-t-il.

En reculant rapidement, le Gascon et Stan s'engouffrent à leur tour dans le passage menant à Fort Alamo après avoir verrouillé la porte d'accès.

— Moi, je l'ai rebaptisé. Je l'ai appelé Fort Invincible ([184]), ça colle plus à ma superbe et inégalée personnalité...

— On fera ton analyse caractérielle plus tard, pour le moment, colle-toi dans la première salle, côté Nord, et assure-toi que tout est OK ! commande Francis en courant vers les deux double-portes vitrées d'accès pour vérifier les fermetures massives.

---

[184] « Fort Invincible » est un western de Gordon Douglas, réalisé en 1951, avec Grégory Peck, Barbara Payton, Ward Bond, Neville Brand et Lon Chaney Jr. Ce western est un modèle du genre au climat tendu et angoissant. Il n'est pas sans annoncer, plus de 15 ans avant, le très célèbre « les 12 salopards ».

— J'espère sincèrement que toutes ces baies vitrées sont vraiment blindées. On peut nous voir comme le nez au milieu de la figure si on allume, laisse tomber da Prato en regardant, mains sur les hanches, le long alignement de verre.

Devant lui, sur sa droite, trois baies vitrées séparées seulement par le mur d'une cabine de douche. Devant elle, le jacuzzi. Dans ce contexte de danger omniprésent, le bouillonnement de l'eau est inquiétant.

Sur la gauche, à quelques mètres, une cloison vitrée le sépare du sauna, de la salle de sport où trône une impressionnante collection d'engins de toutes formes. Ça va du tapis de course au vélo, en passant par le banc multifonctions pour la musculation et le rameur elliptique.

— De Dieu, t'as vu ? On se croirait dans Stars War ! Que des engins de classe internationale.

— Guignol ! Tu ne saurais même pas t'en servir, c'est pour personnes intelligentes, ça !

— Aaaaaah, très drôle !

Au fond, une autre cabine de douche. Tout a été particulièrement bien pensé.

— La vache, si avec ça, je perds pas cinquante grammes, je suis nul ! s'exclame Stan en tapotant amicalement le rameur elliptique.

— C'est vingt kilos que tu dois perdre, ironise Stéphanie en contrôlant à tâtons les fermetures des trois baies vitrées de cette partie de la salle.

— Sache, douce amie, que j'ai un corps parfait et que je n'ai nul besoin de l'entretenir. Tu sais pourquoi ?

— Non, mais dis toujours, je suis sûre que ça va m'épater.

— J'ai conscience de ma beauté et par respect pour les autres que la nature a eu la bonne ou la mauvaise idée d'affliger de corps repoussants, je ne m'exhibe pas de peur de vous flanquer la honte et...

— La ferme vous deux ! Ce n'est pas le moment de rigoler ! Stan, tu protèges la zone nord. Stéphanie, tu gardes les yeux rivés sur les baies vitrées. Dominique et moi, protégeons l'autre partie de la salle. On sera du côté du sauna. Maintenant, silence total, pas un bruit, pas un mouvement, pas une lumière. Laissons faire les forces spéciales.

Tandis que, dehors, la fusillade ne baisse pas d'un cran, les quatre amis se tassent comme ils le peuvent dans les coins les moins visibles.

De leurs cachettes, ils peuvent entrevoir des ombres courir sur la terrasse en bois qui jouxte la grande salle de sport. L'effet est saisissant. On a l'impression qu'elles touchent à peine le sol, se contentant d'effleurer les lattes de bois. Seulement, même très atténué, le martèlement de leurs pas indique que c'est bien réel.

Des cris, des hurlements, des fois extrêmement proches, leur font monter le taux d'adrénaline. Dans ces conditions, difficile de rester immobile. Les lumières rasantes du jardin leur permettent de distinguer des silhouettes qui courent dans tous les sens. Parfois, traversant soudainement le rayon lumineux, elles s'animent plus nettement l'espace de quelques secondes, pour disparaître à nouveau dans la nuit noire, ajoutant ainsi à cette sensation fantomatique.

L'atmosphère est oppressante. Chaque bruit est multiplié au centuple. Chaque mouvement est difficile à interpréter. Tout est flou, tout est surprenant, tout est indéfini.

Tout au loin, da Prato et ses gardes du corps, peuvent voir les lumières des habitations scintiller.

Recroquevillé près du sauna, Dominique se penche vers Francis, aux aguets. Il ne cesse de serrer la crosse de son arme.

La tension est palpable.

— Combien de temps, d'après toi ? murmure-t-il.

— Aucune idée, mais si les troupes du Général Deglenne sont bien positionnées autour de ta maison, ce n'est plus qu'une question de minutes. Finalement, Lambert avait raison : ta salle de sport est le meilleur endroit pour se planquer.

— Quelle heure est-il ?

Francis consulte sa montre.

— Quatre heures quarante. Pourquoi ? Tu as rencard ?

— Je n'ai jamais eu de ma vie une pétoche pareille, je...

Un geste sec mais très significatif de Francis lui interdit de continuer.

— Que se passe-t-il ?

Inquiet, Francis a la tête levée et semble suivre quelque chose sur le toit.

— Il y a du monde juste au-dessus de nous.

— Tu es sûr ? s'étrangle Dominique qui regarde en même temps son Beretta avec la désagréable impression qu'il va devoir s'en resservir.

Rapidement, Francis se redresse et, à tâtons, essaie de suivre les bruits qui se dirigent vers la grande verrière. En plein jour, elle permet au soleil d'inonder copieusement la salle.

— Ils sont là ! murmure-t-il quand les bruits cessent d'un coup.

Sentant le danger imminent, Francis n'a pas le temps de bouger que deux formidables explosions pulvérisent la verrière, projetant des milliers de morceaux de verre dans tous les coins dans un bruit apocalyptique.

Plusieurs cris retentissent. Francis qui se protège comme il le peut avec ses bras, reconnaît les voix de Stéphanie et Stan.

Ils ont été touchés.

Un bref regard. Il les aperçoit couchés au sol, inanimés.

Il jure en courant complètement courbé vers le sauna. Priorité : protéger Dominique.

Brusquement, une lumière aveuglante inonde la salle de sport.

Immédiatement, deux cordes sont balancées dedans. Des cris, des ordres. Quatre homme armés se laissent glisser jusqu'au jacuzzi, alors qu'un autre, du bord de la verrière, balance un fumigène à l'intérieur.

Francis n'attend pas, il se précipite sur le premier agresseur muni d'un masque à gaz qui vient de toucher le sol. D'un violent coup de poing, il le sèche avant qu'il ait eu le temps de se défendre.

Francis lui loge une balle dans la tête, tandis que le Gascon, toussant, éructant, les yeux enflammés, ne cesse d'arroser les agresseurs avec son Riot Gun. Le bruit est épouvantable. L'un des tueurs lâche la corde et vient s'écraser au sol entre le jacuzzi et la cabine de douche. Son hurlement de douleur est étouffé par son masque.

Coup de chance, en s'affalant, l'homme propulse sans le vouloir le fumigène dans le jacuzzi, le rendant quasi inopérant. La visibilité revient petit à petit.

Seulement d'autres Russes suivent.

Francis tente de rejoindre da Prato, mais...

— Fais gaffe ! Derrière toi ! hurle Dominique.

Trop tard, l'un des agresseurs s'est jeté sur l'enquêteur. Les deux hommes roulent au sol.

— Reculez ! ordonne le Gascon qui court vers da Prato, en crabe, tout en arrosant méthodiquement la salle, touchant un autre agresseur qui tombe dans le jacuzzi et se noie rapidement. L'eau bouillonnante devient soudainement rouge.

Trois nouveaux Kazakhs déboulent du toit et se ruent sur le Gascon et da Prato qui fait le coup de feu depuis le coin sauna. Il sent bien que sa dernière heure est arrivée.

Alors qu'au sol, Francis ne parvient pas à se défaire de son agresseur, nettement plus fort que lui, le Gascon, à bout de munitions, en est réduit à frapper avec son fusil à pompes, s'en servant comme d'une massue. Un des agresseurs ne peut éviter le coup, mais le second s'attaque au Gascon qu'il sèche d'un revers de crosse de mitraillette.

Jean-Georges pousse un cri et s'effondre non sans abattre son agresseur avec son arme de poing qu'il a dégainé malheureusement un poil trop tard.

Da Prato en est aux mains avec son attaquant. Avec l'énergie du désespoir, trouvant en lui des ressources insoupçonnées, il réussit à le propulser dans le sauna qu'il ferme tout en réglant la puissance sur maximum.

Haletant, mais satisfait, Dominique le regarde crever par la vitre de la porte. Il voit le Russe hurler de douleur sous l'assaut implacable de l'insupportable vapeur, mais l'insonorisation est telle qu'il ne voit que ses lèvres bouger.

— Tournez-vous ! entend-il soudain. Je veux que vous voyiez qui vous tue.

Dominique s'exécute lentement et découvre devant lui le salopard qui a orchestré toute cette attaque.

Il est le dernier.

— Vous êtes vraiment difficile à abattre, vous ! éructe Wazim en le menaçant d'une arme de poing.

— Je n'ai pas vos putains de documents !

— C'est trop tard ! À genoux !

— Mais je vous répète que je ne...

— La ferme ! C'est la fin du voyage, monsieur da Prato, lâche avec un plaisir sadique évident l'homme de main de Tchernienkov.

— Des connards comme toi, j'en vois tous les jours, mais là je ne suis pas d'humeur.

— Je prends ça comme un compliment, plaisante Wazim en pointant résolument son arme sur Dominique qui voit, soudain, toute sa vie défiler.

Il ferme les yeux.

La détonation vrille l'espace. Dominique ouvre un œil, puis le second en se palpant rapidement. Il ne comprend pas, il n'est pas touché.

Mais qui a tiré alors ?

En se redressant, il voit Wazim, yeux exorbités, arme encore à la main, marcher en zigzaguant comme un homme ivre sans cesser d'ouvrir et de fermer la bouche d'où sort un filet de sang. Un dernier hoquet et il s'effondre face en avant.

Tout à coup, da Prato aperçoit une silhouette sortir de l'ombre de l'escalier, non loin du sauna.

L'homme a un genre méditerranéen prononcé. Ses cheveux sont noirs et très bouclés. Son visage a les traits grossiers. De toute évidence, c'est un étranger.

Qui est ce type ?

D'où sort-il ?

De quel côté est-il ?

Dominique n'ose pas bouger. L'inconnu descend les dernières marches et s'approche. Son pas lent écrasant les microscopiques morceaux de verre, accentue le côté irréel de son arrivée. Il surgit soudain dans la lumière, arme à la main.

Sans rien dire, il s'approche du cadavre, donne un coup de pied dans la main du Kazakh pour faire glisser son arme au loin, et observe longuement sa victime.

— T'as vraiment pas la tête d'un porte-bonheur ! laisse-t-il échapper avant de se tourner sur l'homme qu'il vient de sauver.

— Qui... qui êtes-vous ?

— Un ami, répond Victor en aidant Dominique à se relever.

Soudain, da Prato ouvre grands les yeux en découvrant avec stupeur que son sauveur a un col de prêtre autour du cou.

— Vous... vous êtes... prêtre ? Réellement ?

— Oui, pourquoi ? Cela vous dérange-t-il, mon fils ?

— C'est-dire que... enfin, j'en connais peu qui prêchent avec un flingue ! Vous avez perdu la foi ?

— Pour perdre quelque chose, mon fils, il faut déjà l'avoir trouvé.

— Je ne comprends pas comment...

— Baptiser à coup de flotte n'est pas forcément enrichissant, alors qu'à coup de flingue...

D'un geste évasif, Victor balaie la suite de sa phrase avant de porter son poignet à sa bouche en s'éloignant quelque peu.

— Rectificateur de Pisteur-1, tout est terminé ici, c'était moins une. Je décroche.

— OK ! Retour à la base ! Pisteur-2 est déjà rentré. On s'arrache immédiatement ! Bledsoe est en train d'arriver dans la propriété avec ses cow-boys.

Souriant, détendu, Victor reporte son attention sur Dominique.

— Et voilà ! Je dois vous quitter ! Je pourrais vous dire que j'ai une messe à célébrer, mais vous ne me croiriez pas. En réalité, j'ai tout l'avant de ma voiture à réparer. Donc...

— Une seconde ! Vous ne pouvez pas...

Victor se retourne et, un index sur la bouche, fait comprendre à l'homme d'affaires qu'il a meilleur compte de ne pas poser de questions.

C'est très clair !

— Vous ne m'avez jamais vu, murmure-t-il sur un ton faussement amical.

Aussi soudainement qu'il est apparu, Victor disparaît dans la nuit.

L'esprit en ébullition, agacé par le vrombissement assourdissant du jacuzzi qui lui apparaît brusquement totalement déplacé, Dominique ne sait plus quoi faire quand un grognement derrière lui, le fait tourner la tête.

Francis est en train de se réveiller en grimaçant.

Il repousse péniblement le cadavre du Russe qu'il a finalement et in extremis réussi à abattre avant de sombrer. Aussitôt, da Prato se précipite pour l'aider.

— Avec toi on n'est jamais déçu, ironise-t-il en l'aidant à se remettre debout.

SORTIE DE CAUCHEMAR ET INTERROGATIONS ! ... LES DÈS SERAIENT-ILS PIPÉS ? ... MAIS POURQUOI POSER UNE QUESTION DONT ON A DÉJÀ LA RÉPONSE ! ...

Petit à petit, Stan, le Gascon et Stéphanie reprennent des couleurs.

Les éléments de Noir-4 sont enfin arrivés et l'infirmier se presse autour des blessés. Lambert, un bras en écharpe, est rapidement soigné, puis le fastidieux travail d'enquête commence.

Assis autour de Dominique da Prato sur la terrasse couverte, les privés sont silencieux, les yeux dans le vide, tournant machinalement leurs cuillères dans leurs tasses, essayant de se remettre de leurs émotions. Stan caresse machinalement Cactus qui tourne autour de lui.

Ils sont vidés !

Cette fois-ci, ce n'est pas passé loin.

— Quand je vais raconter ça à Finette, moi ! ne cesse de répéter Jourdan en rajustant mécaniquement son pansement.

Le bruit environnant et le va-et-vient permanant des militaires, ne les gênent même pas. Ils sont ailleurs, assaillis par une multitude d'images qui resteront à tout jamais imprimées dans leurs esprits.

Ce n'est que quand Lambert vient avertir Francis que monsieur Destivelles est arrivé, que l'enquêteur reprend ses esprits.

Il s'est à peine redressé qu'un homme entouré de six autres costauds armés, apparaît soudain.

Lambert se tourne et sourit légèrement en le saluant.

— Lambert, DGSI !

— Bledsoe, CIA !

— Merci pour le coup de main.

— Tout naturel entre alliés.

Les mots résonnent curieusement dans la tête de Francis qui a l'impression que cela n'a plus aucune importance.

Ils sont vides de sens. Totalement creux. Ils ne veulent rien dire, plus rien.

CIA, DGSI, RATP, EDF, KGB, FSB, CSG, LR, LREM... Mais qu'est-ce que c'est que cette farce permanente ? Qu'est-ce qui est « Tout naturel » ? Que signifie « Entre alliés » ? Qui est ce « Victor » ? Pourquoi n'est-il pas là ? D'où sort-il ? Pour qui travaille-t-il ? Est-il de mèche avec ce mystérieux exécuteur ? Logiquement, oui.

Tout tourne dans sa tête.

Francis a subitement l'impression d'être le cocu de service et, brusquement, la sensation d'avoir été « utilisé » le prend comme si une force inconnue le saisissait à la gorge. Une colère sourde le fait trembler d'un coup avec une envie folle de tout envoyer balader.

Merde à la fin !

Nous ne sommes que des marionnettes ! se dit-il.

Manifestement, « on » ne lui a pas tout dit.

Était-ce seulement possible ?

Il n'a pas le loisir de pousser plus loin son raisonnement, si tant est qu'il en eût encore la force.

Jean-Philippe Destivelles, solidement escorté, fait son apparition.

Après les constatations et les non moins sempiternelles félicitations de rigueur, Francis est de nouveau perplexe en découvrant ce Bledsoe en grand conciliable avec le conseiller spécial et, à voir leurs visages, ces deux-là se connaissent bien.

Sentant une colère noire monter à nouveau en lui, Francis s'approche des deux hommes et, en s'excusant sèchement, prend Destivelles par le bras et l'entraîne un peu à l'écart.

— Vous pouvez m'expliquer ?

— Quoi donc ?

— Vous semblez très « copain » avec ce Bledsoe. Qu'avez-vous « oublié » de me préciser à son sujet lors de nos entretiens ?

— Mais rien, cher ami, rien du tout.

— Cessez de me donner du « cher ami » à tour de bras, ça m'agace souverainement.

Destivelles se ferme et scrute Francis plusieurs secondes. Comprenant que le « cher ami » commence à s'énerver, il préfère ramener le calme.

— Léo J. Bledsoe est un agent de la CIA...

— Ça, j'avais compris. Mais quels sont vos rapports avec lui ? Qu'a-t-il à voir dans notre affaire ? Il bosse pour Trump, non ?

— Bledsoe nous a grandement aidés lors de l'affaire Lescuyer, aux Antilles.

— Lescuyer ? Ce n'est pas ce sismologue qui a révolutionné cette science ? ([185]).

— C'est bien lui. Donc, un coup de main en valant un autre, nous avons pensé qu'en unissant nos forces...

— Vous aviez à y gagner quelque chose.

— C'est un peu l'idée. Bledsoe travaille pour la CIA et donc pour l'Amérique, mais dans le cas présent, il agit essentiellement pour les Américains, si vous saisissez bien la nuance...

— Parfaitement.

— L'enquête en cours sur la collusion entre Trump et Poutine n'a pas encore révélé tous ses secrets. Bledsoe est très intéressé par le contenu de ces maudits documents.

— Qu'en fera-t-il ? Pompéo, son nouveau patron, ne le laissera jamais les divulguer.

— Lui, non ! Mais Bledsoe a le bras long et de nombreux contacts au FBI et dans certains médias. Il réagit exactement comme Lambert et moi... Il agit aussi

---

[185] Voir « *20 heures pour sauver la Terre !* ».

à l'identique, comme vous dans l'affaire de l'or de Tcherkassy ([186]). Tous, nous agissons pour la justice. Tout doit être fait pour la sauvegarde des intérêts de nos pays respectifs. Un jour nous sommes concurrents, mais le lendemain…

— Vous vous entendez comme larrons en foire, ajoute Francis qui commence à réaliser toute l'ampleur de cette sordide farce tragique dans laquelle il a tenu le rôle qu'« on » avait décidé de lui attribuer. Une pièce en une seule représentation et jouée à guichet fermé.

Pas de rappel !

Hypocrisie, quand tu nous tiens !

— Mais sur l'essentiel, nous sommes toujours d'accord. Nous récupérons ces documents, pour nous, Français, mais nous permettons aussi à Bledsoe de s'en servir. Donnant, donnant.

— C'est sordide !

— C'est comme ça qu'on gagne. Est-ce que vous vous effondreriez face à ce qui vous effraie le plus ? Non, vous vous dressez face à l'obstacle et vous combattez. J'ai cet état d'esprit. Maintenant, il n'est que temps de découvrir le contenu de ces papiers si brûlants.

— Nous ne les avons pas. Dominique ne les a pas. Personne ne les a !

Destivelles arrive à se maîtriser parfaitement, ce qui n'est pas sans impressionner l'enquêteur malgré sa rancœur.

L'attitude de l'homme d'État est significative. Il ne s'arrêtera pas là !

— Ils sont pourtant bien quelque part, nom de Dieu ? Ils existent, nous le savons ! … Votre ami a maintenant tout intérêt à s'allonger ! Comprenez-vous ?

Francis commence à réaliser que le conseiller spécial est prêt à tout pour récupérer ces documents. Aussi juge-t-il préférable de calmer le jeu.

— Laissez-moi quelques heures. Dominique a confiance en moi et en ce moment, c'est bien la seule chose dont il ait besoin.

Destivelles réfléchit à la proposition.

---

[186] Voir « *La route de Tcherkassy* ».

— Soit, je vous laisse cinq heures, pas une de plus, ensuite...

— Ça va ! Pas la peine de me faire un dessin.

RÉFLÉCHIR, MAIS RÉFLÉCHIR VITE ! ...

Savoie,
Tresserve,
impasse des Pringets,
domicile de Dominique da Prato,
mercredi 27 juin,
05 h 46

Sans attendre, Francis se lève et attrape Dominique par le bras. Rudement, il le sort de la table à laquelle l'homme d'affaires buvait quelques gorgées réconfortantes, l'esprit dans le vide.

— Que se passe-t-il encore ?

— Faut que je te parle.

— Et tu as besoin de me traiter comme un condamné à mort pour ça ?

— Ça tombe bien que tu parles de « mort », parce que cette saloperie va peut-être s'inviter à nouveau et, crois-moi, ça ne va pas être de la tarte.

— Mais bon Dieu, pourrais-tu au moins me dire ce que tout ce... Nom de Dieu, c'est encore ces fichus saloperies de papiers ! Mais combien de fois faut-il que je te dise que je ne les ai pas ? Ça commence à bien faire à la fin !

— Ferme-là ! Ce n'est plus le moment de s'énerver mais de réfléchir, et réfléchir vite si on veut que tout se passe bien.

Loin d'être stupide, Dominique plisse les yeux en regardant curieusement son ami.

— Dis-moi, toi, tu ne serais pas en train de courir après l'incendie ? Destivelles s'est montré sous son vrai jour, n'est-ce pas ?

— Exact ! Il tient à « ses » documents et est prêt à tout pour les obtenir.

— Y compris à me faire parler par... n'importe quel moyen.

— Je vois que tu comprends très vite. Parfait, ça facilitera la discussion.

Dominique bloque soudain Francis.

— Bordel de merde, combien de fois devrai-je te dire que je ne sais pas où ils sont, ces satanés...

— Je sais, Dominique, je sais, et ce n'est pas moi que tu dois convaincre.

— Alors, qu'est-ce que tu veux ?

— Tu es le seul témoin direct de cette fusillade. Excuse-moi de te dire ça comme ça, mais tu as nécessairement vu ou entendu quelque chose, peut-être inconsciemment, mais tu sais quelque chose. Alors ce que je veux, c'est mettre à profit les cinq heures que j'ai pu gagner pour trouver le fin mot de cette histoire de merde. C'est le moment de faire fonctionner nos neurones. Nous devons trouver !

07 h 19

— Récapitulons !

— On l'a déjà fait une douzaine de fois et...

— Il faut recommencer, encore et encore !

Las, vaincu, Dominique soupire longuement en étendant ses mains bien à plat sur ses cuisses. Sa tête semble tomber sur sa poitrine.

— Écoute, Francis, tu es bien gentil, mais là, *basta !* J'en ai ma claque de te raconter en boucle ce qui s'est passé. J'aurai beau te le redire pour la millième fois, ça ne changera pas ma version.

Les deux hommes se dévisagent longuement. Francis comprend qu'il est inutile d'insister. Dominique est exténué. Il ne dira plus rien d'intéressant. Pourtant, il faut bien trouver la solution !

Un silence s'installe, soudain interrompu par l'enquêteur.

— Au fait, avec tout ce bazar, tu ne m'as pas raconté comment tu as réussi à sortir du « 59 » indemne.

Dominique da Prato relève la tête. Son visage se crispe, à l'évidence, revivre ces moments de peur totale ne l'emballe pas trop.

— Eh bien... Nous étions tranquillement attablés avec ma fausse épouse quand, soudain, les Russes ont envahi le restaurant en démolissant la baie vitrée du côté de la terrasse. Tout de suite, une grêle de balles nous est tombée dessus. Instinctivement, Mathilde, la pauvre, a dégainé et s'est levée pour me couvrir. C'est à ce moment qu'elle a pris une rafale.

— Et toi ?

— Je me suis jeté sous la table. J'ai sorti l'arme que tu m'avais prêtée et je me suis défendu. Coup de chance, une balle a dû perforer une conduite d'eau chaude. Aussitôt, un nuage de vapeur a envahi la salle. Au milieu des cris, des ordres de Rémi, le chef, qui tentait de faire sortir personnels et clients, je me suis dirigé à quatre pattes vers la vitre qui donne sur la rue du Casino. Elle était explosée, donc, facile de se retrouver dehors. Le feu a pris à cet instant. Je crois que c'est le tableau lumineux qu'il y avait au-dessus de notre table qui a pris une balle, causant un court-circuit. Je m'en rappelle bien parce que j'avais noté que l'immense photo représentait des asperges vertes et...

— Ensuite !

— Une fois dehors, j'ai taillé la route comme jamais. Même avec mon genou en vrille, je t'assure que j'ai rarement couru aussi vite de ma vie. Ça tirait de tous les côtés. J'ai aperçu les gars des forces spéciales qui se coltinaient avec les Russes. Terrible ! Un fracas épouvantable. En plus, la rue étant étroite, ça faisait caisse de résonnance. Je crois que j'aurai cette « petite musique » dans ma tête toute ma vie.

— Et tu as réussi à gagner la limousine.

— Oui. J'ai descendu la rue du Casino à toutes jambes. Au niveau du salon de coiffure « *Didier Pijolet* », je me rappelle avoir entendu le bruit d'une terrible explosion. Je crois qu'une roquette a impacté le local. Je sens encore le souffle de l'explosion dans mon dos. Après, alors que des milliers de débris de verre et de ferraille de la vitrine dégringolaient de partout, je suis arrivé sur une petite esplanade, rue de Genève. La limousine était garée là, en face du « *Bijoutier/ horloger Vaissière* ». Une fois dedans, je t'assure que je n'ai pas attendu longtemps. J'ai dévalé la rue de Genève, j'avais déjà des Russes aux fesses... Je ne suis pas prêt d'oublier cette nuit de cauchemar... Tu m'écoutes ou quoi ?

— Pardon ! Je pensais tout à coup à quelque chose.

— Quoi ?

— Tu m'as bien dit que quand les Russes ont fait irruption dans le restaurant, tu t'es jeté sous la table ?

— Eh bien oui ! Que voulais-tu que je fasse d'autre ? Que je me mette à danser la gigue ([187]) sur la table en souriant d'une oreille à l'autre ? Tu sais, dans ces cas-là, on ne réfléchit pas trop, on se planque comme on peut.

Francis reste mutique tout en se tapotant le menton.

— Si mon idée est juste...

— Quelle idée ?

— Lors de la fusillade au « *Lamartine* », tu m'as bien dit que l'Asiatique s'était levé et était venu mourir dans tes bras ?

— Oui, je te l'ai dis cent mille fois au moins. Mais où veux-tu en venir à la fin ?

---

[187] La Gigue est une danse rapide ou très rapide, d'origine probablement anglaise ou irlandaise.

— A ceci : en pareil cas, toute réaction logique est de se cacher. En l'occurrence sous la table.

— Oui et alors. Tu m'énerves là !

— Or Lee Chung-Wooh ne l'a pas fait. Il s'est délibérément levé de la table et s'en est éloigné.

— Et alors ? Dessous ou éloigné, ça ne fait pas une grande différence !

— Dans le cas présent, si ! Lee était un homme rôdé à ce genre d'embuscade. C'était un habitué des coups tordus, donc, à ce titre, il n'est pas impossible de penser que s'il s'est éloigné de la table, c'était pour éviter d'attirer le flingueur sur elle. Tu comprends ce que cela implique ?

Da Prato regarde étrangement son ami, se demandant ce qu'il peut bien encore avoir inventé comme théorie.

— Reprends tout depuis le début, s'il te plaît, commande gentiment Francis en lui tapotant le genou doucement.

Dominique ne dit rien, puis prend une profonde inspiration.

— Alors, pour la énième fois, je discutais tranquillement avec mes amis, ces trois types ont surgi, ils ont rafalé de partout. L'un d'eux s'est soudain planté devant la table des six truands et a ouvert le feu. Un des gangsters a riposté, blessant l'agresseur qui a réussi à flinguer tout le monde, y compris l'Asiatique. Alors je...

— Concentre-toi sur les faits et gestes de Lee. Jusqu'à présent, nous avons essentiellement parlé de ce qui s'est passé après la fusillade, quand il t'est tombé dans les bras.

— Il ne s'est rien passé à ce moment. Comme je l'ai dit cent mille fois, le mec était couvert de sang et m'est tombé dessus sans dire un seul mot, je...

— OK ! OK ! Ça, c'est enregistré, je suis d'accord, mais ce que je veux savoir, maintenant, c'est ce qu'il a pu faire durant les quelques secondes avant d'être abattu. Entends-tu ? Seulement les quelques secondes avant de se faire allumer. C'est capital.

— Je commence à comprendre où tu veux en venir.

— Alors, fais marcher ta mémoire.

— Je n'ai pas vraiment fait attention, je...

— Ce que je veux dire, Dominique, c'est quand un type comme Lee est en train de négocier un truc à des milliards de dollars, il a probablement dû prendre toutes les précautions d'usage pour les trimballer. C'est une clé USB ou un truc de ce genre. Lee est un truand, il a donc pensé en truand, c'est-à-dire à une possible attaque. Or, quand on est dans cet état d'esprit, on prévoit toujours une parade. Et que fait-on dans pareille situation ?

— On essaie de sauver sa peau.

— Exact, mais que fait-on aussi quand on a sur soi des documents aussi explosifs ?

Dominique ouvre grands ses yeux en réfléchissant à toute vitesse, aidé du geste par un Francis qui suit sa petite idée. Une idée tellement simple qu'elle n'est venue à l'esprit de personne.

— Alors ! Alors ! ... Tu y es ? Rappelle-toi, que s'est-il passé quelques secondes avant qu'il soit abattu ? Quels ont été ses gestes ?

— Ses gestes ! ... Eh bien, je...

— Allez ! Allez ! Allez ! Fais un effort, tu dois trouver !

— Nom de Dieu ! s'exclame brusquement l'homme d'affaires en se levant, comme aiguillonné.

— Il avait les mains sous la table ! Ça y est, ça me revient, il avait les deux mains sous la table. Deux ou trois secondes, puis il s'est levé et c'est à ce moment qu'il a été abattu avant de venir vers moi et de me tomber dans les bras, ou presque.

— Nous nous sommes tous polarisés sur ce que Lee aurait éventuellement pu te dire, ou te confier, et c'est logique, mais personne n'a cherché à savoir ce qu'il avait fait juste *avant*, juste quelques secondes auparavant.

— Donc, tout le monde s'est évertué à chercher ces saloperies de documents dans tous les coins, mais pas dans le seul endroit où ils doivent être.

— Tu vois quand tu veux ! J'en connais un qui va être content.

LES DOCUMENTS ! ...

Savoie,
le Bourget-du-Lac,
route du Tunnel du Chat,
restaurant « *Lamartine* »,
jeudi 28 juin,
13 h 14

— Je ne comprends pas ce que nous venons faire à nouveau dans ce restaurant ? demande Destivelles, tandis que Francis, rayonnant comme jamais, sûr de son fait, gare la Vanquish dans le parking de cet établissement renommé.

Juste derrière lui, arborant le même sourire de vainqueur, da Prato fait de même.

— Vous allez comprendre, monsieur, dans un instant. C'est Dominique qui a trouvé l'astuce.

— J'espère que vous ne m'avez pas fait déplacer pour rien. J'ai eu assez de mal à calmer les autorités locales, vous n'avez pas idée des dégâts et des coûts exorbitants que ces fusillades et autres courses-poursuites ont pu occasionner. On a ramassé des cadavres de partout.

— Vous ne serez pas déçu ! Fiez-vous à mon instinct.

Rentrant au pas de charge, Francis, accompagné de Lambert, Dominique da Prato, Destivelles, Stan et le

Gascon, se dirigent droit vers la réception sur leur gauche, persuadé avoir trouvé la solution.

Elle est si simple que personne n'y avait pensé.

— Bonjour, vous avez réservé ?

— Juste une question, fait-il.

— Oui ?

— Les tables, vous les bougez souvent ou elles restent toujours au même endroit ?

— Comment ça, je ne comprends pas ?

— Après la fusillade d'il y a quelques semaines, avez-vous modifié l'aménagement de la salle ? Avez-vous déplacé les tables ? questionne vivement da Prato.

Le regard inquiet du réceptionniste va de Francis à Dominique.

— Euh, non ! Pourquoi ? On a juste tout nettoyé et remplacé le mobilier cassé, je ne...

— Parfait !

Francis le remercie d'un hochement de tête avant de se précipiter dans la salle bondée.

Interloqué, le réceptionniste tente de s'interposer mais la carte tricolore que brandit Destivelles lui fait renoncer tout de suite à poursuivre.

— Ce que l'on cherche doit être *sous* la table. Il n'y a pas d'autre explication possible. Si ces putains de documents ne sont nulle part, si personne ne les a, c'est qu'ils ne sont jamais sortis d'ici. CQFD !

Stan s'écrie alors :

— Pigé ! Je m'en occupe !

Avant que Francis, pressentant une énième catastrophe, ne puisse l'arrêter, Stan file déjà vers les convives tranquillement attablés en savourant des mets particulièrement délicieux.

Du doigt, il compte les tables sous les regards perplexes de quelques clients qui se demandent à quoi joue cet olibrius.

— C'est celle-là ! crie-il en désignant la table où étaient les six mafiosi.

Aussitôt, il se rue sur elle, Francis, sur ses talons, n'arrivant pas à l'arrêter.

— N'ayez crainte, madame, nous ne faisons que contrôler l'état du mobilier, dit Stan en tirant résolument la chaise sur laquelle se trouve assisse une dame d'un certain âge, outrageusement maquillée et habillé comme pour aller à la messe.

Stupéfaite, bouche ouverte et bras en l'air, elle ne réagit pas, ne comprenant rien à ce qui lui arrive.

Souriant comme jamais, Stan fait le tour de la chaise, plonge un doigt dans l'assiette de la cliente et le porte à sa bouche.

— Wouaaaah ! Drôlement bon ! Ne vous évanouissez pas, madame, votre sauce est tout simplement exceptionnelle, et fermez la bouche, les mouches, vous savez... ajoute-t-il en la lui fermant d'un léger et délicat mouvement de la main.

Hilare, sous le regard outré du mari qui n'arrive plus à respirer, Stan se glisse sous la table alors que Francis lève les yeux au ciel, se sentant soudain mal à l'aise avec une envie folle d'être ailleurs.

— Il est toujours comme ça ? demande Destivelles, stupéfait.

— Malheureusement, oui, répond le Gascon, las.

— J'ai ! hurle soudain Jourdan sur un ton triomphant en se relevant.

Il brandit bien haut une minuscule pièce métallique aimantée bien ronde mais pas plus épaisse qu'un timbre-poste.

— La vache, elle était drôlement bien collée !

Il lance la pièce à Francis qui la rattrape au vol, tandis que Stan, souriant à nouveau, repousse la chaise avec un luxe de délicatesse.

— Voilà ! dit-il à la cliente tétanisée de stupeur. Bon appétit ! ... Régalez-vous, c'est sublime ! Vous ne m'avez jamais vu ! ... Je suis un rêve !

— Plutôt un cauchemar, murmure le Gascon en attrapant rudement le nigaud par le bras.

— Amène-toi, tu as assez fait le pitre. Excusez-le, madame, il est un peu simple d'esprit.

Stan tente de se justifier, mais le Gascon lui serre tellement le bras qu'il ne parvient qu'à faire une grosse grimace de douleur.

Lambert prend tout de suite la pièce des mains de Francis et l'observe avec une attention toute particulière d'un œil d'expert, non sans grimacer à cause de sa blessure.

— Nom de Dieu ! lâche-t-il au bout de quelques secondes. Monsieur Magenta a raison : cette pièce contient une micro-puce. Nous utilisons les mêmes !

— Partons d'ici avant que votre trublion ne provoque une nouvelle émeute, ordonne Destivelles.

En regagnant rapidement les voitures, alors que da Prato tente de calmer le courroux bien compréhensible et légitime de ses amis restaurateurs, Francis se rapproche du conseiller spécial qui serre maintenant bien fort la pièce dans sa main, comme s'il tenait un trésor inestimable.

— Question idiote, monsieur Destivelles, qu'allez-vous faire de ce que contient la micro puce ?

— Il n'y a pas de question idiote, monsieur Magenta. Vous vous doutez bien cependant que je ne peux pas vous répondre ?

— Bien sûr.

Destivelles dévisage longuement l'enquêteur, pesant le pour et le contre, puis sourit d'un coup et s'apprête à prendre la parole quand Dominique da Prato arrive soudain.

— Messieurs, maintenant que vous avez retrouvé vos jouets, je vous tire ma révérence avec le secret espoir de ne plus jamais vous retrouver sur mon chemin. J'ai franchement autre chose à faire ! ... Des choses nettement plus enrichissantes et gratifiantes.

— Où allez-vous ? questionne rudement Destivelles. J'ai prévu une cellule psychologique pour vous et les vôtres.

Da Prato se retourne lentement en affichant un air qui se passe de tout commentaire.

— Vous savez où vous pouvez vous la mettre votre cellule ? J'ai besoin d'espace, de nature, de soleil, de mon épouse ! Ça, ça vaut toutes les cellules psychologiques du monde !

— Où allez-vous ? s'énerve Destivelles en voyant l'homme d'affaires entamer à nouveau un demi-tour.

Cette fois, le sourire plus qu'inquiétant qu'affiche da Prato n'engage guère à pousser plus loin la conversation.

— En Namibie !

Da Prato ajoute le geste à la parole en levant bien haut son index sous le nez du conseiller spécial en un mouvement très clair qui signifie : « N'essayez pas de m'en empêcher ! ».

Dominique fait un clin d'œil entendu à Francis, puis se dirige résolument vers sa nouvelle voiture, une BMW, dans laquelle il grimpe et démarre sur les chapeaux de roues, bien décidé à effacer de sa mémoire ces heures de détresse qui ont bien failli lui coûter la vie.

La vie !

Maintenant, il va en profiter à fond avec Lucie !

— N'oubliez pas votre promesse, monsieur Destivelles. Vous lui foutez la paix. Vous effacez de votre mémoire jusqu'à son nom même. Sommes-nous toujours d'accord ?

— Je n'ai qu'une parole.

Francis scrute le conseiller spécial. Il en est moins sûr.

— Au fait, vous vouliez me parler. De quoi ?

— Oui, pour en revenir à notre propos, je voulais vous dire que, néanmoins, nous vous devons beaucoup, et à ce titre, je vais vous exposer ce que nous allons en faire de ces documents. Naturellement, je ne vous ai jamais parlé, n'est-ce pas ?

— Bien entendu.

— Nous nous comprenons. Alors sachez que je ferai tout ce qui est en mon pouvoir pour utiliser ces renseignements dans un seul et unique but : la sauvegarde des intérêts français et, qui sait... peut-être réussirons-nous même à faire entendre raison à certains hommes politiques d'outre-Atlantique à propos d'épineux problèmes commerciaux ? ... Quand on joue, il est essentiel d'avoir toujours dans sa manche une monnaie d'échange imparable.

Les deux hommes se sourient. Ils sont sur la même longueur d'ondes.

— Qui sait, en effet, reprend en écho l'enquêteur... et...

— Oui ?

— Cet exécuteur... savez-vous qui c'est ? Cet homme a surgi de nulle part, à chaque fois, comme un diable de sa boîte. Comment savait-il tout avant les autres, ou presque ? Qui le renseigne ? Qui le finance ? Qui le protège ?

TOUT LE MONDE NE JOUE PAS DANS LA COUR DES GRANDS ! ...

Francis remarque un léger sourire vite réprimé sur les lèvres du conseiller spécial.

Ce type en sait beaucoup plus qu'il ne le dit.

— Cher ami, certaines arcanes du pouvoir ne sont pas accessibles à tout le monde, loin de là, et je crois pouvoir vous dire sans trop m'avancer que, moins vous en saurez sur le Rectificateur, mieux cela sera pour vous... Si vous voyez ce à quoi je fais allusion ?

— Le... le rectificateur ! C'est comme cela qu'il s'appelle ? Donc vous savez qui c'est ?

— Qui sait ce que cachent les mythes et les légendes ?

— Quand vous avez été prévenu de l'intervention de ce... justicier, vous nous avez tous bien roulés dans la farine en nous laissant croire que vous ignoriez jusqu'à son existence. Vous jouez très bien la comédie, monsieur Destivelles.

— Et d'après vous, qu'aurais-je dû faire ? Vous dévoiler des pans entiers de la lutte souterraine que se livrent le Mal et le Bien depuis des siècles ? Vous auriez préféré que je vous raconte tout dans le détail ? ... D'abord je ne suis pas sûr que vous m'auriez cru, ensuite nous avions d'autres priorités beaucoup plus urgentes à traiter. Enfin, pour terminer, avez-vous été lésé dans cette histoire ? Non, alors...

— J'aurais simplement préféré ne pas être pris pour ce que je ne suis pas, tout comme mon ami da

Prato qui, lui, n'a vraiment rien à voir dans vos saloperies de querelles de pouvoir.

— De toute façon, cela n'aurait rien changé. Maintenant, je vous en ai déjà trop dit. N'oubliez pas ce que je viens de vous dire : laissez tomber ! Persévérer serait contre tous vos intérêts. Vous me comprenez bien ? ... Vous me comprenez vraiment... bien ?

— Il y a quand même une enquête en cours sur les trois auteurs de la fusillade. Ce... rectificateur doit obligatoirement disposer d'une planque dans le secteur et...

— Monsieur Magenta. Vous n'êtes pas naïf à ce point, j'en serais déçu. N'essayez pas d'en savoir plus... Vous connaissez l'état pitoyable du mille-feuille administratif de l'État ? Un dossier, c'est vite perdu, non ?

Francis regarde le conseiller spécial et a soudain l'impression qu'il n'a jamais cessé de se foutre de lui. D'un autre côté, que risque Destivelles à lui révéler tout ça ? Rien, strictement rien. Il sait très bien que c'est lui qui a tous les atouts en main.

Soudain, Francis se souvient de l'impression qu'il avait eue à son sujet : il avait trouvé très curieux que le conseiller spécial en sache autant ! Voilà qui répond à son trouble du moment.

Voyant la grande perplexité dans laquelle l'enquêteur est plongé, Destivelles reprend.

— Je vais être bon prince. Les trois militaires près de la planque de ce Wazim, ont été endormis à l'aide de quelques milligrammes de mélatonine. Une piqûre dans le cou, et hop, ils ont été immédiatement plongés dans un sommeil « réparateur ». Satisfait ?

— Parfaitement, oui, parfaitement !

Quant à être « bon prince », le conseiller n'a rien révélé de transcendant. Il joue sur du velours. N'a-t-il pas parlé, à l'instant, de la redoutable nécessité d'avoir une monnaie d'échange dans sa manche quand on... « joue » ?

— Au fait, reprend Destivelles, vous nous reprochez de n'avoir pas vraiment joué le jeu avec vous, n'avez-vous pas l'impression que c'est l'hôpital qui se fout de la charité ?

— Que voulez-vous dire ?

— Vous croyez vraiment que je n'ai pas su que deux de vos adjoints sont allés fouiller la vieille demeure de Lee Chung-Wooh ? Voyons, monsieur Magenta, gardez vos leçons de morale pour vous. À ce petit jeu, vous ne pouvez pas gagner. Quand pensiez-vous nous mettre au courant ?

Furieux et vexé, Francis n'entend pas se faire marcher sur les pieds. Il n'a pas d'ordres et encore moins de conseils à recevoir de ce type.

— Je vous retourne la question : pourquoi ne nous avez-vous pas dit que vous connaissiez l'existence de cette maison ?

— Élément secondaire.

— Vous maniez bien la langue de bois, monsieur Destivelles. De toutes façons, à quoi cela aurait-il servi que je vous avertisse ? Nous n'avons rien trouvé dans cette bicoque.

— Parce que vous avez mal cherché.

Francis encaisse difficilement le coup et le petit air suffisant du conseiller l'exaspère encore plus.

— Voyez-vous, monsieur Magenta, vous venez de donner la preuve éclatante que vous n'êtes pas taillé pour vous frotter à certaines personnes... Lee Chung-Wooh était très loin d'être un imbécile. Il agissait toujours comme nous. À savoir que dans n'importe quelle situation, nous devons constamment avoir un atout dans notre manche. Une monnaie d'échange ! Un gage de survie ! Le croyez-vous suffisamment stupide pour négocier la totalité des documents en une fois ? Oooooh non ! Il en gardait une petite partie dans le coffre de sa maison. Son assurance ! Alors cessez de jouer sans filet, ou plutôt... apprenez à rester à votre place.

Le coup a porté. Francis se fait l'effet d'un gamin pris la main dans le sac, se ramassant une belle leçon de vie.

Songeur, mortifié et déçu, l'enquêteur ne sait pas quoi répondre en activant le déverrouillage des portières.

— Que contenaient-ils, ces documents ?

Destivelles contemple l'enquêteur en se demandant s'il est suffisamment anéanti ou non. Puis, magnanime, il prend une profonde inspiration avant de répondre.

— Lee gardait les preuves manifestes de l'implication des Russes dans le piratage de la messagerie d'Hillary Clinton. Ils pensaient même peser sur les élections en fournissant des documents compromettants pour la candidate démocrate à l'équipe de Trump. Lors de nos entretiens, je vous ai parlé de la société « Fusion ».

— En effet !

— Elle avait en charge un dossier relatif aux agissements de Natalia Veselnitskaya, une avocate liée au Kremlin. Le 9 juin 2016, c'est elle qui a fourni les éléments nécessaires à Donald Trump Jr. lors d'une entrevue à la Trump Tower ([188]). La réunion avait été organisée par Donald Trump Jr. lui-même lors d'une série de communications, principalement par mails, avec un intermédiaire de deux « copains » de Poutine : le magnat de l'immobilier russe Aras Agalarov ([189]) et son fils, la pop star Emin ([190]). Une autre partie des informations, selon certaines sources, alléguait les faits d'inconduite financière de la part de certains des principaux responsables de la *Clinton Global Initiative*, un projet de la Fondation Clinton. « Fusion » a réuni ces informations dans le cadre de son travail en faveur de *Prevezon*, une société... russe, contrôlée par des...

---

[188] Authentique.

[189] Aras Iskenderovitch Agalarov, né à Bakou (Azerbaïdjan) le 8 novembre 1955. Homme d'affaires et développeur en ingénierie informatique. Il possède une chaîne de magasins d'articles ménagers. Il est associé à l'acteur Robert de Niro dans 2 restaurants à Moscou. Donald Trump connaît bien Agalarov. Dans le cadre du concours de Miss Univers en 2013, ils étaient tous les deux en affaires (information du Washington Post).

[190] Authentique. Emin Agalarov est né le 17 décembre 1979 à Bakou. Il est très connu pour sa chanson « *Still* », sortie en 2006.

« copains » de Poutine ([191]). À l'époque, cette société était le défendeur dans un procès de plusieurs millions de dollars de biens confisqués par le ministère de la Justice. Le procès découlait de la mise à l'écart par le régime de Poutine d'un fonds d'investissement appelé *Hermitage*. Des années plus tôt, pour enquêter sur le rôle du gouvernement russe dans la fraude, *Hermitage* a embauché Sergei Magnitski, un avocat privé à Moscou. Sa divulgation de la complicité du régime de Poutine l'a conduit à être emprisonné, torturé et assassiné. Suite à ce meurtre, le Congrès a adopté la Loi Magnitski de 2012 ([192]), permettant au gouvernement fédéral de saisir et de confisquer les produits d'une fraude. Cela a provoqué la colère de Poutine. Une campagne furieuse du Kremlin visant à salir le nom du directeur général d'*Hermitage*, un certain Bill Browder ([193]), a été déclenchée. Elle visait à obtenir l'abrogation de la loi Magnitski. Aux États-Unis, cette campagne a été menée par... madame Veselnitskaya. Pour autant que nous le sachions, à l'heure où je vous parle, rien n'indique qu'Hillary Clinton soit réellement impliquée directement dans cette fraude.

— Les Russes ne sont quand même pas des enfants. Croyaient-ils vraiment qu'ils entraîneraient Donald Trump Jr. et d'autres hauts responsables de l'équipe de campagne de Trump dans une confrontation

---

[191] *Prevezon* est contrôlé par les clients russes de Natalia Veselnitskaya, les Katsyv – Denis Katsyv et son père Pyotr. Ce dernier est un puissant fonctionnaire des transports russes et c'est également un « copain » de Poutine.

[192] Au Canada, suivant l'exemple des États-Unis, la Chambre des Communes, a adopté, en 2017, la loi S-226. Elle rendra la vie plus difficile pour les dirigeants étrangers corrompus, puisqu'Ottawa pourra notamment leur refuser l'entrée au pays ou geler leurs avoirs canadiens.

[193] Bill Browder a été placé sur une liste de surveillance d'Interpol en raison des machinations du régime de Poutine. Depuis, ses visas lui ont été rendus.

directe avec Hillary Clinton, en concentrant leurs efforts sur la loi anti-Magnitski ?

— Les Russes ne comprennent pas bien le fonctionnement des campagnes politiques américaines. Ils ne comprennent pas en particulier que les délits présumés d'un donateur ne nuisent pas à un candidat si celui-ci n'est pas complice.

— Peut-être que le régime de Poutine a calculé que, simplement en prenant rendez-vous avec un émissaire du Kremlin sur la promesse de renseignements compromettants sur Clinton, la campagne de Donald Trump s'exposerait bêtement au chantage de Poutine ?

— Allez savoir. Ce qui est clair, c'est qu'il y a effectivement eu des tentatives de la part des Russes pour influencer notablement les élections. C'est maintenant une évidence. L'intermédiaire qui a parlé avec Donald Jr. au nom des Agalarov était Rob Goldstone ([194]), un publiciste de divertissement britannique et un ami de la famille Trump. Le 3 juin 2016, Goldstone a déclaré à Trump Jr. que les Agalarov avaient appris d'une source particulièrement sûre et fiable, l'existence de « *plusieurs documents et informations officiels dénonçant Hillary et ses relations avec la Russie qui seraient très utiles pour votre père* ». Ils voulaient transmettre cette information à l'équipe de campagne de Trump comme le signe de « *la participation de la Russie et le soutien de son gouvernement pour Trump* ». Trump Jr. a répondu : « *Si c'est ce que vous dites, ça me plaît.* ». Après quelques échanges d'emails, comprenant apparemment un appel téléphonique entre Trump Jr. et Emin Agalarov, des arrangements ont été pris pour qu'un avocat du gouvernement russe venant de Moscou apporte les

---

[194] Robert Ian Goldstone, né le 3 décembre 1960 à Whitefield (Angleterre). C'est un publiciste anglais, ancien journaliste tabloïd. Il a créé en 1987 « Oui 2 Entertainment » qui s'occupait de publicité, marketing et promotion de chanteurs pop. Il a soutenu la carrière d' Amin Agalarov. Il a notamment aidé Trump dans l'organisation du concours Miss Univers de 2013 à Moscou.

renseignements compromettants sur Hillary Clinton à la Trump Tower le 9 juin. Cet avocat, c'est Natalia Veselnitskaya. Bref, encore un fois, tout cela semble confirmer le fait que la campagne de diffamation particulièrement ciblée contre Browder, donc contre Hillary Clinton, vient bien du Kremlin. Selon Forbes, le procureur général de Russie, Youri Tchaïka, a annoncé en juin 2017 que son agence avait présenté aux fonctionnaires des États-Unis « *des preuves sérieuses des violations de la loi par Browder et la famille milliardaire Ziff, qui a investi, par l'intermédiaire de la compagnie Ziff Brothers Investments, dans cette fondation* ». Les Ziff sont des contributeurs de la *Clinton Global Initiative*, la Fondation Clinton.

— Les Russes ont vraiment fait feu de tous bois, c'est ahurissant. Poutine a donc bien en tête l'idée de propulser son « favori » à la tête des États-Unis.

— Il semble y être arrivé. Vous comprenez maintenant pourquoi ces fichus documents doivent impérativement nous revenir ? C'est un moyen exceptionnel pour empêcher le Président américain de faire des... conneries !

Francis ne répond pas. Il est perdu sous cette avalanche d'informations et il suspecte Destivelles d'en avoir rajouté uniquement dans ce but.

En effet, il réalise qu'il n'est pas de taille à naviguer dans ces eaux hautement troubles.

Il en est là de ses réflexions quand, derrière lui, Stan se met à parler, le rappelant tristement à des préoccupations nettement plus bassement terre à terre, qui lui font lever les yeux au ciel sous le regard amusé du conseiller spécial.

— Putain ! Quelle sauce ! Eh les mecs, faudra qu'on y retourne un de ces quatre pour s'en mettre jusque-là ! Mais alors... vraiment jusque-là !

— La ferme !

— Bon.

UNE RETRAITE VRAIMENT HEUREUSE ? ...

Italie, Toscane,
non loin de Sienne,
dans l'arrière-pays,
samedi 25 août,
12 h 57

L'homme qui conduit se sent bien, savourant la bénéfique satisfaction du devoir rempli. Attentif à sa conduite, il voit enfin avec un plaisir non dissimulé la pointe extrême du vallon eu haut duquel se profile l'imposante bâtisse enfouie sous une végétation luxuriante. Les sept cyprès l'encerclent toujours. Comme à chaque fois qu'il vient, il a l'impression d'atteindre une forteresse médiévale imprenable. D'entrer dans une demeure d'un autre âge, que ses couleurs vives et chatoyantes, protègent du moindre regard.

Le conducteur gare sa voiture sous l'ombre bienfaisante d'un cyprès et sort tranquillement. Mains sur les hanches, respirant à plein poumons l'odeur ensorcelante de cette nature hors du commun, il marche résolument vers l'entrée.

Une fraîcheur insoupçonnée le saisit juste après avoir franchi la lourde double porte en bois d'un autre âge.

— Entre ! fait une voix dans la pénombre, loin devant lui.

Il se trouve dans une grande pièce voutée. Cette ancienne remise très large et profonde transformée en salon est impressionnante de robustesse.

Faust se faufile soudain entre les jambes du nouveau venu et file entre les chaises en rotin pour sauter sur les coussins du canapé. Avec une délectation non feinte, il s'installe confortablement tout en surveillant d'un œil l'intrus s'avancer.

Le chat ouvre alors ses yeux, histoire de vérifier que son maître ne va pas encore recommencer avec son engin diabolique !

William, « Will » Nolan vient de saisir sa cornemuse et s'apprête à jouer.

Faust se redresse en un éclair et se jette au bas du canapé pour s'enfuir à toutes jambes en se demandant s'il va encore rester longtemps dans cette baraque de fous.

« *Amazing Grace* » retentit alors au moment où l'inconnu s'approche, sourire aux lèvres.

— Toujours cette passion, n'est-ce pas ?

— Tu n'es pas obligé d'écouter.

— Mère a toujours aimé cette balade.

— Oui. C'est pour elle que je la joue.

— De là où elle est, elle t'entend sûrement...

Nolan ferme les yeux et joue comme il n'a jamais joué, avec son cœur, ses tripes, plongeant ainsi son visiteur dans un monde de souvenirs. Ceux d'une autre époque, d'une autre vie.

Il se secoue soudain, semblant revenir à la réalité.

— Victor n'est pas là ?

Nolan finit de jouer en gardant toujours les yeux fermés. Il veut s'identifier aux notes, faire corps avec elles, les sentir vibrer au plus profond de son être.

Il laisse passer quelques secondes, ouvre enfin les yeux et pose délicatement sa cornemuse.

— Tu le connais : à peine terminé, il est très vite reparti dans son monastère. Il n'y a que là-bas qu'il est bien. En osmose avec lui-même, dit-il toujours.

Marcella, la vieille servante toute en rondeurs, surgit alors en souriant largement et tendant ses grosses mains boudinées en avant pour saisir à bras-le-corps l'inconnu.

L'inconditionnelle de Pavarotti qui a du mal à apprécier à sa juste valeur la musique écossaise, saisit fortement l'homme et le presse durement contre elle avec une joie à peine retenue.

— Doucement, Marcella ! Doucement, tu m'étouffes !

— Comment vas-tu, mon petit ? Quel bonheur de te revoir. Tes visites sont si rares.

— Le travail Marcella, le travail...

— Tu habites toujours les États-Unis ?

— Eh oui ! Ma vie est là-bas.

— N'oublie pas qu'elle est aussi ici.

— Je ne l'oublie pas, Marcella.

Sur un signe de Nolan, la vieille servante laisse l'inconnu et recule à contrecœur en lui envoyant affectueusement mille baisers des deux mains à n'en plus finir.

— *Penne all'Arrabbiata ?* dit-il soudain en reniflant longuement.

— Ton plat favori, oui. Marcella s'en souvient parfaitement.

Nolan range sa cornemuse à la plus grande joie de Faust qui réintègre immédiatement sa place.

— Quoi de neuf aux States ?

— La routine. Rien de bien sensationnel... Ah si ! Walter Straumer a été retrouvé dans sa baignoire, mort, les veines ouvertes.

— Suicide ? demande sans surprise Nolan en cherchant maintenant quelle bouteille d'apéritif ouvrir.

— Oui. Les informations révélées par Wikileaks et bon nombre d'autres médias sur les agissements plus ou moins avouables de celui que de nombreux Américains retenaient comme quelqu'un d'encore « propre », ont poussé ce « brave homme » à mettre fin à ses jours. Beaucoup voyaient en lui le prochain Président des États-Unis. Il était omniprésent et œuvrait énormément en coulisse dans ce but.

— Peut-être était-il tout simplement trop gourmand. À trop vouloir posséder...

— Possible aussi. Bref, on ne pensait pas à une issue fatale de ce genre... du moins, même si elle était envisagée par certains, aucun ne la prévoyait aussi rapidement. Beaucoup pariaient sur de longues années de procédures incertaines. Straumer avait une réputation de fin manœuvrier. Un inébranlable. Finalement, le colosse avait des pieds d'argile. Même Obama a pris ses distances.

— C'était à prévoir. Quand on se prend pour Dieu, il y a toujours le risque de tomber de très haut. Dieu n'admet pas la concurrence. Un Apérol, ça te va ?

— Parfait ! ... Une vague de « remise à niveau » au sein de certaines familles mafieuses est également en train de s'opérer. Torriello a été arrêté.

— Il va payer cette fois-ci ?

— Oui. Il a beau être défendu par une cohorte d'avocats qu'il paye à prix d'or, cette fois-ci, il n'échappera pas à la chaise électrique.

— Trump ?

— L'enquête sur ses relations avec Poutine progresse. L'étau se resserre même si la Maison-Blanche fait tout pour en atténuer l'impact ([195]). Certaines couches de la population qui avaient massivement voté pour lui, commencent à se rendre compte qu'elles ont peut-être misé sur le mauvais cheval. En Europe et dans le monde, des « réajustements techniques » ont lieu, dans la plus grande discrétion. Je me suis laissé dire qu'un bon nombre de dirigeants influents, de hauts fonctionnaires, et de leaders de tous bords, avaient décidés de prendre précipitamment quelques retraites bien méritées, essentiellement pour raisons de santé. Le pouvoir, ça use !

— Tiens donc !

— Les Français ont joué à la perfection en laissant filtrer, ici et là, et grâce à l'aide discrète de Bledsoe, quelques bribes d'informations passablement dérangeantes sur l'ingérence évidente des Russes dans

[195] Véridique.

le processus des élections présidentielles américaines en particulier, et plus généralement sur les relations mafieuses que certains hommes très connus entretenaient avec le monde du crime organisé. Ce Destivelles connaît parfaitement bien la musique. C'est un expert.

— Tchernienkov ?

— Il a été abattu par un inconnu dans le hall de son immeuble, quelques jours avant d'être officiellement mis en examen dans une sordide affaire de viande avariée revendue comme premier choix sur le marché européen pour faire des hachis Parmentier.

— Comme toujours. Des fois, je me demande si tout cela est vraiment utile. Tu les décapites d'un côté, ils reviennent d'un autre, et tout recommence.

— C'est ainsi que tourne le monde, tout n'étant qu'une question d'équilibre, mais n'oublie pas que chaque fois que nous détruisons leurs subtiles mécaniques illégales, ils savent parfaitement qu'ils ont dépassé les bornes. Ils finissent toujours par comprendre que s'ils vivent encore, c'est grâce à notre bon vouloir. Les éliminer étant impossible, il est plus raisonnable de les canaliser.

— Utopique, simplement utopique. Que dit-on de la mort de l'ogre russe ?

— Il s'agit d'un banal règlement de comptes entre rivaux. Un vulgaire litige commercial. La barbaque pourrie, c'est pour la version officielle. Officieusement, il a commis l'erreur de menacer ses « amis » de tout balancer s'ils ne l'aidaient pas à se sortir de ce mauvais pas.

— Les fuites de documents ? C'est lui ?

— Non. Mais mes nombreux contacts ici et là, m'ont permis de laisser quelques rumeurs en ce sens circuler dans les endroits stratégiques… Tu sais comment ça se passe… ensuite. Et puis cette outre à graisse aimait tellement le pognon qu'il a joué tous les chevaux gagnants. Son nom revenait un peu trop souvent dans les journaux quand ils faisaient référence à un certain Zanardi, ça n'a pas dû plaire au maître du Kremlin.

Nolan ne répond pas, se contentant seulement d'acquiescer de la tête tout en préparant avec un soin tout particulier les apéritifs.

— Une dose exacte de Prosecco ([196]), c'est tout le secret de ce breuvage, mon ami.

— Tu excelles en tout, comme d'habitude...

— Qui a provoqué cette fuite de document ?

L'inconnu sourit en coin, pas dupe.

— Permets-moi d'avoir mes petits secrets. N'en n'as-tu point, toi ? ... Sache seulement que celui qui l'a fait a pris d'énormes risques pour que certaines choses dans ce monde vérolé, soient remises en place... grâce à toi.

— Tu avais tout prévu d'avance. Mieux vaut t'avoir comme ami que comme ennemi... mon frère.

— Quand cesseras-tu ta fuite en avant... mon frère ?

— De quoi veux-tu parler ?

— Ne fais pas celui qui ne comprend pas. Laisse ton père où il est. Ce qui est fait est fait, tu n'y peux absolument rien... Même le Rectificateur n'y peut rien !

Nolan, le visage grave, comme soudainement plongé dans un douloureux passé récurrent, se retourne et tend lentement un verre à son interlocuteur.

— Il faut le boire frais.

— Tu as entendu ce que je t'ai dit ?

— Parfaitement.

L'inconnu tient son verre à la main, comme s'il ne savait pas quoi en faire. Il ne peut s'empêcher de fixer étrangement Nolan, cherchant visiblement à le comprendre, à décrypter ce visage inquiétant d'impassibilité.

— Comment fais-tu ? Comment y arrives-tu, toi ?

Nolan sourit énigmatiquement, mais ses yeux expriment une immense tristesse. Ils sont douloureux,

---

[196] Le Prosecco est un vin blanc effervescent italien qui est produit dans 5 régions de Vénétie. Il était peu connu du grand public qui ne l'a découvert que depuis les années 2000 où il a connu un énorme succès à l'exportation pour ses qualités incontournables dans la préparation des cocktails.

terriblement douloureux et, peut-être pour la première fois de sa vie, l'inconnu a l'impression qu'il comprend enfin quelque chose qui le hante aussi.

— Pour toi le chagrin doit être apparent pour être vrai ? demande Nolan. Ça me prend parfois comme une peur qui se réveille, alors il faut que j'agisse. Andrew, si je ne t'avais pas, je deviendrais fou. Mais si tu ne m'avais pas, si tu n'avais pas le Rectificateur, que ferais-tu ?

Andrew Mc Campbell-Jones prend le temps de la réflexion tout en portant lentement le verre à ses lèvres.

Il boit une longue gorgée.

— Excellent ! Vraiment excellent !

— Tu ne m'as pas répondu.

— Je ferais la seule chose que je sois capable de faire correctement, comme ton père : remettre de l'ordre dans le chaos mondial !

FIN

MON EDITION – Nîmes – Tél. : 04 66 67 34 65
Imprimé et façonné en France juin 2018
Dépôt légal : juin 2018